散文中国 精选

SanWen zhongguo

牵着我的手重新许愿

杨献平 主编

天津出版传媒集团

天津人民出版社

图书在版编目（ＣＩＰ）数据

牵着我的手重新许愿 / 杨献平主编. -- 天津：天
津人民出版社, 2013.8
（散文中国精选）
ISBN 978-7-201-08248-6

Ⅰ.①牵… Ⅱ.①杨… Ⅲ.①散文集–中国–当代
Ⅳ.①I267

中国版本图书馆 CIP 数据核字(2013)第 145727 号

天津人民出版社出版

出版人：黄　沛

（天津市西康路 35 号　邮政编码：300051）

邮购部电话：（022）23332469

网址：http://www.tjrmcbs.com

电子信箱：tjrmcbs@126.com

高教社（天津）印务有限公司印刷　　新华书店经销

2013 年 8 月第 1 版　2013 年 8 月第 1 次印刷

700×960 毫米　16 开本　11.75 印张

字　数：120 千字

定　价：22.50 元

目录
Contents

目录
Contents

隔着河流看过去

孙　蕙

　　父亲六十五岁、母亲五十八岁那年,他们搬进了新居。按照风俗,乔迁之际要送礼以示祝贺。在家闷了头想,也没理出个头绪。无聊之际拿出年久未翻的影集,一张一张地掀过去,母亲年轻姣美的脸庞像朵花,在我的手下缓缓盛开,我的心快乐得直跳。那是母亲最美的时光啊!那年母亲刚刚 20 岁,有着一头乌黑油亮的长头发,母亲总爱把它们结成麻花辫子垂在胸前,从门前的石板路经过时,身后总是落满年轻后生热辣辣的眼光。

　　母亲 14 岁时,外公撒下外婆和六个孩子去世了。为减轻外婆的负担,母亲毅然退学,进了家门口的一家工厂做挡纱工,下班后还到外婆的米饼摊上帮忙吆喝生意。外婆后来常对我说,要是母亲继续读书的话,一准儿是个做学问的材料。就在外婆家的门槛被左邻右舍快要踏扁时,母亲丢下一句话:"你们少操心,我有了中意的人了。"20 世纪 60 年代中期,在我们这个小小的苏北小县城,奉行的还是"媒妁之言,父母之命"。因此听了母亲的话,外婆气晕了,冲着母亲就一个巴掌掴下去。

　　父亲 50 年代末毕业于江西某医学院。有着一米七八个头的父亲,喜古诗,会拉二胡、吹口琴、吹笛子什么的,却因家庭成分不好,没哪家愿意把姑娘嫁给他。加之父亲天性孤傲、不善言词,因此 27 岁了仍是光棍一条。偶然的机会,父亲与母亲相遇,没读多少书的母亲被父亲迷住了。

　　"我识字不多,就想找个有文化的人,成分好不好要什么紧呢?是当饭吃还是当衣穿啊?真的的。"母亲有次在与我闲聊时直摇头。

　　但外婆却不这样想。在外婆的内心,始终认为是她耽误了母亲读书,外婆希望她这个幺女将来能找个好婆家,过上有饭吃、有衣穿、凡事不用操心的舒心日子。无奈母亲是个犟脾气。最终母亲胜利了，也付出了代价——娘家没给一分钱的陪嫁，也没有送亲的队伍，母亲收拾了旧衣裳，一个人走进了父亲那有些寒酸的、只有书本相伴的乡医院宿舍。

那年母亲刚刚20岁。在成为新娘子之前，母亲偷偷地去了县城最好的一家照相馆，把她最灿烂的笑容用胶片定格成永恒。

婚后第二年，母亲生下了我。由于没人照应，母亲生下我的第三天就下地做家务，并到河边洗尿布。有好心人提醒母亲说，孩子，这可不行啊，这样会落下毛病的。母亲笑笑，照样下河洗尿布，照样做饭给她亲爱的丈夫吃。那时的母亲是快乐、单纯的。在她的眼里，父亲就是她的天、她的地，现在有了孩子，她更要上心了，因为这是她一点一点建起的家啊！

当时母亲在县城上班，只有星期天才能坐上汽车赶到乡下与父亲团聚。终于有一天，母亲发现父亲的心里有了秘密，而这恰恰是母亲最最痛恨的。母亲永远都不会明白，敏感纤细的父亲，当初接受母亲，除了被她的痴情打动外，他也确实需要一个家，而且母亲长得好看，这多少满足了父亲的虚荣心。但父亲的内心深处，始终有块处女地没向母亲打开。当他在合适的时候遇到合适的人时，不想发芽总是不能够的吧。

从此，争吵成了父亲与母亲的见面语，然后有一天，母亲丢下我，独自回了县城外婆家。

父亲有个做老师的石姓朋友，由于出身不好，常被拖了游街。父亲替朋友叫屈，从此被贬到大队做赤脚医生。我留在父亲身边时，父亲已从医院搬到了一个叫富溪的村子里。

流经屋前的是条小河，河面上有座小木桥，人从上面经过颤悠悠的，还发出"咯吱咯吱"的声音。听父亲说，我第一次经过这座桥时，是从上面爬过去的，那样子像个小笨熊。父亲说这话时，头发已花白了，那样久远的岁月啊，我是一点印象也没有了。我只记得河的两岸是平阔的菜地，开满了金黄的油菜花，沿河岸是一排柳树，长长的柔丝直垂到水面，桥的不远处有架风车，是村子里用来引水灌田的，我常和伙伴们赤足坐在风车的边沿上吹风。

而最常见的要数芦苇了。那随处生长的密匝匝的芦苇,潇洒淡雅、临风摇曳,远望去就像一座铜墙铁壁,到了秋天,秆头上还冒出许多灰色的芦花,摘一把放在瓶子里,相当古朴典雅。那时只知喜欢,却不曾料到,若干年后,我会对着它,用忧伤的口琴曲子诉说心中的烦恼。

　　当时村里还没有电灯,家家都点一盏小煤油灯,暗淡的灯光会将人影放大并反射到墙上,活像妖魔鬼怪。记得有次半夜醒来,父亲不在身边,我从被窝中探出头,猛然看见有个人影站在床边,却又不说话,吓得我将被子紧紧地蒙在头上,嘴里一个劲儿地直叫唤。不知道过了多久,听到一个熟悉的声音隔着棉被轻轻地唤我,说:"爸爸出诊了,以为你不会醒来的。"我还是不敢将头露出来,说:"爸爸你快把那人赶走吧。我怕啊。"爸爸说:"哪有人啊,你把被子松开,不然会闷死的。"我说:"有啊,就在墙上嘛。"父亲哈哈大笑,说:"傻孩子,那是我的白大褂啊,别怕啊没事的,爸爸回来了。"于是我才战战兢兢地探出头扑到父亲的怀里,满脸的泪水打湿了父亲的前襟。经过这次的惊吓,父亲也有些害怕,因为他常常要出夜诊,将我一人丢在偌大的房子里终不是办法。

　　父亲和母亲商量,让她把我接回城里。但母亲却不松口,说:"要回城可以,你也得一起回。"

　　从此父亲与某人断了念想。

　　那是1972年的夏天。那个夏天成了父亲心中永远的伤疤。

　　我已经记不清是如何睡到外婆的床上了。只记得当我睁开眼时,看到的是外婆笑得像菊花似的脸,和搁在我脸上的干燥的双手。外婆说:"丫头,快穿上衣服跟我去医院。"我说:"去医院?谁生病啦?"外婆"呸呸"地朝地上直啐唾沫,告诉我,母亲替我生了个小弟弟。我"啊"的一下子就扑到外婆的背上。

　　爷爷一直盼着能抱上个孙子。但母亲连着生了两个女孩,爷爷很不高兴。作为医生,父亲应该明白生男生女不是女方一个人的事,但他却不吱声,甚至还怪母亲和我大姨一样,只会生女孩。母亲很要强,又不好回娘家去诉苦,因此常在没人的地方抹眼泪。有次被我撞见了,我就贴在墙边闭着眼幻想自己如果是个男孩该多好。想着想着,就一个人对着墙笑了起来,不料却惹来母亲的一个大耳光。

去医院要经过古老的护城河,然后再走一段弯曲的石板路。到了医院,我看见母亲偎在父亲的怀里,我注视着那两张幸福的笑脸,突然觉得他们有些陌生。于是低下头,看着母亲怀里紧皱着眉头的小小人儿。这就是我的弟弟?他长得好丑啊。母亲哈哈大笑,在我的脸上刮了下,然后说:"他还小,长大了就是个帅小伙了。"我趴在床边不敢动弹,母亲的声音好温柔啊,并且她用手在摸我的脸哩。

　　好长一段时间,家里充满了笑声,温暖得我的心飞呀飞,从此盼望着母亲能天天生小孩子。

　　经过母亲多方的奔波、争吵、交涉,在我进入小学的那年,我们一家六口终于搬进了公房,那是一座有着百年以上历史的老房子,两进的院子、木格子推窗、青色的方块砖,东厢房还铺着木地板。尤其让我兴奋的是,院墙上挂满了绿色植物,墙根下还有许多山药。记忆最深的是"打碗花",阳光下开着紫色的花瓣,令小小的我窒息,我常会凝神半天不出声。母亲总说不能摘啊,否则手里的碗会摔碎的。我不信,有次趁她不注意,偷偷地摘了朵夹在书中,然后坐在桌边,捧了个碗翻来覆去地看,却不见它们从我的手中滑落。我暗笑母亲唬人的水平也太低了。中午吃饭时,握得好好的碗突然"叭"地从我手中掉落在地。面对母亲射过来的严厉目光,我从此再不敢打那花的主意了。

　　院中还长着棵石榴树,树下摆着个高高的水缸,六七月份会从中冒出几枝粉红的荷花,软软的,像极了弟弟嫩嫩的皮肤。炎热的中午,我常用几张小凳子拼起来躺在荫荫的树下,一边哄着弟弟睡觉,一边偷偷翻着从父亲书桌上找到的小说或唐诗、宋词,碰到不认得的字我就跳过去,然后再趁父亲不注意放到他的桌上。

　　沉浸在墨香中的我,心渐渐地充盈,家里的事也不闻不问。有次吃饭时,我发觉桌上好沉闷,就不假思索地说:"你们为什么不说笑啊?"母亲扫了沉默的父亲一眼,然后说:"有什么好笑的,快吃快吃,我还要上班。"直到我捧着的书被一双手狠命扯走,我才惊觉我已忘了父母亲不和的事实。茫然中我看见母亲红肿的眼睛,指着我说你不是书公子的命,书看多了有什么用,我白生你了。原来母亲要离婚!我问父亲怎么办。父亲说:"离就离吧,我也过够了。"我知道父亲敏感纤细温和,而母亲却大大咧咧、性格急躁，是个点火就着的人，这样的两个人生活在同一屋檐下，对双方都是种折磨。私下里我是向着父亲的，却又觉得这样想对母亲不公平。于是就有点怨恨起父亲来。可是再看看父亲隐忍的表情、鬓角边碎碎的白发，我又有些同情他，这些年父亲也活得不轻松。注视着墙边渐黄的枯藤，我满脸是泪，无所适从。

那些宁静而幸福的午后啊，从此再也不会回来了！

看着三张花猫般脏兮兮的脸，父亲打破常规，主动去外婆家接回了母亲。但从此他们之间打起了冷战，凡事总让我们三姐弟在中间传话。那段时候，我曾经想过离开这个家，走得越远越好，永远也不要回来了，甚至私下里希望父母亲离婚算了。这期间，正值壮年的石老师突然因脑溢血过世。吊唁回来后，父亲好像变了个人，不但关心起母亲的起居，而且还偶尔地和母亲说笑了，每每这时，母亲总是一脸的灿烂，她会把散着茉莉茶香的杯子轻放在父亲的书桌上，然后坐到不远处的木凳上，手里不停地绕着毛线，那样子是雅致的，是恬淡的。对于母亲的改变，多年后我才悟出，对一个心中有爱的女人来说，丈夫的温情其实是她最大的开心和满足，因为儿女终究是要飞的啊！

父母的关系有所缓和，但我独来独往的习惯却改不了了。同学们说我傲慢、清高，他们哪里知道我是多么的渴望友谊渴望爱啊，我怎么也冲不破多年来缠绕成的茧壳，那是我内心的软肋。由于性格所致，我的婚姻成了父亲的翻版。母亲恰如当年的外婆，但我没有母亲的果敢，面对亲情与爱情，我选择了亲情。

我试图忘掉儿时的阴影。于是我拼命地读书、写作，这成了我的一种生活方式。我时常听到有种声音在呼唤着我的灵魂，它们总是在我的头顶散发出经久的阳光，温暖并把我照亮。它们不会背叛我，面对它，我焦急的内心会平静，世界也才真正地完整。如果不是父母的乔迁，我想我是不会鼓起勇气隔着河流看过去的。令我震惊的，不是父母的不和，也不是我小时对父母的耿耿于怀，而是在我有限的文字中，没一篇是描述童年生活的。

当我把翻拍好的母亲的照片送过去时，父亲捧着相片眉开眼笑，说这张还不是母亲最好的，母亲在一旁嗔怒地说："那张最好的被你撕了啊。"父亲说:"是吗？我怎么记不得了？"看着父母亲密地争论着,我的心突然就有些酸酸的。是啊,父亲和母亲,他们原本是两条孤独的鱼,一个淡漠,一个热情,互不相干,却在偶然的乱流中相遇,从此成了对方唯一可以取暖的源头。也许心的温度,有时会愈近愈冷吧？

沙发上,两个人靠在一起看照片,他们幸福的瞬间让我相信,破碎的终将再度圆满,那么,我们何不以感恩的心去面对生活中的每一个幸福和伤痛呢？

如果你不能立即找到我
你也应该保持着勇气去继续寻找
而我
总会在某个地方停留着等你
……

——惠特曼

明日大暑

冉令香

1

凌晨四点,"当、当、当、当",条几上的老座钟敲碎屋内的沉寂和黑暗时,父亲翻了个身,推醒了沉睡的母亲。窗外蒙蒙亮,母亲一骨碌坐起来,就着微弱的晨曦穿衣起床。她摸索着穿好袜子,蹬上黑襻布鞋,到院里的水池前洗脸。水龙头开得极小,细细的水流接进脸盆,刚好够用。

一大捆游览图、几把红绳吊带玩具,被母亲一股脑儿装进布包。一出了家门,清爽的风扑面袭来,母亲精神一振,脚底生风,沿人行道一路小跑。不到四点半,偶尔疾驶而过的车辆打着刺眼的长灯,匆匆叩打着酣睡的马路渐渐醒来。西天的月儿泛着一脸清光,赶着母亲匆忙的影子在人行道上簌簌后退。

母亲大步流星赶到天外村停车场时,额头上已微微冒汗。她立足未稳,刚要扒下罩在外面的衬衣,就见一辆外地旅游车开进了停车场。车子喘着白气且走且停,几个兜售游览图的妇女从四面八方包抄了上去。母亲来不及脱下衬衣,一边从鼓鼓囊囊的布包里往外拽游览图,一边朝旅游车追去。捷足先登的几位开张大吉,车上下来的游客买走了她们的游览图和玩具。母亲迟了一步,只得跟在一位带孩子的游客身后推销儿童塑料相机。孩子被玩具吸引,停下不走了,"4块钱一个,"母亲解下一个递过去。"3块5。"不料半路杀出个程咬金,母亲身后的胖女人冲上来抢走了生意。母亲火了,说:"怎么砸我买卖?"胖女人蛮横霸道,眼一瞪腰一掐地说:"一个愿买,一个愿卖,凭什么说你的买卖?"母亲心火上拱,和胖女人针尖对麦芒吵了起来。旁边几个妇女瞅瞅她俩,挤鼻子弄眼地笑着向几个游客围拢过去。母亲眼尖看个分明,怕又步人后尘,当即休战,跑过去兜揽生意。

2

父亲在麻雀的欢叫中再次醒来,柔和的阳光探进窗来,正好洒满了母亲的枕头。父亲咳嗽一声,把一口痰液吐进床脚的痰盂,这才沉稳地穿衣起床。父亲做事向来有条不紊,即便是穿袜穿鞋,也是一板一眼,整好了左脚,才穿右脚。

父亲提起蜂窝煤炉的风门,让闷了一夜的炉火透气,渐渐烧旺起来,然后提了煤球炉上的铝壶,倒出些温水洗脸。老座钟叮当敲响八点的时候,父亲撂下饭碗,骑着三轮车出门了。后车斗里装着几只木箱,里面的扳子、钳子、螺丝刀们忍受不住颠簸,"叮叮咣咣"地斗起嘴来,木箱外的两个打气筒一言不发,在尼龙袋拼接的遮阳布上睡得一塌糊涂。

一段废弃的铁道岔路旁,父亲把三轮车靠着黑糊糊的西墙根儿停好,一个小伙儿推着瘪了带的自行车急火火地走过来,父亲摆开摊子,开始了一天的工作。

3

母亲背着依然沉甸甸的布包,干裂着嘴唇走进家门的时候,已是上午十点多。"咕嘟咕嘟"一气儿喝干碗里的水,母亲盛一碗葱花炝锅面,吃早饭。尽管面条煮烂了,却是温热不烫,饥肠辘辘的母亲大口大口吞咽着。父亲每天把早饭做好,温在封了气门的煤球炉上,才出门干活,晚归的母亲总能吃上口热饭。

半小时后,母亲戴了顶宽檐布帽,又去天外村停车场兜售她的游览图和小玩具了。尽管游人比早晨少,但只要不停跑动,还是能找到买主的。她背着一大包游览图挤上了3路公交车,企望有意外的成交。"下去,滚下去!"不料司机勃然大怒,破口大骂。母亲慌慌张张欲从前门下车,司机一脚踩下油门,车子越跑越快。母亲仓皇地跳下车,整个身子像面口袋一样重重地摔在柏油路边的石沿上。母亲半晌都没能爬起来,右肘摔伤,殷红的血渗出来,顺流到右肩的背包上,滴滴答答浸湿了游览图。几步外的胖女人撇着嘴,白眼斜剜着狼狈的母亲,鼻子里"哼"了一声,扭着肥硕的屁股走远了。母亲强咽下泪花,掏出一卷卫生纸摁住伤口,一瘸一拐地走到停车场北边,靠在巨型游览示意图的广告牌下,坐等问路的游客。太阳炫着火辣的亮光,刺得人眼睛只想流泪。母亲重重地叹了口气,扯起袖口抹了把额头上涔涔外冒的汗珠。

4

午后两点,母亲提着饭盒、暖瓶,去给父亲送饭。右胳膊肘蜷曲着不敢伸直,稍一用力牵着整条胳臂钻心疼。太阳烤得柏油路面滚烫,脚下软塌塌地让人瞌睡,提不起精神。

父亲今天的活儿不少,忙了整整一个上午,遮阳布还没来得及扯起来。腥咸的汗水滴滴答答砸在地面上、自行车胎上、修理工具上,父亲的灰蓝色布衫上背着层厚厚的白碱花。

自从几年前他们居住的村子纳入城市规划,大片大片的土地被开发成座座高楼,种了半辈子庄稼的父亲支起地摊就成了地地道道的修车匠。小学毕业的父亲看不懂机械图纸,一有空闲就爱拾掇自己的"大金鹿"。车把、车梁、轮圈、辐条天天擦得锃亮,补胎、换件,凡事自己动手。没料到,摆弄来摆弄去,竟给失去土地的自己找到条谋生的羊肠小路。这一修就是五六年,这段废弃的铁道岔,这堵黑糊糊的旧砖墙,老朋友一样天天候着他,默默注视着一辆辆残缺不全的自行车,如何在他手里复活、旋转,再目送它们叮铃铃走远……

西天的晚霞刚收敛了羽翼,东天的月儿就慢悠悠从树梢后探出头来。送走最后一辆修好的自行车,父亲点起一支烟,慢慢吸着,把一件件工具收进木箱,搬到三轮车上。

5

"明儿星期六,上山玩儿的多,明儿早起,"临睡前母亲突然说:

"晌午不给你送饭了,早晨自己多带点。"

父亲坐在八仙桌边,一壶老干烘喝了一晚上。十四寸的黑白电视机开得声音很小,很快父亲也打起盹来,熬不住也睡了。

父亲的鼾声响起来时,把月儿喊上了半空。月光静静地洒满了院子,照得窗台上的日历白亮亮的,上面赫然写着:

1994 年 7 月 22日 星期五
农历六月十四
甲戌年 辛未月 己酉日
明日大暑

月儿笑了,嘿嘿,25 年前一根红线把他们拴在一起。过日子真像流水呢,叽里咕噜连轴转,一滚就是 25 年。他们可都老了,瞧鬓角那白色,瞧脸上的皱纹……

"早起……三儿上学……上海……"母亲翻了个身,嘴里咕咕哝哝一大串。月儿一愣神,没听懂,退出窗外,又冷着脸挂在青黑的夜空。

岁月的眼神

冉令香

　　总有些眼神悄无声息就将人生的积淀收藏了。当你无意间对视每晚面对你的台灯，它柔和的光晕一不留神就翻阅了你一天的疲惫和欢欣。当你凭窗眺望枝叶间叽喳腾跃的麻雀，它们欢悦的眼神便与你共享灿烂的霞光和暖暖的余晖。你也许对周围那些错落点缀的树木花草熟视无睹，它们周而复始的叶绿叶黄，却蕴藏着季节更迭闪烁的眼神。我70岁的老父亲一直在一双眼睛的温情关注下，一晃三十多年了，他老人家竟然没有觉察。那是一双岁月流淌的眼神啊，终日追随着父亲奔波劳碌的脚印。

　　清晨，绿漆小铁门"嚯啷"一声开了，两只大白塑料桶，一左一右往后车座上一挂，父亲将草绿电动车推出小屋，"嘟"一声鸣笛，骑车去长寿桥灌山泉水了。狭小的储藏室又陷入浓浓的黑暗，大金鹿的睡眠就像父亲一样越来越少了，天天闷在这小黑屋里也不想睡，一遍遍打量着身边老态龙钟的弟兄们：车梁兄本来就黑，"大金鹿"三个金字早磨没了模样，灰头土脸靠着墙角整天睡不醒。车把老弟满身锈斑，一天到晚趴在工具箱上，头都懒得抬。它们哪一个有老眼尽职尽责？它虽靠着墙根儿，心有余而力不足，却忠心耿耿，时刻瞪圆了眼看着父亲进进出出。父亲的秘密及所有喜怒哀乐全在老眼那儿装着呢。

　　那是三十多年前吧，父亲推着大金鹿一进家门，我们姐弟四个欢蹦乱跳围上来，大弟晃铃铛，小弟转蹬子。姐姐当天就钩了一套黑毛线流苏花边，裹护住车梁。我把两块金黄的锡纸缠在锃亮的辐条上，两个车轮更加明眸闪烁，顾盼生辉。

　　20世纪六七十年代，我们村能买上自行车、收音机、缝纫机或手表、录音机的家庭屈指可数。"三转一提溜，不要废品和两头"，这是眼眶子高的姑娘找婆家的最理想选择。作为"三转"之中的一转，我家的大金鹿曾被相亲的人家借去,堂而皇之地摆着充面子,享受着那些艳羡的眼神。至于"废品"和"两头",那时中国人口呈爆炸式增长,哪家不是老老少少一大家呢?大金鹿自进了我家,就成了父亲的铁杆朋友。

老家地处泰山西麓丘陵地带的鱼池村西头。我们村沾着"鱼"的腥味,却长年缺水,村西的山坡地更是靠天播种。自来水没接通前,鱼池村人吃水要到三四里地外的机井去挑,我从9岁就学挑水,水桶擦着地皮一路泼洒,进家能有小半桶水就算是侥幸。

靠山吃山,靠水吃水。鱼池村无水可靠,北西南三面环山,啃山头自然成了村人脱贫致富的主要通道。那些年,山脚下的碎石场、水泥厂几乎聚集了全村的青壮年劳力,蚕食桑叶一样把一个个山头啃噬消化掉了。如今一座座山头佝偻下去了,堆在更加空旷的野地,村民干瘪的腰包也没见鼓起多少。

大金鹿天天驮着大锤、钢钎、炸药,陪父亲到四五里地外的山窝里开山采石。抡圆的大锤牵引着父亲肌肉隆起的铁臂;起伏的腰背下金石撞击,钢钎铿锵,一寸一寸嵌入岩石;开山炮一声怒吼冲出石窝,轰隆隆震耳欲聋,掀起半空的石块夹杂着黄泥落满山坡。唯有游荡在碧空的骄阳不露声色,静静俯瞰山坡石窝里忙碌如蚁的人们。

傍晚,夕阳衔山,羊群归圈,昏鸦伴着炊烟在村里起落的时候,父亲的汗流干了,浓密的黑发、破旧的衣裤落满了厚厚的石面粉尘,遮不住的疲惫、抗不住的饥饿突袭而来。大金鹿虽然躲在石屋一整天,依然满身尘埃,面目全非。它和父亲相互依赖,在崎岖的黄泥路上颠簸着,慢腾腾转回家。夜露濡湿了大金鹿沉重滚动的双眼,钢钎与岩石的撞击依然灌满父亲的双耳。

酷热的夏天,男人们只穿一件短裤,推着一车车石料填进碎石机,轰隆隆几声吼铁肚皮就空了,石屑粉尘腾起遮天迷雾。轰隆山响的机器一转就是一天,他们就在滚滚尘雾里湮没一整天。夜幕中,那些疲惫晃动的肉体覆满"寒霜",只有滚动的黑眼珠告诉你,那是人!旋转的机器榨取着村人的血汗,无情的石屑粉尘蚕食着人们的健康。碎石场周围的野草,岩缝里顽强生长的酸枣、荆棵,终年覆盖着厚厚的白石面,只有暴雨后才能看出青枝绿叶。

我的一位远房堂叔跟着碎石机转了没几年，就把自己的命转丢了。他天天推着独轮车给碎石机喂石头，天不亮就赶到碎石厂抢着给拖拉机装石子，一辆载重 2.5 吨的拖拉机，一人一铁锨一铁锨地装满要用一个早上。这样早上一身汗晚上满身泥，辛辛苦苦干满一年，才挣八九十块钱。那年冬天，堂叔病倒了再也没爬起来，没能等到春联贴上门，在一个落雪的夜晚离开了人世，年仅 36 岁。他与我们的好榜样——县委书记焦裕禄得了同一种病。不过，焦书记为改变兰考县的贫穷面貌，带病坚持工作到生命的最后一刻，是革命烈士；堂叔为自己小家的脱贫致富而拼搏奋斗，却英年早逝。那个凄凉寒冷的雪夜，堂姊搂着四岁的儿子痛哭了一夜。

　　"我小时候家里穷，想上学，你爷爷供不起。现在，你们自己凭本事考学。不管谁，我都供到底。"这是沉默寡言的父亲的誓言。所幸，1982 年、1985 年、1987 年，姐、我和大弟依次考出了农门，把父亲从艰险的挣钱路子上解救了出来，父亲再也不用披星戴月跟着碎石机转了，只安心种好家里的几亩责任田就可以安安稳稳过日子了。随着我们一个个参加工作，买上了凤凰牌、飞鸽牌自行车、幸福牌摩托车，父亲肩上的担子也逐年减轻，但父亲的"坐骑"依旧是苍老了的大金鹿。

　　就在 1990 年小弟考取重点高中那天，父亲整修着大金鹿信誓旦旦，说我们上中专的姐弟三人不过是半截砖头，家里应该考出一个真正的大学生。父亲说这话的时候我看得真真切切，他额头深深的皱纹里渗出豆粒大的汗珠，噼噼啪啪砸进了大金鹿泛白的老眼。谁也没料到，这一声承诺要付出几多心血。

　　小弟不负众望，复读一年，1994 年终于考取了上海某学院，但昂贵的入学费用让一个农民家庭不堪重负，再度陷入了经济危机。

　　为了践行"出一个真正大学生"的诺言，父亲踌躇再三，卖掉了居住了将近二十年的宅院。父母租住进城边的三间平房，我们姐弟三人轮流担负起小弟的学费及日常开销。那一年，我的月工资不够小弟在上海的月生活费；那一年，五十多岁的父母离开耕作了半辈子的土地，没有技术、没有文化、没有能力，他们何以为生？那几年，我们姐弟三人陆续建立的小家也在经受不同程度的考验。那几年，大家、小家愁云密

13

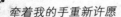

布,举步维艰。父亲艰难谋生的身影里依旧是大金鹿相依相伴。

为了养家糊口,扛了半辈子锄镰镢锨的父亲,推着苍老的大金鹿,驮着水果筐沿街叫卖,被工商管理人员追得仓皇躲藏,杆秤几乎被没收,来不及收起的橘子四散滚落,被疾驰而过的车轮压得稀烂一团。父亲第一天出摊仅挣了四块钱!

数不清多少个漫长的夜晚,沉闷的父亲愁容满面,坐在八仙桌边垂头不语。沉寂的黑屋里,只有老座钟单调的滴答声催人心慌。

麦收时节的那个夜晚,铭记着父亲心底永远抹不掉的酸楚。父亲生平第一次酩酊大醉,只见他老泪横流,蜷坐在打麦的旧场院屋里,摔烂的酒瓶里残酒外流。大金鹿摔倒在破烂的场院屋门口,偶尔经过的车灯扫破黑暗,打着大金鹿苍老的眼睛一闪,又沉入暗夜。

就是这低矮残破的场院屋,往年见证过父亲多少收获的喜悦和汗水?可如今父亲食无依靠、居无定所。一个年过半百的农民没有了赖以生存的土地;一个苍老的父亲没有了家园,仰人鼻息寄居在他人屋檐下;一个身强体健的男人每天的收入不够一家人的花销……父亲满腹辛酸,老泪暗洒,向谁诉说?

卖掉了宅院,父亲后悔吗?难免会。但是,如果自己的孩子因家庭贫困而撕碎了大学录取通知书,在外流浪打工,父亲会愧疚一辈子。因为父亲早已把自己读书的梦全部寄托在了儿女身上!

苍天有道眷勤人。卖水果不到三个月,父亲转行去摆地摊修自行车了。大金鹿被父亲改装成了三轮车!

寻寻觅觅,生意清冷。一开始,父亲连找了几个摊位都不理想,不是距同行太近,就是人流稀少。那天老天爷开恩终于赐予父亲一个机会,他偶然转到一段废弃的铁路岔旁,熙来攘往的车流人流让他恍然大悟,他刚摆开摊子,生意马上找上门来。父亲忙了整整一天,夜幕沉沉,街灯闪烁时,才蹬着大金鹿疲惫不堪地回了家。暗淡的灯光下,父亲从破旧的黑皮革包里掏出一大把零票,一毛、五毛、一块、两块……竟有二十多块钱收入!母亲捋着数一张张毛票,久违的笑容慢慢漾在父亲黑瘦的脸颊上。

从那天起,随着收入稳中有增,父亲洗手的程序复杂起来。无论春夏秋冬,父亲总把手泡进半盆热水,一遍遍打着肥皂、洗衣膏慢慢搓洗,浑浊油腻的脏水换了一盆又一盆,吃饭时还有油腻的腥味和浓浓的肥皂味残留在手上。寒冬腊月,父亲粗糙的手冻裂开一道道血口子,老枣树皮一样咧着嘴。夜晚,父亲坐在火炉旁,在干裂的手上涂满厚厚的愈裂霜,靠着红彤彤的炉口翻来覆去地烤,睡前再缠上层胶布都难以愈合那深深的裂口。

那年夏天,天气格外炎热,那块尼龙袋拼接的遮阳布也难遮挡滚烫的阳光,父亲整天暴晒在毒辣的阳光下,黑黝黝的脊背上晒起一层层皮。父亲浑身汗水淋漓,汗水浸透了布衫又被烈日烤干,一层层汗碱在布衫上蔓延。不料,那天风云突变,父亲刚刚拆下一个需要换内胎的车轮,狂风骤雨突然袭来。来不及收拾地上散落的工具,无处藏身的父亲被淋了个落汤鸡。夜晚回到家,父亲就病了。也许常年的操劳早已让父亲心力交瘁,体力不支;也许这场疾风暴雨摧垮了父亲的躯体。父亲感冒发烧,一病半个月。

当父亲病愈后,骑着三轮车再来到那段铁路岔时,一座新砌的小屋赫然而立,在那儿忙碌地修车子的是名年轻力壮的小伙子。父亲病了半个月,"风水宝地"早已被他人占领!

父亲起早贪黑,艰辛劳作。长年超负荷的重体力劳动,腰膝严重损伤。父亲像一架过度劳损的机器,每到秋凉都要贴上厚厚的活血膏,小心翼翼层层防护。

再也不能让父亲操劳了!父亲"退休"了。1997 年,我们姐弟四人帮父母重新建起安身立命的家。我们姐弟又能在一个实实在在的家里聚会!围绕着高大的父亲——家里永远的顶梁柱,我们的心里才踏实。忠诚服役 18 年的大金鹿也跟着父亲退休了。经过父亲不断的精心修理改装,大金鹿的零件已没几件原装的了。父亲搬进新家的那天,竟然把大金鹿也收进了储藏室,只不过一架车梁、一个车把、两个车轮,它们和父亲的工具箱堆放在小屋的一角。

帮我们一个个把孩子带大后,一身轻松的父母反而闲不住了。他们在楼前、路边开了条条缕缕的几片小地,精心种起了小菜园。闲散的父亲常骑着电动车给我们送菜,去长寿桥灌山泉水,赶集闲逛。

　　清晨,父亲骑车至大众桥,沿泰山西溪步行上山。一路空气清新如洗,林间鸟语婉转,脚下溪水绿草。来到西溪石亭总要看一眼亭上的石刻对联,上面写着"潭深千尺水不兴波,龙跃九天腾云致雨",小学毕业的父亲还能认得上面的字迹,坐在石亭里歇一歇,舒口气,眯眼打量黑龙潭上飞驰而下的瀑布。面对瀑流长年冲刷的百丈崖,父亲会想起老家的山吗?只是父亲从不言语,默默起身去长寿泉接了泉水,慢悠悠挑着下山。

　　没有烟雾缭绕,三两老酒、一壶清茶。晚上,父亲看着戏曲频道,喝着泉水浸泡的清茶,等电动车充满电,去储藏室拔掉插座,才回屋安睡。

　　绿漆小铁门开了,老眼"囉啷啷"就地滚了过来,父亲把它靠在墙根儿,拔掉插座,关门走了。老眼陪伴了他三十多年,父亲哪能忘了呢?他看大金鹿的眼神也是对孩子一样的慈爱呢。

　　花开无声,流水无痕。唯有岁月流转的眼神一直在深情关注着那些匆匆行走的脚步。

料峭春寒

冉令香

　　"二月二，龙抬头；大仓满，小仓流。"1918 年农历二月二，迎着料峭春寒，我爷爷出生于泰山西麓丘陵地带的一个贫寒之家。1918 年春天，迎接我爷爷的不是满仓金灿灿的谷米，却是突然爆发的一场流感。报界当时称之为"骨痛病"或"五日瘟"。当年 3 月起，从广州到东北，从上海到四川，流感肆虐四处泛滥……那个瘟疫横行的春天，没有温饱，只有贫寒、饥饿和流浪，伴随爷爷倔强的生命起步。饥寒交迫没有阻止一条生命艰难成长的步履，荏苒光阴却锻造一条铁骨铮铮的山东硬汉。

　　春种夏长，秋收冬藏。我爷爷，一个土生土长的农民沿着季节的生命线，与泥土相依相伴一路走来。1968 年春天，当我的第一声啼哭穿破清冷的时空时，他正值知天命之年。之前，他的苦难和奋斗经历沉淀在家史中永久沉默，我无法见证；之后，短短的 14 年光阴，他在我成长的前方树立了一杆做人的标尺。

　　记忆里的春天来得总是那么突然。厚厚的老棉袄还捂得严严实实，胡同里的第一声柳笛已唤醒了春天。没有桃花的香艳和招摇，也没有金柳摇曳的风情，我幼年的记忆里堆满了嫩树叶的苦涩。

　　院子里大大的红泥盆里泡着柳芽儿。东屋二爷爷的饭桌上，竹篮里是黑糊糊的菜窝头，南屋五奶奶的饭碗里是稀溜溜的地瓜干儿野菜粥，一根腌萝卜咸菜拌饭，填充着饥饿的胃囊。

　　矮桌上，玉米饼滚滚的热气刺激着辘辘饥肠"咕噜噜"欢叫。爷爷高大的身影旋着一股冷风进了套间，套间里那些灰黑的泥巴瓮装着一家人的口粮。爷爷转身走出套间的时候，已是满脸寒霜。"哗啦啦"，一摞饭碗猛然被爷爷摔到地上，满地伤残和碎片刺痛了我惊恐的眼睛。原来，母亲又错了，不该瞒着爷爷把两篮子地瓜干儿送给胡同里的三

奶奶。爷爷并非贪婪吝啬之人,他爱憎分明,为人处世的原则性远比母亲强。

年好过,春难熬。青黄不接的春天煎熬着人们的肚皮和意志。吃饭问题,成了家家的心结。大爷爷忍受不住饥饿的煎熬,拖家带口闯东北时,撂给我爷爷和胡同里的三爷爷一句:"养好老娘。"之后,一去多年杳如黄鹤。八十多岁的老奶奶老眼昏花,摸索着来到三奶奶家要一筐煤做饭,三奶奶翻着白眼珠一句话呛死人,她说:"我一个荒草叶子盖不过腚来,哪有炭给你?"老奶奶踉踉跄跄回了屋,老泪横流。

"连娘都不管,还有人味儿吗?"爷爷气得跳脚骂。此后,老奶奶的衣食用度落到了母亲头上。每天母亲做好了饭总是先给老奶奶端过去一碗。那时,爷爷没白没黑地干满一天,只挣 8 分钱,幸亏我们姐弟年纪小、饭量小,才不至于吃了上顿没下顿。

爷爷争强好胜,农活儿样样精通,那铁打的身板无论干什么活儿都是手脚麻利,风卷残云,他一个人顶三个壮劳力挣工分:一早一晚在牛栏院挑水、铡草、喂牛;牲口出了工,他就跟到地里干活儿;农忙时他又担任场长,督促社员打场、晒粮。

仓促的麦收时节,家家户户像上紧了发条的闹钟,一步不落地追着天气赶。洗洗涮涮,缝缝补补,忙忙碌碌,母亲像追着碌碡跑的人,从家里转到地里,从堂屋转到灶房,一天到晚总有干不完的活儿。那天早饭后,母亲急急火火赶到场院时晚了几步,爷爷迎头一声呵斥:"都什么时候了?才来干活?"尴尬的母亲扛着木锨转身回了家,紧跟在后的大婶儿牢骚满腹,也嘟嘟囔囔回了家。母亲和大婶儿的半天工分泡了汤。

晚上,爷爷满身疲惫回到家。一口热茶还没进肚,爷爷点着旱烟袋就数落上了母亲:"以后甭干这站不住理的事儿。你晚了,这工分怎么算?""四婶子那天不是也晚了吗?"母亲的话音未落地,爷爷"哐"的一声,铜嘴旱烟袋磕在八仙桌上,他说:"兴别人这样干,不兴咱!"母亲不再吱声,慌忙收拾饭桌。

白天,爷爷在场院里干疯了,一个人站在高高的脱粒机旁扬场,扬出了六千斤麦子。机器轰鸣怒吼,飞速旋转吞咽着麦捆。爷爷扒光了脊背,甩开膀子大干了一天。汗水混合着泥土,从爷爷黑红铁打的脊背上向下流,头发、眉毛、络腮胡子上落满了长长短短的麦秸。一锨麦子还没在簸箕里落稳,爷爷轮开双臂一扬抛到半空,麦糠顺风飘出去,麦粒雨"唰啦啦"落在地上。两个年轻力壮的小伙子轮流上麦子,也没赶上爷爷的速度。阴历六月天,毒辣的太阳炙烤着大地,最调皮的孩子也不敢赤脚在滚烫的地面上乱跑。树叶蔫了脸,蒙着一层灰尘。场院里,忙碌火辣的气氛让人恐慌。六月天,娃娃脸,说变就变。说不准什么时候一阵狂风暴雨,忙活半年,盼望半年的麦收就会泡汤。这救命的粮食没进仓,爷爷心里不踏实。爷爷心疼粮食,更敬畏粮食。

年终队里按工分粮,我家分的最多。看到孤寡空瘪的粮袋,爷爷总会悄悄送过去一袋或半袋粮食。爷爷心疼粮食,更痛恨自私自利的人。爷爷的心思母亲都明白,可每当面对那些饥饿的眼神,母亲还是战战兢兢地一错再错,这家一瓢,那家一篮。

爷爷视粮食如命,到了六亲不认的地步。那是夏末的急阵雨,雨点砸到树叶上"啪啦啪啦"作响,砸着干燥的地面溅起浓浓的土腥味儿。正在胡同阴凉地儿里闲扯的人,被雨点追逐,一阵慌乱之后逃得无影无踪。空空的胡同,只剩下寂寞的风雨在盘旋呼号。当暴涨的池塘盈满火红的晚霞时,姐姐领着我和几个孩子嬉闹着跑进了池塘边的玉米地。"这时候的玉米秸最甜。"瞬间,十几棵玉米被掐头、去根、折断、乱扔在地上。突然,我的脊背狠狠地挨了两棍,我号啕大哭起来,那几个孩子一哄而散。透过泪花,我看到的是爷爷暴怒的脸,"败家子儿!都不吃粮食?光喝西北风!"我和姐哭哭啼啼,背着两道鲜红的血印进了家。这血印刺痛了母亲,母亲和爷爷大吵一顿。"糟蹋粮食,天理难容。"爷爷一气之下,晚饭没吃,独自卷了铺盖,气呼呼地搬到牛栏院住去了。

这是爷爷唯一一次打我和姐,而且下手这么狠。平时他最疼我们,寒冷的冬夜,他厚厚的羊皮袄总盖在姐那一头,夜里醒来姐姐常热得满头汗;家里只有一个搪瓷汤壶,每晚睡觉前把我们的被窝暖好了,他才抱到自己的床上……因为粮食,爷爷却狠手打了我们。

一年之计在于春。当飒飒春风抚摸着泰山西麓的丘陵地时,那些

19

硬邦邦的荒地睁开睡眼,酥软了筋骨。"开荒种地,三七开。"爷爷说,秋后收了粮食,公家拿三成,自己拿七成。爷爷领着我们姐弟到西山掘茅草开荒。

掘,是的,那些抱团丛生的茅草只能一镢头一镢头地掘出来。半山坡的这片荒地茅草丛生,碎石遍地,坚硬难刨,一镢头刨下去震得手臂发麻。那张细长尖利的条镢在爷爷手里上下飞舞。爷爷扒下老棉袄,朝掌心吐点儿唾沫,两掌的老茧搓得唰啦作响。他一把抓过镢头,甩开膀子,抡圆了,"嘿"的一声,一团茅草应声而出,爷爷攒了一冬的劲儿都使了出来。我和姐砸坷垃、捡石头,平整爷爷刨过的土地。弟弟跟后,一边拾草,一边挑肥胖的茅草根儿嚼着吃。洁白的茅草根儿深扎在土里,交错横生,生命力极强,每年不知要吞掉多少好地。爷爷与这些茅草的争夺战已持续了三年,仍然难以掘草除根。镢头上下飞舞,反射着刺眼的光芒。呼啦啦的山风掀动爷爷薄薄的秋衣,汗水湿透了,黏糊糊紧贴着脊背。大干了一上午,爷爷披上老棉袄,坐在厚厚的茅草丛中抽锅旱烟袋,从水壶里倒出一大碗浓酽的老干烘一饮而尽。爷爷大口嚼着煎饼、咸菜、大葱,打量着平整过的土地自言自语:"养好这块地每年能多收二百斤粮食。"

养好这片地,谈何容易。这片荒地土质黏硬,每年开春往地里运土杂肥都是全家劳力齐上阵。这狭窄陡峭的山路、这刚整过的松软暄腾的土地,每走一步都是强悍与耐力的考验。父亲脖子上挂着车襻,弓腰蹬腿推着车子往上拱。爷爷带着我和姐姐在前边拉车。拳头粗的麻绳勒过肩头,绷腰收腹、俯身蹬腿、埋头拱肩,一副标准的斗牛架势。爬上陡坡刚拐进地里,爷爷肩头的绳子突然断开,毫无提防的爷爷一头扑在地上,摔得满身土。

"地不会说话,心里有数。你亏待了它,它就亏待你。"爷爷敬畏泥土,这养活生命的泥土在他心里有至高无上的地位。"精耕细作多打粮"。爷爷与泥土打了一辈子交道,他了解泥土的脾气,熟知每一块地的秉性,从耕耙的深浅、施肥的浓淡,到浇水量的大小、庄稼成熟期的早晚,就像了解自己的掌纹般烂熟于心。

驾驭着犁耙整地,爷爷像征战沙场的将军所向披靡。宽大的铁

耙,两米多长,四排铁齿,三头牛拉着荡地。每到地头,爷爷双手一抖,铁耙借力转弯。爷爷一个健步跃上去,两腿一前一后稳站铁耙中间,挥手扬鞭,吆喝着三头牛乖顺地前进。黄尘滚滚,铁耙颠簸起伏如履风涛浪谷。

一身黄土,满脸灰尘。干完活,走出地垄的时候,爷爷拍拍衣服,刮刮鞋底的泥,仔细地整理自己,他想让每一粒泥土留在应该守候的地方。

爷爷心疼粮食,敬畏土地,更有怜贫惜弱的侠骨热肠。"人没有攒住的力气",爷爷从不吝啬自己的力气。每逢爬坡过桥,遇到车载肩扛过不去坎儿的人,爷爷都会主动搭把手。乡邻的红白公事,他总是临场指挥,条分缕析,三言两语,铁板钉钉。甚至有家务纠纷,乡邻们也愿意请爷爷出面调解、裁决。正因为耿直仗义,不识字的爷爷才遭人诬陷,惹了一桩冤案。爷爷一生最大的遗憾就是不识字,大事小情全凭自己的好记性。那年,心高气傲的爷爷担任生产队财务保管。开春时,有人向队里借钱买种子,一直拖到年底也没还上。爷爷催要时,他矢口否认,反咬一口,让爷爷拿出凭据来。不识字的爷爷哪有什么凭据?他哪里料到,青天白日会有人往自己头上栽赃!最后还是他家丰收的粮食证明了一切,替爷爷洗刷了冤屈。"人正不怕影子歪,老天爷看得清"。此后爷爷再没干过生产队的财务保管,一心扑在牛栏院,饲养牲口。"牲口比人有良心。"看来爷爷说得对。

1982 年的春天,这个七口之家浸在料峭的春寒中等待上苍的判决。寒潮又起,浸得人透心凉。硬扎扎的山头风削过树梢,猪圈外那树杏花激灵灵打起冷战,粉嫩的花瓣追过柴垛,蔫了脸堆在墙角。

爷爷病了,母亲烙了他最爱吃的芝麻酥饼,爷爷嚼烂了痛苦地抻直了脖子就是咽不下去。在医院的仪器前折腾了半天,父亲拿着诊断书轻描淡写地说:"咽炎。"一下火车,爷爷欢欢喜喜一路小跑回了家。身材高大的父亲远远落在后面,脚软塌塌地踩着黄泥路,拖不动那双滞重的千层底。"晚期",医生嘴里轻飘飘吐出的两个字,如晴天霹雳彻底击垮了父亲的意志。

不记得爷爷有过头疼感冒,也不记得爷爷说起过哪里难受。爷爷

只是因为吞咽食物困难而屡屡发火。那点可怜的流食何以能浇灭腹脏灼烧的疼痛？那张简陋的木板床，成了昼夜的煎熬；那副铮铮铁骨遏制不住病魔贪婪的吸食，已干瘪如柴。曾经的桀骜和自负销蚀已尽。脸色暗黄、颧骨突兀，爷爷脆弱得像一张黄草纸，再也经不起任何风吹雨打。

因病无法下地干活儿，爷爷脾气越来越焦躁。今天撵我们下地锄草，明天赶我们上山施肥。"人勤地不懒。人误地一时，地误人一年。"爷爷整天挂在嘴边。爷爷生活的字典里只有"干活"两个字。阳春三月，以往正是爷爷实施一年劳作计划的开篇。

"我死了，恁连根直溜黄瓜也吃不上！"这是爷爷常挂在口头教训我父母的话。不是危言耸听，在我成长的记忆里，母亲吃够了苦头。父亲五岁那年，奶奶因病撒手人寰，爷爷独身一人将父亲养大。在整个家族中，憨厚老实的父亲是孤立无援的，母亲处于受欺辱的地位。一次次的家族斗争，让我懂得了爷爷的强硬好胜。他像盘旋在半空的苍鹰，伸展硕大的羽翼护佑着这个家，护佑着他弱小的子孙后代。他的刚直不阿、六亲不认得罪了许多乡邻，那些人在爷爷和父亲身上得不到便宜，势单力孤的母亲就成了他们伺机报复的对象。

搬进新家的那年春天，母亲在院墙外栽了几棵杨树，不出几天就被邻居连根拔掉了。母亲不满地质问，引来邻家老少四五口人的毒打。当时父亲在离家几里地的龙门水库照看抽水机，正值春旱时节，家家户户排夜班浇地。父亲日夜在水库值班，十天半月回不了家。爷爷一天到晚在地里干活儿。瘦弱的母亲孤身一人，怎是他们的对手？母亲被恶狠狠地骑在身下，旁边几人拳脚齐上，将母亲打得口鼻流血，满脸乌青。母亲的手腕也被那些指甲狠毒地掐出一道道血痕。6岁的我，竟然傻呆呆地坐在地上大哭，眼睁睁看着母亲被围困毒打。乡邻看不下去，强行拉开了这场打斗。否则，我可怜的母亲说不准要被他们打死。

爷爷终于没有熬过1982年的夏天，没能等到秋天，没能看到他盼望的丰收粮进家，匆匆走了，我家的顶梁柱塌了。

墙倒人推、落井下石、忘恩负义……我曾经那么鄙视这些词语的含义，现在却深刻领悟了这些字眼儿所表达的复杂心情。

　　爷爷刚刚入土,丧事还没办完,三奶奶当众大哭大闹起来。只因为出殡时她的闺女和女婿的白腰带和远房的一样长了,没有分出亲疏远近。爷爷出殡那三天,家里的大小事情一概由公事人主管,我的父母哪有心思管这些细枝末节?不由分说,三奶奶跳着脚大闹一通,并扬言,从此后与我们家井水不犯河水。

　　秋天,姐姐去济南上学了,我在离家八里地的乡中学读书,两个弟弟都在村小读书。农忙时只有父母里里外外地忙活了。那天,母亲干完活儿回到家,发现摊晾在院子的花生丢了大半。这些花生可是我们姐弟的学杂费、家里的油盐酱醋的指望。母亲又气又恼喊骂起来。前邻竟然恼羞成怒,横加干涉,三个小伙子翻墙跳进院来围攻。母亲见势不妙捞起扫帚自卫,被一路追打到三里地外的南山坡上,天黑了才敢回到家里。事后,憨厚的父亲找去据理争辩。第二天一早,父母去村西地里收玉米,迎接他们的是一片空荡荡的玉米秆儿,他们起早贪黑精心侍弄了几个月的玉米,成了别家的囊中之物。可怕的夜色掩盖了贪婪的嘴脸,光明却把那些卑劣的人性赤裸裸地暴露在光天化日之下⋯⋯

　　"二月二,龙抬头;大仓满,小仓流"。又是一年春风度,西山又披上了朦胧绿的披风。苦菜花摇曳着金灿灿的笑脸,蒲公英飞翔起梦的翅膀,马兰花侧脸倾听山头风的一声声叮咛。爷爷就沉睡在当年他开垦的茅草地里,迎着四季风,看着的他的儿孙们耕作、收获。

　　生于泥土,长于泥土,最终归于泥土。爷爷一辈子与土地打交道,他就是一棵执著的窜天杨,根系深扎进泥土,挺直腰杆,拥抱大地,年年迎着料峭春寒展枝舒叶。

闹 鱼

透 透

> 山间有条小溪河,小小的河床,小小的流水,却安顿了我整个的故乡。那里日霞星辉、炊烟灯火、虫吟鸟鸣,那里的泪水和欢笑,那里的叹息和歌声,那里一切一切卑微的生命——无论它们顽强、善良或幸福,还是脆弱、愚昧或苦难,都永远隐藏在这条小溪河清泠的水里,让我随时随地都可以看见,它们随着生活与命运起伏或波动或宁静的姿态。而我永远的乡愁和记忆,早已注定饱含了这条小溪河水质的甘甜和鱼虾的荤腥。
>
> ——题记

父亲抱回了一大把铜钱草,进门就说今晚要打夜工闹鱼,让我跟他一起作准备。父亲的话散了一屋子的鱼香味,我狠狠地吞了一口,把那只快要从喉咙里伸出来的小手使劲摁回了肚子里,飞快地跟在父亲身后转,要知道,家里的锅很久都没沾荤了。我想吃肉,家里每个人都很想吃肉,这种强烈的欲望积攒着巨大的饥饿感,但寨上不准搞副业,不准搞养殖,全家人的指望就只有山里的飞禽走兽和小溪河的鱼和虾,所以,哪片茶林有斑鸠、鹧鸪,哪个水塘有麻鲴、鲶拐,父亲嘴里不说,心里却盘记着。寨上没几个人能上山打猎,不需要藏着掖着,但下河捞虾、闹鱼却个个都会,因此,闹鱼的事情不能大张旗鼓,否则,你一个人出力出物去闹鱼,到时,一大帮人赶来捞,自己白吃一场亏,谁也不愿意(当然,如果大家凑份儿集体闹鱼,那就另当别论)。明知不能张扬、不能吃亏,只是一兴奋,我那双小赤脚就叭叭地踩得特别响,还把鱼绞竹篓碰得哗啦哗啦到处响,父亲不停地转过头来压着嗓门嘱咐我,死妹崽,轻点,轻点! 对门那伙(人)醒着呢! 我吐了一下舌头,学着蹑手蹑脚做自家的事,弄得像做贼一样。

其实,父亲是个老实人,勤恳,话又少,全村出名的好脾气,但为了膝下这几张饥饿的小嘴巴,他也偶尔有点小心机。因长期的劳累和操心,他的身形和面孔瘦如刀削一般,上面却有着与之不相称的柔韧和承受力,负重无处不在。每次跟在他的身后,我总会感觉到那股韧性和承受力裹着浓烈的汗味,悄然潜入我,像一群草籽,在体内落地生根,并一年年茂盛起来。这使我过早地懂事,且多感,十岁,或者更早,我就成了这个瘦削身影后的一条乖巧的小尾巴,照顾妹妹和生病的母亲,学着山里水里的农活儿或渔猎。现在,这条小尾巴既兴奋,又小心翼翼。只是,人还跟父亲在半山腰的屋子里忙着,心却早就跑到山脚下的小河边去了。

流过我们村子的溪河小小的。小小的河床,小小的流水,没有名字,我们只按它流经的地方叫高头湾、底下湾、某某门口塘。它水流平缓之处,宽不过三四米,深也就一两米,却游着成群的小河鱼,成帮的小河虾。而浅滩的地方,就薄薄的一层水,贴着石子,时而跳起水花,时而轻柔滑过,其间,还长着茂盛的菖蒲和成片的鸭舌草。秋天之后,它的水流会更小,小到稍一使劲,人畜就可以跳过河去。在这条小溪河里,除了洗冷水澡,和同伴打水仗,摸花石子玩,最让我来劲的莫过于捞虾、闹鱼了,尤其是打夜工闹鱼,跟着父亲,肯定满载而归。

闹鱼是山里人捕鱼的一种方法,用茶麸或铜钱草,也可以两者混合,投入小溪河里把水搅浑,鱼被熬晕之后捕捞。这种方法比较狠,也比单纯的放钓或拦网有效,通常几饼茶麸,一把铜钱草的药水就可以跑浑小溪河一两里长的水路,一路捕捞下来,收获颇丰,足够一家人美美地吃上好几顿。我发现,父亲和村里爱闹鱼的人一样,是早有预谋的,他早在头年冬天榨茶油的时候,就挑了十来饼最好的茶麸,放到火房的楼上炕着,到了第二年鱼虾肥壮的季节,就专门用来闹鱼。铜钱草,则是一种山里常见的野生藤状植物,喜欢爬生在油茶林里那些湿润荫凉的泥枕子上,藤茎绵长有力,四处蔓伸,密集的节骨眼上,长满铜钱状的叶片,通体汁液充盈、饱满、蓬勃,当阳光从油茶树的空隙落下来时,叶面上那些细碎的亮斑,便晃动着银币一样的金属光泽,魔幻般艳丽。到了七八月份,它们便会爬满长长的整个茶枕子,成了青葱翠

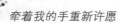

绿的一大片——也许是同生共性的缘故,这些生长在油茶林里的铜钱草,与油茶籽的麸粕一样,对小河鱼具有极强的杀伤力,都是绝好的闹鱼药料。

而今晚闹鱼的药料,就是原来炕在火楼上的那几饼茶麸,还有父亲抱回的那把铜钱草。

现在,这些连藤带叶一齐被父亲拔回的铜钱草,被我们捣烂,与适量的水和粘土一起拌成了半固状待用。备好铜钱草之后,我们从楼上取下了那几饼茶麸。火烟熏过的茶麸,更黑,更干,原本的油香和光泽,被烟灰厚厚地裹藏;收敛的茶皂素,在那些经受了重力压榨而坚硬致密的麸粕里,不动声色地浓酽着。此时,它在我和父亲的刀下被一点点削开、剁碎,露出原来的色泽和质粒,再在那盆开水中发泡、膨胀。滚热的水雾,带着茶皂素迷人的香气,一股股蒸腾并满屋游荡开来。

有了茶麸和铜钱草两样药料,闹鱼这件事就有了成倍的把握,信心从父亲熟练的动作中传递过来,一种捕猎的快乐开始在我心里涌动、聚集。我知道,无论是那盆浸出的黄褐色的水,还是那团黄绿相间的草泥,它们对小河鱼而言是要命的,但死去的小河鱼对我来说,却是最滋养的美餐,那香甜的味道可以一直钻到骨头里去,跟着我一辈子。

夜间闹鱼,还要扎火把,这是当时山村野外照明最经济最有效的办法。扎火把用的是从廊檐柴堆里挑选出的,干枯笔直的竹蒿或豆笈,这些干竹子轻巧、易燃、火旺,父亲一丝不苟地将它们破细、斩齐、排列、捆扎,最后在点火那头浇上煤油。一个扎好的火把长约 1.5~2 米,粗约 10 公分,大概能用半个多小时。每一次,父亲都会扎 4~5 个这样的火把;每一次,这些火把点燃之后,那橙红的火光,那带着一团炽热的火光,就会照亮那条黑暗中的小溪河,也会温暖我们贫寒的日子。

铜钱草、茶麸、火把、竹笈,以及绞、捕捞工具,全都早早准备就绪,出门时间却总是要挨到晚上十点钟以后,那时,每家每户的灯光才次第熄灭,大人娃崽才一一进入梦乡。闹鱼的夜晚,天上总是挂满星子,微光迷幻,散漫在小溪河上,白日里清冷澄澈的流水,此时只泛着灰蒙的白,静谧、隐约,它周遭的一切,也都轻着声音。夜向深处滑行,舒展而柔润,小溪河也睡着了,现在,我们就像饿坏了的孩子,乘其不备去偷它口袋里好吃的东西。那东西就是藏在水塘里的鱼群虾帮,我们觊觎已久。

走山路,过田埂,再顺着小河边往下游,我跟在父亲后面,和他一样赤着脚,并按他的嘱咐,踩着他的大脚印走。他说,这样我就不会跌跤,不会被刺扎,更不会被东西咬。因而,泥巴路上,他那串大脚印里总是兜着我的小脚印,既稳扎,又安全。

出了寨子口往下的河段,被我们叫作底下湾。底下湾水塘相对较深,鱼多,水岩洞里还有鲶拐一类的大鱼,但岸边荆棘杂木丛生,路不好走,人畜少至,平时更不会有人来这里撒网。父亲选择这截河段,自然是野心勃勃,想有大收获。我们找了一个浅滩的下水口,投了鱼药,同时使劲把水搅浑。混浊的药水很快进入第一个塘沽,机灵的鱼有的顺水往下逃,有的逆流回跑找清水,但最终都钻进了父亲预先装在水塘两头水口的鱼篆里。而大多数鱼喝了茶麸水和铜钱草汤后,就陆续浮头,晕得在水面直打旋。此时,父亲操捞绞,我举火把、背鱼篓,还帮着留意父亲身后的鱼情,一旦看见有大鱼跳出水面,就大喊大叫:"爸,这边,这边有一条!"父亲转身的同时,总是怒责:"喊死嘛,喊恁大声,怕别个(人)听不见啊?"第二次,我便压住了声音。可隔不了一会儿,再发现有鱼浮动时,一激动,仍旧是大声叫喊,还着急得扑过去,自己动手捉。

这一咋一呼的,难免会惊动村里睡觉轻的人,尤其是住在寨口的人,狗一叫,再看见河边的火光,便起床摸着黑跟了来。见是闹鱼,那人便一声"表舅,闹鱼啊,得没啊?""没得啊!"父亲故作谦虚。"药水不够力吧?要不我再加两饼茶麸,好耍哦,一起来哈。"那话说得就像塘里的鲶拐鱼,滑溜滑溜的。也有人只说:"叔,我也来哈",就拿了捞绞、鱼篓直接下河的。每每,我因为自己坏了事,悔得肠子都青了,父亲却总是应承道"来咧,来咧!"这时候,我才知道,乡亲的情面远远大过那点小私心。

人一多,跟集体闹鱼就没什么两样了,看见水塘里的鱼不断浮头打旋,大家你围我堵,稀里哗啦,乐成一团。后来,河边火把越来越多,火光通明,不仅照亮了一条溪河水,也照亮了溪河之上的许多事物,树

林、苇草、竹篷、稻子和土屋，等等，它们在火光下映现出不同的姿态和影子，又在火光里散发出这一方水土相同的湿润气息。

而我的影子，瘦瘦小小的影子，一直跟随父亲左右，往下一个水塘，再往下一个水塘，直到这一河的药水最终淡去，父亲才说："回去了，睡一觉，明天起早点，再来捡清水鱼。"

母亲开了门，堂屋里一灯如豆，一直亮着微弱的光。灶房的火炉膛，一截粗硬耐燃的茶树根，也维系着一捧火苗，上面大鼎锅的盖缘轻轻地吐着两缕白蒸汽，锅里的水在微微沸腾。母亲接了我们手中的渔具，说："恁夜才回，都二更天啦，得鱼没得啊？""您看，在篓里呢！"我的声音抑制不住高兴，那几斤小河鱼，在我心里，那成绩说有多大就有多大，比考试拿满分还让我得意。我迫不及待地告诉她，得了几条鲶拐鱼，几条点秤鱼，几条鲤鱼，还有多少麻鲄、白袍、趴岩、苗婆和苦扁喜。母亲一边帮我解下腰间的鱼篓，一边催道："莫讲恁多了，快点脱掉湿衣服，洗热水去，莫挨着凉。"母亲同样催促父亲后，把鱼倒进那个印着红双喜的瓷盆里，一一清理，再往灶里加了把柴，把火捅旺，架上铁锅，开始焙鱼。

我钻进被窝时，父母亲仍在灶前小声说话，一锅接一锅的焙着小河鱼，那天晚上，那浓浓的香气，严严实实地覆盖了我的梦乡，让我一觉醺醺地睡到了大天亮，根本不知道父亲什么时候起床去捡清水鱼，母亲也没叫醒我。

烧炭过冬

透　透

　　寒风又一次打着尖哨,从村子西北边的坳口刮来,它们像镰刀一样,恨不得削净老树林的叶子,刈光荒坡上的野草,也恨不得割走我的耳朵和鼻子。几场白霜过后,冷,就像一把长长的锥子,刺穿我身上单薄的衣服,直往骨头里扎。我知道,用不了多久,这些刺骨的风还会吸掉我皮肤的水分,使我的手脚皲裂得跟杨梅树蔸一样,一不小心,那些张开的肉口子就会暴出生血来,辣辣地生痛。我讨厌这种刺冷和辣痛,它们老是咬着我不放,让我时常不自觉地淌眼泪水,流清鼻涕,跟村里所有的孩子一样,两只手袖都擦成了亮堂堂的镜子,脸上还是龌里龌龊的。这时,心里便巴望着听到母亲朝父亲大声叫喊:"你(们)爸,还不快点烧炭嘛?冷得要死了!烧两窑炭,也好过年啦!"母亲的声音是那么响亮,它急火火地划过寒风飞过来时,足以把我周围的空气瞬间擦暖,炭没烧呢,我身边仿佛已点燃了一盆红红的炭火。

　　其实,父亲一直在忙碌,御寒过冬,家里有许多事情要做,在母亲的催促下,烧炭就是最当紧的一件了。

　　在我们这儿,炭是用土窑烧的,家里前后挖有两口。原来的那口老炭窑在芭蕉冲口的山脚下,上面是一块木薯地,再往上就是家里那片栗木林。林子的树长的大小不一,每年轮流间伐烧炭,不够的话,就到青山去砍杂木填补。家里当初把炭窑挖在这里,是图它方便就近取柴,少些搬运的辛苦,但后来父亲嫌它离家远,烧火点窑之初,要在山里熬夜守火,太费神了,于是,就在我们屋子旁边的那棵老板栗树下再挖了一口新窑,且一直使用不再更换。

　　那时,开挖一口新炭窑并不是一件容易的事情,需要细致地做好各种准备。首先砍楠竹、破篾子、编撮箕。父亲在门前小地坪编撮箕的时候,母亲便帮着收拾竹枝、掐竹叶子、扎竹扫把。我也没闲着,拎个小

木垛,拿把平头柴刀,斩篾黄,约莫一尺长一段,之后一把把地捆好,放到茅司里去,解手时用来刮屁股。撮箕编好了,接着磨镰刀、磋刮子、给钉锄和铁铲换上粗硬的手把,还要准备两根钢钎(家里只有一根长的,还要去升高伯家借一根短的,但要等人家闲着的时候才借得到)。这些铁器在父亲那双粗糙硬朗的手里倒腾,敲击,发出当当的响声。它们不断地打到对面的山屏上,又被一一弹了回来,把冬天本来空寂的山谷,激荡得满山遍野都是声音。

在山里,炭窑都是就着山体的坡度掘土挖成的。当板栗树下那块土坡茂密的杂草被镰刀刈得干干净净时,我才发现父亲对这里早已了然于胸。原来,这块平时被遮蔽严实的土坡有道高坎,坎下是谷底平地,坎上是个缓坡,地势落差刚好适合一口窑体的高度,而且土质很好,是质密结实的黄胶泥(黄黏土),性黏,不松散,掘成的窑洞十分稳固。钉锄、铁铲、钢钎、刮子,这些先前准备妥当的工具,在父亲的手里交替使用。新炭窑从一个圆形开口,到一寸寸地往里吃进,再一点点拓宽,直到挖出窑腔的雏形,父亲才猫着身子往里钻,一撮撮往外掏泥巴。母亲在窑洞外面忙着运土,不时朝洞里大声讲话,不时叫我帮递空撮箕,歇困的时候,还支我回屋里用竹筒瓠茶水下来解渴。我呢,小花猫一样围着窑洞蹦跳、滚爬,还带着妹妹们搓泥巴丸子扮家家酒(破瓦片当碟,小木棍当筷,泥丸子当菜,弄好了,几姊妹围着"大吃大喝")。那些刚从山体里掏出来的黄泥巴,带着暖暖的地温,气味新鲜极了,卤了一身泥粉的人,整个儿都是香香甜甜的。

父亲挖这口窑费了不少工夫。后来我才知道,烧炭是力气活,也是技艺活,而炭窑挖得好坏,直接影响炭烧得如何。父亲说:"炭窑要有三个开口,窑门、烟囱和点火口,它们的位置和大小都有讲究,窑门开的最大,人能钻进去装柴;点火口则要顺着风向,以便点窑时火苗往里跑;烟囱则贴着山壁开在窑顶里侧,海碗一般口径,通气好又不影响窑顶的稳固。另外,窑壁的厚度和窑腔大小也要适合。窑壁太厚,点火口就深,柴难以接火,太薄,则窑门容易崩塌;窑腔呢,太小,一窑烧不出多少木炭,太大,离火口远的柴木炭化不完全成了炭头,而靠近火口的灰化又太多,出炭率也低。所以,挖一口炭窑一点也马虎不得。"

好窑，好柴，才能出好炭。好炭经烤，燃得亮，热也足。我们这一带，最好的炭柴是栗木，其次是椎木、枫木等杂木。栗木长在自家林地里，成材的树干如手臂大小，好砍。椎木和枫木则长在青山野林里，高大粗壮，生木又重得要命，要砍回来，得费九牛二虎之力。为了烧足过冬的木炭，甚至还能余些卖出去，换几张票子作家用，父母亲每年都要翻山越岭，往老屋背山的野林子里跑，选柴、砍伐、扛运。有一次，他们爬到陡壁上砍枫树，母亲双脚踏在茅草叶上打了滑，手里的柴刀剁到了自己的小腿上，刀口子见了骨头，鲜血染了一裤筒，回家敷了创口药，走路拐了一个月。尽管如此，烧炭的活还得继续，那些被截成一段段、冒着生浆的树干，压过父亲的双肩，最终全都躺在了窑边上。而每到星期天，我便跟在后面，叫父亲砍了一根溜直的小树干，削尖两头做了柴扁担，尽自己的小力气，挑两把干柴桠回家烧火煮饭打油茶。

柴进了窑膛后，窑外安静下来。枯荒的山野、萧杀的田间，到处是白霜留下的清寒，鸟虫噤声、溪流静谧，软绵的阳光被冷风一吹，也不知所终。父亲默默地坐在一只禾草墩上，一心一意守着炭窑的火口，一把一把地添着细柴，捅着火苗。被烧焦的粉石，不时噼啪爆响，仿佛策马的响鞭，催促火苗乘着风势，往窑炉里冲得更猛一些。窑顶上，白烟从烟囱源源不断地冒出来，带着树木的薰香，一忽儿站得直直的，一忽儿又扑倒在地，因为轻，它们在风中不能自已，最后散得无影无踪。

母亲依然忙着家务。从屋里到菜园子，再从菜园子回屋，偶尔骂几句不听话的娃崽和牲口。做好饭菜了，便下到窑边叫父亲回屋，然后自己坐到那个草墩上，接手推两把火。

夜幕垂落，风声起伏。低矮的土屋里，母亲拢着弟妹们的睡意，一盏油灯小心翼翼地亮着。木门虚掩，那微弱之光，从门缝里流出来，流进黑夜的黑，流进黑夜的冷，它流得那么轻，那么慢，又那么不依不饶。屋外，守火的父亲，静默如山。陪着他的，是那条忠实的猎狗，它把自己团一圈，卧在主人身边的草蒲上，始终竖着耳朵，不吭不声，似睡非睡。窑火的光亮，彻夜照着父亲和猎狗，他们斜长蓬松的黑影子，铺展在山坡上，像一张厚厚的被褥，遮盖了劳作的所有艰辛和疲惫。而那时，窑炉内的燃烧是如此热烈，那是父亲点燃的一个火热的世界，随着柴木

的一点点缩水、收敛、炭化,那些生命燃烧迸出的热量,饱含人间烟火的味道,在那深不可测的黑色波涛中汹涌、奔突,直至父亲封窑的那一刻骤然凝固……

　　隆冬的严寒如期到来时,木炭在屋里堆成了小山一样,黑得亮油油的。留足娃崽上学和家里用的木炭之后,父母亲赶了两三个圩日,将余下的几担,挑到板江集市上,叫个折中的价钱卖了出去,之后买了粗盐、火柴、煤油、灯芯和火盆胆(铁的),还有我的字簿、铅笔、胶擦,父亲狩猎用的铁砂和黑硝,以及母亲做布鞋的两尺蓝棉布。回来后,再拿几块板子去找寨上的六哥,叫他帮做个烤炭火专用的六角火盆架(我们这一带人家都兴用它烤火),成了,便随意封个利市,加上许多道谢的话。

　　有了六角火盆架,一家人围着烤炭火,既暖和舒服、不再被烟呛得满眼泪水,还可以将脚搭在火盆架结实的宽边上,把脚板底也烘得烫烫的。如果哪天早饭没好,肚子先饿了,便在火盆里扒个坑,把几个红薯和芋头埋进去,再压上红红的火炭,接着几姊妹一起唱"种田吃白米,种地吃芋头,早早起来烧两个,姊姊妹妹闹猴猴"。这童谣唱着唱着,一下子就把火盆里的红薯芋头唱熟了,用火钳挖出来,满屋子的香。如果哪天雪下得太大不出工,寨上便有人来家里闲坐打款(聊天),男人叼个烟袋斗,女人忙点针线活儿,东拉西扯,家长里短。有时火盆围得太挤了,大人便说:"娃崽屁股三把火,一边耍去!"每当大人们讲到隐私或者荤话,见姊妹几个在旁边竖着耳朵听嘘嘘的,就一巴掌朝着小屁股拍来:"嘿!娃崽家家莫听牙把!"

　　寒冷的日子依然一个挨着一个,门外的雪花一群追着一群,悄无声息,飞得满天都是。它们犹若一只只小精灵,在天地阔大的舞台上,在无声的旋律中,自编自舞,无束无拘,不经意间就让山村变了样。田地盖上松软的白绒被,山林琼花次第盛开,土屋成了一则画在半坡上的童话故事……那满世界的白啊,绚丽、耀眼,又安静无比。

　　冰雪的山村美到了极致,也冷到了极点。弟妹们像一串土拨鼠,从土屋的门洞里钻出来,灰扑扑的,一个个缩着细脖子,啜着长鼻涕,滴溜着大眼睛,可是没等在雪地里跑多远,就被父亲拿着楠竹鞭子赶回

屋里烘火去了,生怕他们冷出病来。而我刚好相反,一大早就被母亲撵出门去学校,嘴里还不停地叫着:"死妹崽,快啊快啊,要迟到了呀!"然后抓起那个小火笼(一只大大的破锑碗,用钉子在碗沿上打三个小洞,穿上三截铁丝做提耳,碗底再垫上一块小瓦片,上面铺一层灶灰,最后往里面燃上火炭,就是个暖烘烘的小火笼了),往我手里一塞,说:"小心点,莫烧着衣服!"

此时,小火笼里的木炭燃得正旺,北风一吹,炭皮爆出的火星子直往外跳,烧红的木炭还会伸出蓝火舌来,天冷,人又老想往火边上挨,所以,寨上每个带火盆上学的读书娃崽出门时,家里的大人都要再三提醒,而我母亲喊得比谁都大声。

我一面条件反射似的,也扯开大嗓音使劲答应,说:"晓得了!"一面提着那个小火笼往底下寨飞跑,追赶上学的"大部队"。可这一跑,风力更大,不但大锑碗里的火星子跳得更厉害,而且斜挎的大书包也把屁股拍得啪啪响(书包里除了装有书本笔盒和晌午饭,还装有两截梨木炭呢),看得母亲干着急,说:"死妹崽,慢点,慢点呀!"远远地,又喊:"火小记得加炭啊!"

而我(后来还有弟妹们),每天依然不管不顾地这样跑啊,跑啊,直到我跑完了不知愁滋味的少儿时光。之后,念中学、上大学、工作、结婚、调动。我离家越来越远。但是,不论我跑得多远,那喊声(母亲病后,成了父亲的)年复一年,一冬又一冬,都一直追在我身后,拖着长长的尾音;也不论我跑在怎样寒冷的风雪路上,只要一想起那个小小的火笼,那盆红红的炭火,一股热乎乎的感觉就会从脚板底下涌上来,暖透心窝。

核桃·粗布·槐·棠棣

浅 蓝

1. 核桃

天空洒下巨大的寂静。静寂中站立着年老的核桃树,繁枝密叶间筛下初秋午后的阳光碎片,有一两朵毛茸茸的光斑在女孩衣袖上轻轻晃动,她则专注于手的揉搓动作,碎裂的叶片在掌中散出新鲜浓郁的苦香,浸出的汁液,将混在一起的塑料条儿越染越黄。

她八岁已懂得爱美,口袋没有一分钱,但也希望打扮自己。她瞧见村里的女子们如此染出嫩黄鲜亮的带子,扎在辫梢,甩来甩去很好看。那段时间,正流行这种小手工,每个女孩娇嫩的手心都染得焦黄。

整个下午她都在忙手中的活儿。搓好一根,晾在石头上,再搓另一根,重复几次才能出效果的。反正也没什么事儿,她有大段的空闲时间可以浪费。很多年前秋天的下午,比现在可是缓慢悠长得多,像匹一头儿色泽鲜亮,一头儿色泽渐趋黯淡模糊的棉布,在风中凉凉抖动着,扯也扯不完。村子里的大人们慢慢腾腾地下地干活,或在家里敲敲打打修理秋收的农具,织布机子节奏均匀地哐哐响着,纳鞋底的女人们吃力地拽着钢针和雪白的棉绳,发出嗤嗤的摩擦声。那时没有高楼大厦,也没有机器的轰鸣。天无遮拦地覆盖下来,世界寥廓旷远,万物寂静,任何声响都能被这巨大的寥廓吸纳,很快消失不见。村庄几百年地偃卧于绿树红尘中,又小又矮,很远才有一个。女孩半下午地坐在寂静中,小板凳前的土泥地面,印着玲珑的鞋印。飘散果香的老核桃树是外婆年轻时种下的,它意态雍容地站在院门外撑着郁绿的大伞,女孩抬头眯眼望着绿色的树,觉得它像一座童话中的蘑菇屋。绿色蘑菇屋长在一面平缓的坡下面。整个村庄的房子都站在高低起伏的坡上坡下,依势穿窑凿洞,起土建屋。远望去,像散乱的棋子,在纯净的阳光下,反射着淡淡的光。

"嘎巴"！碎裂声响过,将用劲儿向墙推动的门扇松开,从安置门轴的旮旯里,捡出被挤碎了硬壳的核桃,如果力道刚刚好,核桃仁会完整地从坚硬的碎壳里裸露出来,虽然沾了些积尘,那时候的灰尘也不脏,拍掉就好了。捡核桃的人内心喜悦,吃起核桃也觉着格外香甜。

这种剥核桃的方式,伴着吱扭的门轴声响,来自于那个因陋就简的时代,来自小时候乡村生活的记忆。那年代的物质生活尽管贫乏,却无疑是原生态的,一切需用手工劳动亲自创造,一切需要用智慧随机解决,有一扇门,除了避风挡雨,就可不必再备敲坚果的锤子或核桃夹子。这种生活,俭朴又安静,四处空荡荡的没什么东西,人心空旷到像割尽庄稼的田野,世界空旷到能听见许多回声。有人招呼出去玩耍的孩子回家吃饭,站在门外喊一嗓子,坡坡坎坎的小山沟会响起连绵的回音,振荡的声波在高高低低的土壁上冲撞,在淡蓝的烟霭中盘旋,半天方止。到处是窑洞,地下多被挖空,也因这个缘故,经过外婆家院旁那条窄长的小坡路时,我和弟弟常喜欢张着双臂像滑翔的飞机一样飞奔着俯冲下来,让脚下发出巨大的轰鸣声,伴着我们熟悉的嬉笑,外婆马上就知道是我们一家子到了。

外婆居住着一所土窑与砖瓦、土坯房混合的三进院子。那里曾生活过祖辈几代人,随着年老的一个个故去,年轻的都各自另立门户,只剩外婆一人孤单地住在院子尽头的窑洞里。走进那所古旧清凉的旧宅子,空气里漫着极淡的蓝烟,脚下石板响起空空的足音,空气静得仿佛凝滞了一般,任何声响都会被这寂静放大,连母鸡的咕咕声都显得小心翼翼,人也忍不住想屏住呼吸,蹑手蹑脚。外婆的窑洞檐前挂着干辣椒串和大蒜辫子,两扇嵌有铜环的木门古老陈旧,油漆尽脱,布满裂纹、手印与风雨的蚀痕。窑洞内约长三丈有余,由熏黑的木隔扇分成里外两截,表着青砖的高高的穹顶看起来很坚固,青砖在上百年的岁月风尘中泛出白色的土碱。住在里面,平时打个喷嚏也会有嗡嗡的回声,好处是冬暖夏凉。

外婆一人守着这所老了几辈子人的宅院,都说她胆大,大约她自

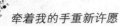

己也这么说,但不硬撑着有什么办法,她信神鬼,难道不忌怕那院子中许多游走的鬼魂么?她肯定是孤单的,虽然每当好天,太阳射过门楣上方的窗棂和门,能照亮外间的小半个屋子,照得清空气中轻轻飞动的细小尘埃,和灶头上方洞顶垂挂的灰线,但毕竟太安静了,日影像蜗牛一样移得极慢。睡睡醒醒,摸摸索索,转来转去,一天还总是熬不到头,穿着黑布衣裤的她只好挪着缠过的小脚,拄着拐棍,移动高大肥胖的身躯坐在大门外的青石上,看过往行人,跟过路村民或找食的鸡狗打招呼,有时也自言自语几句。听到我们串亲戚时响起的脚步声,她总是慌张又快乐地手搭凉棚迎出来,抚着多日不见的我们眉开眼笑,再一路气喘吁吁颠着小脚扶墙过院,走进窑洞木隔扇里,在黑糊糊的里屋掏磨半天,掀帘捧出几块柿饼、一把花生,有时候是几枚核桃。

核桃是舅母家的大核桃树上结的,收获时总会送给她十几个。虽然是自己年轻时所栽,但分家时给了二儿子,外婆刚强自尊,便从不自己主动去动他家一枚核桃。

送来的核桃带着青皮,外婆一个也不舍得吃。她开始坐在大门外望着天上的雁阵,听着风中空空响起又消失的足音,算着我们去看望她的日子。她从不主动捎信让我们去,也强忍着不对别人吐露内心的思念,她最疼爱我的母亲,知道她钟爱的小女儿拖家带口不容易。必得等到村子里树木都落净了叶子,地上枯草都已在严霜下干透,飘下第一场小雪时,在农忙与家务中腾开空闲的母亲才会带我们回五里外小山沟里的娘家探亲。

尽管窑洞外飘着雪,或是刮着寒风,娘儿们到一起,总是有说不完的嘘寒问暖的话。其乐融融之时,外婆慌着搬出落满灰垢的小泥炉,收拾一下生了火,放在卧室兼储藏室的里间,掌起灯,从窑尽头的大缸盖上将收拾着的核桃拿出来。核桃外面丰润的青皮已因脱水而干皱发黄,但放到通红的煤火上一烧,仍然浓香四溢,勾人馋涎,等果皮冒着青烟烧得焦黑透熟了,用火钳夹住丢到砖地上,外婆用她穿着黑棉靴子的小脚反复蹴踏,果皮脱落,露出白净的浅啡色硬核,再放外边门轴后一挤,娇嫩喷香的核桃仁儿就整个儿出来了,吃在嘴里,又鲜又香,又滑又嫩,真是那个年月难得的美味,让人嚼出那个年月温暖惬意的亲情与关爱。

以核桃香味为线索,总能勾起串串关于往事的美好回忆。长大后,就喜欢上了姿态丰腴、性情沉静温和的核桃树。我们家搬了新院子后,也没忘种上一棵,这种树耐虫耐旱、不择地理,既树形优美又芳香四溢。只可惜,没等小树结出核桃,外婆就故去了。

提到核桃树,无论用树叶染发带的小女孩,还是用力推着门板挤核桃壳的我,长大后都难免心里充满了亲切的回忆,那个时代,每个村庄都有核桃树婆婆的身影,它们也一定到现在还成为往事与亲情的一部分被许多人默默记挂着。

2. 粗布

叠加的岁月渐渐冲淡浮华,使人越来越喜欢本真的性情与朴拙的物事。这个周末,翻出粗布床单并非偶然,是它粗拉拉厚实的质感,应和了心中的某种向往与喜欢。蓝白相间的条纹、深深浅浅的折痕,历经几十年的光阴之后,铺在床上,依然有着新布的硬爽、温暖与净香。

这是母亲年轻时的嫁妆。原本叠成一摞沉甸甸地装在她喜鹊登枝的红木箱里。如今母亲老了,女儿的女儿都已豆蔻年华,她收着嫌碍事无用,就把布做成床单卷在包袱里送给了我。床单布本有两样,一种土线织的,一种是洋线的。"洋线"是买来的纺织厂的棉线,织成的布匹相对细密平滑,颜色鲜艳且不易落色。"土线"是外婆用亲手种植的棉花纺制的,每一寸布每一缕线都被她温暖的大手抚摸过,简单的花纹是她朴素的艺术设计,每一次搅动纺车,每一次接扔木梭,都蕴含着她的心血和爱意,她织进去的有那贫乏的岁月、勤俭的作风,还有真心的祝福。我是外婆最爱的外孙女,从小被她抚育,情感深厚。我就选择了粗糙的土线床单。

为了这几块布,从春到冬,外婆挪动小脚参与了整个繁琐的生产过程。我仿佛看到,春天里,她穿着深蓝色的粗布偏襟衫子,辛勤地为棉籽下种施肥、间苗锄草、打药整枝,经过阳光丰沛、雨水适中的夏天,迎来了豫西地区晴朗干燥的秋天,棉枝密密张着锦葵一样漂亮柔软的

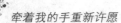

叶子,花落之后,结出一个个饱满坚实的青色棉桃,被柔薄的齿状花萼掬在掌心。整株棉花,相当于一个小型能量收集器,它的每枝每叶,每个棉桃从早到晚拼命收藏光线与温暖,内心的热使棉桃渐渐泛出玫瑰色的红晕,像待嫁的姑娘,努力含住喜悦和羞涩,她嫁给的是秋风吧?秋风来过几次后,棉桃突然就在一个灿烂的午后,一朵接一朵地扑扑绽放,露出了茧一样丰满和亮白的棉絮,从地头远远望去,像是铺了一地闪闪的银。在晴暖的太阳下晒几日,饱满的棉朵就完全炸开了,四瓣一朵,团团的蓬松轻盈,迎风欲坠,召唤着人来采摘。

外婆带着我年轻的、细腰肢、大眼睛的母亲去摘棉花。母亲的手飞快,像蝴蝶穿花,不一会儿布兜就装满了。外婆则是挪动着一双小脚支撑着她高大又发福的身躯,一边喘着气,一边将摘到的棉絮兜在她撩起的蓝粗布围裙里,不时拭一下额头晶亮的汗滴。棉花运回家后,外婆会扶着墙帮我母亲将棉絮摊在墙根处太阳地儿的篾席上,等晒干晒透,送到生产队的轧棉机上去除棉籽,弹花机上弹得均匀蓬松,装在布袋子里竖在屋角,棉花生产的过程也就完成了。

"飞来一只嗡嗡雁,下了一个大白蛋"。小时候灯火微弱的晚上,寂寞得像深深的洞穴,在外婆那有百年历史的老窑屋里,她一边搅动纺车一边说谜语让我猜。那弹好的棉花已被她扯下来,裹住高粱秸搽搓成了空心棉条,现在她右手搅动纺车轮子,左手捏着白棉条,借轮子飞动的旋律,手臂轻盈舒缓地向侧上方高高扬起,顺势抽出一条柔亮细白的棉线,接着又轻轻落下,棉线就整齐地缠在一只飞旋的锭子上了,整个姿势要柔软有弹性,要韵味十足,手臂稍僵硬的话,棉线就很容易断掉。这样不停地起起落落纺下去,锭子上的棉线就密密缠成了两头尖中间粗的线团,俗称"线穗",好似果实一般,也就是外婆谜语中的"大白蛋"。这时候,布匹虽然还没有织,但它的影像已经在外婆与母亲的心中清晰地映现出来了,她们俩分别向对方描述着自己心中的布匹,商量中改动着花纹的样式和颜色,直到那影像变得吻合起来。接下来,按着内心的图样儿,洁白的果实再经过拐线、经线和染线的过程,最后有了各种颜色,韧度也增加许多,分别缠在空心的短竹棍上,堆在篮子里备织布之用。

　　从棉花到做好织布的线,同样是个缓慢的过程。但没关系,那个年代总是有多余的时间来慢慢消磨,连太阳的影子也比现在移动得慢很多,母亲的婚期虽然订下了,时间也一定长得足够在季节中准备好一切。

　　《九张机》是宋词大曲,从"一张机"开始一直写下去,环环相扣、丝丝缠连,借掷梭来描写闺中幽怨凄婉的思绪。棉花江南江北广有种植,织机是家家从古到今必备的生产工具。闺怨是文人笔下的富贵闲情,并非农家妇女的生活常态。农家妇女没有多少文化,却因此更有行动力,她们用磨粗的十指创造生活,肩负着不弱于男人的养家、持家担子,从小养成了简单、朴实、自信与宁静的心态。她们也会悲愁,但不是凄婉幽怨,她们的悲愁也是简单的,容易安慰和顺遂命运的。

　　那个没有电视和音响的安静的年代,无论春深秋凉,爬满藤蔓的农家小院里,"哐哐"的有节奏的织布声,总是从早到晚,寂寞又沉稳地在乡村的空气中回荡。那祖传几代的柏木织布机子,有些地方被织者的手磨得油光锃亮。外婆年轻时,为了维生,曾在那台老织布机上没日没夜地织布,然后拿到街市上换回钱或者棉花。她用厚实又温暖的双手,在艰难的年代,养大了自己的一群孩子。等外婆最小的女儿也到了出嫁的年龄,她就用这台机子为女儿织嫁妆。

　　经线与纬线紧扣在一起,像女人们细密交错的心思。随着一阵脚踏声,光滑的船形扁梭里装着线轴,被一只手抛出,另一只手准确地接住,然后推动一个刮板将布丝压紧,就这样反反复复,梭子在密密排列的经纬之间穿来穿去,千丝万缕地叠加,美丽的布匹就像小河缓慢地流了出来。

　　母亲结婚的时候,正是中国农村非常匮乏的年代,手工粗布是当时嫁妆中常见的陪送之一。年迈体弱的外婆,将自己当年陪嫁的带桌柜的木箱,重新用黑漆髹过送给母亲,还另做了一套红松木的箱柜,两把红竹椅,一个红色雕花脸盆架,两套新棉被褥为母亲做陪送,箱柜里满满装着她手织的粗布,母亲自己做的6条棉裤、6件棉袄,还有各种单衫和好看的夹袄、一大堆的鞋子与绣花鞋垫等,倾尽资财排排场场地打发自己最钟爱的小女儿过了门。

母亲带着她的嫁妆热热闹闹走了之后，外婆的老窑屋像个空空的巢，只剩一张铺着粗布床褥的旧床、一张旧桌、一只破木箱和长长的寂寞了。深长的窑屋中间用木隔扇隔开，里屋的床对面，挨墙放着她的一副黑漆寿材。黑灯瞎火的晚上，小脚外婆颤巍巍地去里屋取东西的时候，总是要用手扶着那具寿材探路的。

小时候我是在外婆家长大，这些在岁月中留存下来的粗布，便对我有着格外深情的意义，每当将脸贴在上面，摩挲着它粗糙又温暖的布面，内心总会涨起隔世的思念与伤感。

3. 槐

槐一出生就老了。

它来自古远的周代，甚至更早。细纹皲裂的挺直的树干，枝桠叉开根根手指，离披的叶片小圆柔软，对称排作羽毛状的叶簇，微风吹过，就轻轻晃动。槐，从木、从鬼，只是除颜色森森外，并无鬼气，威严的大臣们依次列坐于槐下商谈朝中大事。槐，亭亭如盖，将周代的光线与阴影慢慢转动，明明暗暗地落在权倾朝野的三公们的脸庞与朝服上，有时，也将金色的蝶状小花撒上他们的袍襟。这一切都是在悄无声息中进行的。槐是不事声张的树，从不吐露秘密，从帝王到朝臣，也就对它不设防，甚至喜欢它的风度，特意用它的名字象征炙手可热的三公之尊。由于年轮里藏匿过太多不能说的真相，背负着太多的庄严与沉重，槐的子孙，一出生就一副老了的样子。

槐是小树苗的时候，怯怯甜甜的，颜色也鲜亮，状如羊齿植物，经过的羊儿就总爱停下来，嗅嗅它们，啃嚼它们薄软清香的叶片。可惜几阵风、几场雨后槐就迅速窜高、长大了，有了心思，变得一副小媳妇模样儿，素朴、柔顺、郁悒又隐忍，默默站在院里墙外、道旁村头，不择土地的厚薄肥瘠，也不像别的植物，或是不甘寂寞地早也潇潇、晚也潇潇，它是低调的，匿影藏声，一副读过《女戒》的旧式女子模样。人们坦然享受它的清风与绿荫，却很少关注它平凡的存在状态，只有在夏秋之际，碎金子的花朵开了又败了，嗡嗡的蜜蜂来了又去了，喝完香甜的槐花蜜后，才不由得看看那树，看那羽毛一样轻盈摆动的叶簇，在漏下太阳光线和几声鸟鸣之后，终于露出了一串串饱满碧润的槐豆荚。九蒸九晒之后的槐豆是上好的凉茶。降火、明目、益肝、养颜，正是秋冬干燥季候的好饮品，也是能换钱的好东西。想到这里，那个背着手仰望在槐树下的人，脸上的笑纹就深了。

日子比槐叶还稠，日子的意义经不起思考与分析，重复着一年年熬下去，感觉四季像走马灯一样飞转，槐就真的老了，站在村口的大青石旁，翁郁苍古，撑着一把遮天蔽日的墨绿大伞，伞下常常站着一位老人。

她像过去北方常见的村野老妇一样，旧黑布衣裤、花白头发，枯瘦、多病、皱纹纵横、佝偻着背，倾斜的身子由一根秃旧的拐棍支撑着，握拐棍的手，皮肤松弛、骨节粗大。她挪动一双变形的小脚，每天站在路口，风里雨里眯缝了眼，手搭凉棚望着伸展到远方的黄土大路，喃喃唤着："期望，期望！"

期望是她儿子的名字。年轻时她被出远门谋生的丈夫抛弃，含辛茹苦养大了儿子，儿子背井离乡去寻找父亲。她再次将远行人送至那棵老槐下，期望对她挥挥手就走了，却又从此好多年没了音讯。

她病了，老年人的常见病，痊愈后人就有些呆，每天只是站在村口那树下痴等，谁劝也不回家。

这是20世纪80年代家乡的事。她早已倒在某个等待的日子里消失很久了，只剩那棵老槐还在，与旧时一样的苍迈，仿佛没有变化。静默以处的作风，才是吉相吧。槐中便常有从晋唐时代熬到现在的古木。很年轻时槐就老了，而到它老的时候，时间也特别眷顾它，为它停滞，使它不知不觉古老到成了神，有了灵性，被人赞叹膜拜和寄寓期望。跟速生速死的人类相比，槐就显得既古老又年轻。

我知道山西洪洞县有一棵历史上闻名的槐。当年我的先祖曾从那里出发，颠沛流离之后，在洛阳城外落住了脚。那是浪潮一样的大规模人口迁徙，历时很多年。背井离乡的人，像鱼群一样汇集在那棵古槐下，再被转移到四面八方，他们回头时最后一眼深深记住的，就是那棵大槐树。那棵槐是见证过最多离别眼泪的树，它像一位苍老的母亲，日

夜保持着挥手的姿势,送别自己的子孙。从此它成了一棵怀念的树,多年后,少数的人回来探望过,更多的人在离散后再没有机会踏上故土。"槐"与"怀",读起来多么相似。槐的后代子孙从此百枝千叶,遍布天涯,他们小脚趾上的趾甲始终由裂开的两瓣组成,那是百代相传用以相认的标记呀,你有没有?

从童年到现在,我一直住在长有槐的地方或走在植有槐的路上。在外教书,校园像花园,每天常常要穿过一个密密地种着槐、女贞、银杏和细竹的林子,那里的树影与空气都是淡绿的。傍晚做饭的时候,我会学着母亲,去林子里摘几片槐叶丢进锅里,熬出的小米粥便会金黄喷香,有年少时村子里炊烟的味道。

家乡的槐也一定在想着我吧。

流动的社会,越来越多的人远离家乡打工,求学和定居,他们抱着各自的期望,将自己交给沉浮的命运,一路如江湖飘蓬落地生根,或兜兜转转萍踪无定。有的逢年过节回来看看,有的就此杳无音信,一去不返,只剩下许多苍老的槐树站在村口遥望和切切思念。

4. 棠棣

凡今之人,莫如兄弟。分形连气之人,是一根枝条上的花与果。

开在《诗经》中的棠棣并非花圃里叶似白榆、花瓣艳黄的那种,那叫棣棠。真正的棠棣从簇簇朵朵洁白的小花,到红红紫紫漂亮的果实,始终像母亲的许多孩子,挤挤挨挨聚在枝头,不肯分离。

先秦时代,棠棣木随处皆是,成片晃动在檐角篱边、路旁地头,人们抒发兄弟睦睦之情时,一抬头瞧见那风中招摇的枝条,敏感的诗心顿被它花果繁荣的模样感动,电光一闪,贯通了情绪,"棠棣之华,鄂不韡韡",棠棣便从吟唱的唇边,走进了千古流传的诗册。

棠棣之性如兄弟之情,同风同雨、相依相伴,一起在季节中葳蕤盛开,再坐果至饱满成熟,一起为时间采摘。"一起"多好啊!谁不怕孤独呢,连动物也怕,植物也怕呢,而"一起"又不见得容易。生活中,兄弟未必都能如棠棣花一样,相爱相伴到白头。

大姑妈缠绵病榻故去之后,二叔、三叔相继于盛年辞世。父亲兄弟姊妹五人,没几年就花果飘零,只剩他与我小姑妈。

　　三叔的离世对父亲打击最大。大姑妈衰病多年,其间几次病危又化险为夷。二叔虽身罹绝症,也支撑了两年多时间。对他们两人,父亲虽然难过,因病程拖延久长,时间磨钝了内心的疼痛,大家从心理上已经能够接受不测的可能,再加上父亲也曾出钱出力,心理上得到了补偿与安慰。而三叔的故去,因为突然,格外伤害父亲的心。

　　三叔的病故颇显诡异,竟是由一只微小的蠓虫引发的。

　　他年龄不足 50 岁,身材魁梧、体格强健,性情乐观随和,平日笑口常开。几年前初秋的傍晚,抱小孙子正站在路旁矮墙边,一辆摩托车奔驰过来,那一刻,骑车男子眼里倏然闯进一只蠓虫,他受了刺激顿时慌乱,糊涂中摩托一拐,将三叔撞倒在地。扶起来后,全身并无大碍,三叔还笑着调侃了两句,让人家走掉了。回家后说起这事儿,儿子们孝顺,为了以防万一,自己出钱为他做了全身检查,孰料竟查出脑部有不知生于何时,又生了多久的良性肿瘤一枚。随即就轻率地做了脑部手术,手术倒是成功了,却不经意间由于术后并发症而不治。

　　那只蠓虫出现之后,事情就像危危欲倒的垒土之墙,数次急转直下,终成不可收拾。"死丧之威,兄弟孔怀,原隰裒矣,兄弟求矣。"前后不过半月时间。这件悲伤的事从此成了父亲不能碰触的伤痛。三叔生前跟父亲关系最为亲密,他们在十分贫穷的家庭里长大,从小兄弟情深,三叔性情洒脱不拘,为人快活大气,正是可以化解父亲多愁善感弱点的人,本指望能成为彼此晚年的慰藉,却竟至猝然离别,怎能不让人感伤。棠棣木花果繁荣的景象没有持久,果实被造化的手一摘再摘。热热闹闹的兄弟姊妹几个,如今只有小姑妈与父亲凄然相向。小姑妈又命恶运蹇,嫁给浪子,一生坎坷,流离漂泊,父亲每想起这些即怅恨不乐,乃至辗转难寐。

　　父亲原本就有过轻度的忧郁症,自此陷入自责自愧中不能自拔,常精神沮丧,涕泪沾襟,任谁劝都不能从悲痛中缓解。三叔的名字,没人再敢当面提起,三叔做手术的那家医院,坐车经过时必绕道而行,三叔居住的老家,更是几年都不肯回,怕触景生情,勾起愁恨。还时不时

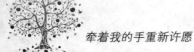

半夜梦醒,唉声叹气,惊悸泪流,也因此伤害了自己的身体,闹得母亲不得安宁。

时间久了,我和母亲都开始感到厌烦,觉得父亲真是个痴人。我姨父也曾一年之内接连丧两兄弟,未见他有多少哀伤,或许他家兄弟情分薄,但三叔的遗孀与儿女,也早已接受现实,安静度日,他这做哥哥的,硬是想不开糟蹋自己的身体,这痴真是太过了。嘴里埋怨着他,心里却甚是疼惜,"傧尔笾豆,饮酒之饫,兄弟既具,和乐且孺"的快乐,父亲再也享受不到了,从此满腹知心的话,又能跟谁诉呢?小姑妈性情倔强愚直,不是个本分过日子的人,父亲对她有操不完的心,根本不是可以谈话的对象。我知道,尽管时间能够洗淡悲伤,从此他心中的这个愁结是再难打开。

西风恶,缘分薄,那个秋天之后父亲永远也见不着他身材高大、嗓音洪亮、总是有说有笑地对他嘘寒问暖的弟弟了。"永远"二字,有时最伤人。

"棠棣之华,偏其反而。岂不尔思,室是远而。"棠棣的花朵啊,翩翩地摇摆。我岂能不想念你吗?只是由于住的地方太远了。一丘荒坟,三尺黄土,是比天涯还远呢,父亲想念的人,去的是再不能返回的无何有之乡。

棠棣仍然年年春华秋实,它盛寄了多少快乐与赞美,又勾起过人的多少哀愁呢?

看　病

孟大鸣

　　妻子手臂冷痛。寒冷进入骨髓的感觉，大概有一年了，多次说要去医院，也就说一说。拖的时间长了，仿佛西伯利亚的寒流赖在骨髓里不走了，于是，"去医院"的频率在嘴边也高起来。仿佛是出远门之前还有准备没做足，总是无法成行。其实是心理准备不足。

　　这些年，医院的负面信息，如四五月份北方天空中飞扬的沙尘暴，时不时就是一阵铺天盖地。妻子去医院看病的前两天，我看望了一位生病的朋友，闲聊间，朋友拿出一沓化验单，我无意详看，但他把化验单塞到了我手上，我便粗略翻翻，大大小小五六张纸，纸的上方，折了一个小角，回形针把一张张化验单别在一起。朋友说，这沓单子上标着近千块钱，医院各项检查几乎做尽。我没统计化验单上的标价有没有一千，就把一沓纸还给了朋友。于医，我是门外汉，那些化验单对我来说是天书，朋友该不该做化验，该做什么，该做多少，我没有专业能力做判断。病人一进医院，医生简单询问几句，然后，就是一张或者二张，抑或更多的化验单，这也是固定程序。这种程序，也普及到了中医，中医几千年的望、闻、问、切，似乎也敌不过几张化验单。

　　我有一种杞人忧天的想法，如果依赖化验单判断病情，时间长了，医学院学的知识和前人的临床经验，岂不要尘封？这种想法，我只能放在心里，不可能说出来。这想法可能幼稚，在专业人士看来还可笑，但作为不懂医术的病人和家属，持我这种幼稚想法的，也许不是少数。

　　我看过一部电影，不记得名字，也不记得人物的姓名了，只记得一个细节。说的是古时代，一个年轻人，拜一位老中医为师。老中医要年轻人跪下发誓，学成之后，临危救困，救死扶伤，决不巧取豪夺。年轻人发完誓后，才行拜师大礼。华佗救死扶伤的故事，传颂了近两千年，老百姓口口相传，华佗的神化和理想化，让我们对医生这个称号，

45

有着一份沉重的期待。今天,要是华佗再世,人们盼望的不仅仅是他高超的医术。

我有十来年没进医院,这十来年运气不错,没生过痛苦不堪的大病,定期头痛咳嗽的小感冒,自己在药店里买点常用感冒药,一般就二三十块钱。

妻子手臂冷痛,已超出我的经验范围,只有到医院才能解决。朋友说,做了近千元化验,把有可能发生在人类身上的众多疾病都排除了,只剩下骨质增生。朋友夫妻都是公务员,他们的财力还能承受这种排除法。妻子是1990年初,全市第一家破产企业的下岗工人,近二十年的下岗历史,让我们一家人都培养了看紧荷包过日子的习惯。尽管我的月收入在这座小城的打工族里,也可算中等往上,但一个人的薪水,面对高物价、高房价,再加上一个读大学的儿子,怎样一个势单力薄就无须多说,再要遇上医院的排除法,虽不至于倾家荡产,但心尖上痛个三五天,也不算夸张。

总之,就算倾家荡产,有病还得治病。

医院任何时候都比集市匆忙,人们愿意用半生或者一生的心血和积蓄,换取生存的期望。

我给妻子挂了一个专家门诊。刚到专家门诊门口,妻子示意我在门外走廊等候,不要进去。开始我没理解妻子的意思,又不是妇科,不需男人回避,而且房子里已传出熙熙攘攘的男女之声。我历来好静,走廊里有凳子坐,也不熙攘,乐得一个自在。

我坐在走廊里,不停地掏出手机看时间,看了四次,间隔五分钟,我也想不清,为什么不多不少,每次都是五分钟。看完第四次时间后,陆陆续续出来了三批人,门诊室里安静下来,这时传出医生和妻子的对话。开始是询问病情,后来不知什么时候,怎么就把话题转到妻子下岗上来了。妻子说,十多年前厂里就破产了,老公也下岗了,生活来源靠打零工,再加政府二百多块钱低保。

这时,我才明白,妻子为什么要我坐在走廊里。刚出家门时,妻子说,你这样子不像下岗工人。我笑说,本来就没下岗,好好的要像下岗工人干么?

先查查风湿和类风湿,再查一下血糖。医生说完,妻子就拿了一张化验单出来。到收费窗口划价,还好,只有一百二十多块钱。没把所有项目都做一遍,看来妻子的哭穷计还是生了效。

手臂冷痛,在我和妻子看来,不算大病,后来医生也证明不是大病,但整个看病过程,却是兴师动众折腾了一天半。抽血要空腹,第二天一大早,我又陪妻子去抽血,抽完血又被告之,要下午三点才有验血结果。我没有医学专业知识,我无法判断我们现在的医学是进步了还是退步了。从社会学的观点看,今天的生活中,无处没有高科技的影子,医学领域的高科技,更是让人叫绝,还有疑难杂病的攻克,医学进步的结论,似乎是无可怀疑。但有时我又不明白,现代医学科技,把一个小病的诊断,变得如此复杂、麻烦,治病成本急速飙升,是科技进步,还是人类退步?如果时光退回去一千九百多年,让华佗来诊断妻子手臂的冷痛,到底要多长时间才有诊断结果?从现有资料看,好像没有折腾一天半后才给病人结果的记载。

妻子拿着化验结果进了门诊室,我仍坐在走廊里。医生说,都很正常。医生又问妻子,手发麻吗?妻子说,不麻。医生说,要不……我侧耳静听医生的下文。三分钟,门诊室里少有的安静。医生说完"要不"二字,就没了声音,妻子也没发问。大约三分钟后,我听到医生自言自语地说,手不发麻,其他地方又不痛,骨质增生的可能性不大,你家里困难,CT不做算了。医生停了停,又说,还做一个心电图。妻子带着疑问地重复了一句,心电图?医生说,心电图不贵,只要十多块钱。

心电图结果,不到二十分钟就出来了。纸上弯弯扭扭的曲线,我也看不懂。医生说,正常。妻子问,是什么病?医生没有正面回答,说,没什么药可吃,要不吃点大活络丸,活活血。医生又说,这药,可以到外面药店买,药店便宜些。

我不知道,是妻子的哭穷计把医生蒙蔽了,唤起了医生对弱者的同情心,还是这医生一开始就没打算对我们的荷包大开杀戒。这看得不了了之的病,虽折腾了一天半时间,但只花了一百三十多块钱,也出乎我的意料。

钱不多,一百三十多块,对我构不成负担,但妻子看完病后,手臂上的冷痛并未解决,却又把冷痛的阴影投到了我心上。套用法律术语,我们的行为有点防卫过当。放开职业不说,单从自然人的角度,是我们骗了医生,如果医生发现自己被哭穷计所骗,今后还会对弱者施怜悯之心吗?

　　现代社会,科技改变了人类生存方式,古代从甲地到乙地,往往长途跋涉大半年,而今也许就是跑上两三个小时的高速;科技还改变了人类对世界的认知,毫无疑问,现代人所了解和掌握的知识,远比古人多。然而,人类自身却无进步,单从人性说,今天的自私、多疑、冷漠,互不信任,在人类的聪明加不懈奋斗发展起来的高科技面前,我们只有尴尬。个中原因,恐怕人人心里都有数,只是不便于直说。也好,待到我们这一代人都作古了,做了祖宗后,给我们的后代留下一个研究历史的课题。

你是我的潜伏期

张　谋

　　我看到墙角堆放着一堆煤屑,泛着黑色的光泽,过了很长一段时间后,煤屑被清理掉了,我想可能是烧掉了。煤屑没有了,但煤屑的黑色却还在,它已经深深地嵌入了白灰色的墙面,这不是一般意义上的粘合,而是融入。任由你如何刮其表面,煤的黑色还是会出现在墙里,甚至更深层的位置。我相信有一种东西,它就像煤的黑慢慢侵入墙里,缓慢,却绵绵不断,有生命力。等到发现的时候,它已经不再是粘合在一起的程度,而是渗透,完全融入,再也无法分离开来。

　　奶奶离开我的时候,我年龄还小,说懂事也是一知半解,奶奶无疑是这个世界上最疼爱我的人,地位在一定程度上超越了母亲。我从小就跟着奶奶睡,直到奶奶最后离开,不得已我才跟着母亲睡。奶奶走的时候,以及在走后的相当长一段时间里,我没有哭过,一滴泪也没有流过。要是把这些归于年少无知,也说得过去,但当时的我,就是那个年少无知的我,却把婶子和姑姑的一段对话记到现在,长达十五年之久。奶奶下葬的那天,我一脸的无所谓,别人都哭得昏天暗地的时候,我还是面无表情。婶子和姑姑议论着我说,咱妈生前最疼的就是他了,他怎么就不哭呢?还小,还是个孩子,不懂事。我很清楚地记得,我听到了这一小段对话,因为她们并没有避开我。我的心在那个时候猛地沉了一下,然后很快地离开了现场。也许就是从这个时候开始,我的心里埋下了一颗种子,一颗十多年以后破土而出的种子。

　　奶奶走后的一段时间里,我一直以为奶奶只是出远门串亲戚了,因为这在以前就有过,奶奶迟早会回来的,只是在时间上会长一些。在后来长大了一些后,知道奶奶再也不可能回来的时候,明白了死亡对于一个生命的意义后,我还是只愿意相信奶奶只是出远门串亲戚了,我曾经不止一遍地看过《西游记》,我想奶奶也可能是做同样的事去

了，要遭受很多苦难，要很长很长的时间，我一直期盼着她会回来，因为我知道奶奶是最疼我的，她一定不会舍得丢下我不管，她一定会回来，一定会再回来看我的。很多次放学后，我像往常一样，丢下书包，叫着奶奶，奶奶，跑进奶奶曾经住过的老屋，揭开门帘，但屋子里空荡荡的，迎接我的只有空气。每每这时，我的心情都是异样的，像丢了东西一样。我会跑去找母亲，对母亲说，奶奶去哪呢，怎么这么久了还不回来，我想她了。母亲摸着我的头。我扯着母亲的衣角，嘟着嘴。母亲说，乖孩子，听话。我不依不饶，硬扯着母亲的衣角说，妈妈，带我去找奶奶好吗？她是不是去城里的姑姑家了？母亲蹲下来，把我抱入怀里，然后使劲地抹着眼泪说，你再也见不到你奶奶了，你知道吗？我似懂非懂。然后挣脱母亲的怀抱，一路小跑，边跑边对着身后的母亲说，你瞎说，奶奶就是去城里姑姑家了，你不想带我去找，是怕我跟奶奶睡，不跟你睡。

奶奶要去城里姑姑家那天，我还要上学，奶奶也没想带我去，因为我很喜欢调皮捣蛋，总是把姑姑家的小弟弟惹哭，而且把姑姑家搞得乱七八糟的。从小被奶奶宠坏的我，天不怕，地不怕，谁都管不住我。奶奶要到村口去坐班车，被我看见了，我就放下书包，不想去上学，想跟着奶奶去城里姑姑家玩，父亲和母亲知道我想跟着奶奶去，硬是不让。班车来了以后，奶奶上车时，父亲和母亲硬拉着我，我一急就哭了起来，而且躺在地上打滚。班车开动后，从小有些叛逆的我竟然爬起来去追班车，这一追，竟追出了一里地。奶奶心疼我，让班车停了下来，但父亲也追了上来，硬拉着我，让奶奶走，就这样奶奶还是走了，我特别的委屈，哭了一个下午。第二天一大早，城里的姑姑来到我家里，接我去她那里，去奶奶那里，姑姑说，奶奶去到她那里，饭也吃不下，一个晚上没睡着，想着我哭着追班车，这一大早，就打发她过来接我过去了。我知道奶奶是疼我的，她一定是放心不下我。

奶奶牵着我的手去村子里，看到别人家做好吃的饼子，或者是其他的，只要人家没有给我吃，她就会生人家的气，让不让她都无所谓，但只要没给我，她拉着我的手就走，回来后自己做给我吃，还说人家的不是，搞得到后来，我进了村子，别人都会说起奶奶是那样的疼着我。

我还很小的时候,奶奶就把我当宝,婶子抱我没抱稳,掉到了地上,奶奶硬是拿着扫把在院子里把婶子赶了一圈,直到婶子求饶,全家人出来劝阻,奶奶才罢手,在奶奶眼里,我这个长孙是她的一切。我过第一个本命年的时候,奶奶为了"还愿",特地为我杀了一头猪,办了一个宴席,这在当时是绝无仅有的。奶奶对我是疼爱有加。现在最让我痛心、懊悔的是我曾经伤过奶奶的心,我顶过奶奶嘴,而且更可恶的是用头顶在胸口把奶奶从板凳上顶翻在了地上,奶奶用手压着胸口,说着胸口痛的时候,其实真正痛的是她的心。我真切地看到奶奶的眼角有泪花充溢,那在当时,是怎样的一种心碎。

这一晃很多年过去了,上学,放学,后来住校,一直到毕业出来好几年,我对失去奶奶的感觉似乎是淡了,忙着学习,忙着考试,到后来忙着工作,等一切都安静了下来,我背井离乡,远在他乡的时候,每每过中秋,我就会不由自主地觉得孤独、落寞,想起奶奶在过中秋时炒板栗,还有分月饼给我吃的情景,就不禁伤感起来,这是一种离愁。每次回家,父亲母亲,总会在第一时间说,回来了,去给你奶奶上个坟吧,你奶奶生前最疼的就是你了。这个时候,我不再说话,马上沉默起来。等母亲备齐了上坟的物品,我拿着就往外走,走上那条乡间小路,直到来到奶奶的坟前。一路上,我都在想着,到了奶奶坟前,对奶奶说些什么,等到了奶奶坟前,所有想好的一切都变了,我一句话也没能说出来,我就那样跪在奶奶的坟前,烧着纸钱,然后磕头,起身作揖,而后,落寞地离开,一次次的回过头看,看那块垄起的黄土地。当我再次抬头看天的时候,我相信,人们所说的天堂就在上面某一个地方,奶奶肯定在上面看着我……

十多年过去了,我猛然间醒悟,恍如隔世。奶奶留给我的爱的种子也已发芽,于是,在想念奶奶的每个日子里,我只能悄悄地抹眼泪。对着一张发黄的黑白相片,犹能感觉到奶奶带给我的温暖。奶奶,那个曾经像阳光一样温暖着我生命的人,将一生嵌进我的记忆里,犹如煤的黑,随着时间的推移侵入墙的深层,任风吹雨打,刮都刮不掉……

有一种声音在叫我

张 谋

　　有那么一段时间我似乎是病了,昏头昏脑,精神恍惚,整个人无精打采。总觉得有个声音在不远处叫我,这声音细密如针,往我的心里钻。"毛毛,回来了,回来了……"不停地急切地重复着回来了,声音越来越微弱,似有似无,然后又陡地提高声音坚定地问着:"回来了没?"然后有个声音应道:"回来了。"这叫声忽远忽近,抑扬顿挫,婉转中带着一丝诡秘。但听起来却是那么的熟悉、亲切,直抵我的内心深处。透过这模糊的声音我捕捉到一个忽明忽暗的场景:黑白相间的夜色里,黑的是夜,白的是月光,几个人影在老院子里晃动着,门口那个声音响起,一声接着一声,往里面传,越来越近……

　　小时候,赶上身体不适,昏头昏脑,精神不振,病恹恹的样子,特别是受到了惊吓,家里人一般不会送我去医院治疗,而是帮我叫魂,他们认为人是有魂的,我之所以这个样子是因为魂丢了,魂离开了身体,所以他们要替我把魂叫回来,这样我的身体就会好起来。这样的事我经历了多次,我记得我病恹恹地躺在土炕上,头上搭着一块热毛巾,奶奶来到我身边,坐在炕沿上,拉着我的小手问我,你下午都到哪里去了,和奶奶说说。我说没去哪里,就在屋旁那条小路上玩了。"噢",奶奶似有所悟,她向众人解说着:"他巴爷的墓地在路上头,是不是他巴爷的魂把娃缠上了,这个巴爷,也真是的,自家的孙子他也来缠。"奶奶说完,就宣布说我的魂丢了,她要帮我把魂叫回来。我当时脑子里嗡嗡作响,只觉得有些诡秘,但不清楚是怎么一回事。

　　叫魂都是在夜间进行的,这个仪式简单而庄重。奶奶端来一碗水,放在炕沿上,就在我旁边,我侧过头就可以看到,是碗清水。奶奶又拿了一个鸡蛋,在上面画上人脸的头像,再系上一根红头绳,然后奶奶走出院子,出了头门一直从外面的路上,我魂丢了的那条小路,叫着我的乳名毛毛，"毛毛，回来了，回来了……"，不停地重复着回来了，等重复的叫到一口气尽，声音已经很微弱，才又返回从乳名开始重复，奶奶一边叫着，一边往家的方向走，往我的身边走，仿佛这样，我丢失在野外的魂就会顺着叫声找到回家的路。走到头门口，会站着叫很久，然后声音陡地提高八度，问道："回来了没？"然后就是父亲，母亲他们在院子里的应和声，"回来了，回来了。"奶奶的声音此起彼伏，在整个夜色里铺展开来，我想附近没有睡着的人们都听得见，我躺在里屋的土炕上，也听得清清楚楚。奶奶的叫声急促，充满着张力，一声接着一声，在静寂的夜色里，显得格外庄重，这叫声划破了夜色，弄皱了月光，在我当时的意识里停将不下来，一直向远处延伸。

奶奶回到屋子里，凑到我身旁，拿出事先准备好的三根筷子，小心翼翼地插入碗里的水中，用一只手把三只合在一起的筷子垂直地立在碗里的水中央。与此同时，嘴里不停地念叨着："娃他爷，他是你孙子啊，你就放过你孙子吧，别来招惹娃了，娃现在都成这样了……你放心，赶明我就到你坟头给你烧些纸钱去，你在下面没钱用了吧……"我迷迷糊糊地听着，奶奶捏着筷子的手在不停地变换着角度调试着，觉得稳当了就松开手，大多时间一松手，筷子就倒了下来，四散零落。奶奶并不气馁，她又重新把三根筷子一根根捡起来合在一起，重新开始，直到最后筷子稳稳当当地立在那碗水的中央，奶奶才罢手。这个时候，奶奶向众人解释说："看，我说了，对了不？就是娃他巴爷的魂缠上娃了，把娃的魂引走了，这下娃的魂叫回来了，娃就好了。"奶奶说完，奋起一把把立在碗里的筷子打了出去，把碗里的水泼洒到院子里，似乎这样就去除了晦气。整个过程充满着神秘、诡异，所有人都屏着呼吸站在边上，似乎真的有某种隐秘的东西在周围存在着。还有鸡蛋，那个画着人脸的鸡蛋，上面系着一根红头绳，奶奶也会把鸡蛋叫得立起来，奶奶把鸡蛋放在手掌心，嘴里念念有词，要不了多久，那个鸡蛋就会立起在手心，看得我心里直发毛。

我不知道人是不是真的有魂，我那段时间萎靡不振的状态，很像几十年前魂丢了的样子，但再也没有人帮我叫魂了，那个帮我叫魂的人她的魂也走了，我的魂再也没有人帮我叫回来，我不知道我把魂丢

在了哪里。隐约中,小时候奶奶帮我叫魂的声音总会悄无声息地传入我的耳朵,还是那样的亲切,充满着关爱。好像在小路上丢失的魂顺着那条乡间小路,一路慢慢而来,往家的方向,顺着奶奶的叫声慢慢地向躺着的身体靠近,直到与身体合二为一,这样病就好了一大半。

我至今没有把这个简单的仪式当做儿戏,尽管可以说是盲从,奶奶的叫声认真、坚定、荡气回肠,没有丝毫做作的样子,她叫着我的乳名,一遍又一遍,不厌其烦,直到叫到声音沙哑,声嘶力竭,也不放弃,奶奶不为别的,只是为了我能好起来。我好起来是她所有的企盼,她做什么都是心甘情愿的。奶奶看到我病恹恹地躺在土炕上,眼神中流露出怜惜、哀怨、心疼,她一直把我当成她的心头肉。奶奶因我的病痛而眼眶里充溢着的泪水,奶奶曾经的每一个动作、每一句话语都像是印记印在了我心上。在遥远的时光碎片里,我总能打捞起与奶奶有关的所有一切细节。因为,奶奶一直都在默默地叫着我,她怕我贪玩,抑或是怕我在外面待得久了,忘了回家的路。这种呼唤来自不为人知的另一个世界,我听不到,但我的魂听得到。

尘埃过后

苍凉逐梦

　　父亲指着面前的黄土地说,大概就是这里了。

　　父亲所说的地跟周边的地连在一起,北面是一道土坡,南面是一条深沟,东西向似乎长一些,不过也被左一个土坑右一个土坑破坏了连贯性。这土并不是纯粹的黄土,里面石头瓦片占了一半,黄土薄的地方,石头横竖堆码的地基痕迹还能看个大概。显然,这些石头上面曾经有过墙壁,墙壁上面一定有过屋顶,有了屋子,便会有一户户人家。只是现在,别说不见房屋,就连残垣断壁也没有了。

　　之前,父亲用脚步一步一步丈量,并唠叨着,这是皮匠家,这是木匠家,这是光棍孙满家。排过许多家后,父亲不再往前走,而是在他指认的地方来回回踱步,说,这里是火炕,这里是灶台,这里是水缸……父亲这样说的时候,并没有两间土房驶入我的脑海,更没有什么火炕、灶台、水缸在父亲所指的地方显现。三岁,是我住在这里的年龄。三十多年后再来,我能感知的只是厚厚的黄土,它们见缝插针,把记忆填满,毫无松动,即使我使出最大的力气转身,回首,所见的仅仅是带起的灰尘,飞飞扬扬、恍恍惚惚。我的记忆荒芜了,除了满眼贫瘠破败的黄,再挖不出别的。或许,父亲不是。此刻,父亲一定看到了那两间土房,并且已经感到了这片土地带给他的温度,因为这里有父亲的新婚燕尔,有母亲在灶膛里燃起的,属于他们两个人最初的人间烟火。

　　这是一个叫做四十里疙瘩的地方。方圆四十里,是平地突起的一块高地。高地上,劲风瘦土苗稀,几分薄田填不饱肠胃,父亲带着母亲不得不出东口,来到拥有山药、莜面、大皮袄的坝上草原。好多次,我们抱怨过父亲,为何不往南走,投奔北京的亲戚也不是不可以。还未解放,百废待兴,在哪里落脚哪里便是家,父亲偏偏离开一块高地,又到了更高的高地。八百里路程,一千五百米落差,使得严寒、荒凉成为父

亲新家乡的注脚。于是,我成了高原和草原的孩子,没见过冬天梅花吐蕊,没闻过金秋桂花芳菲。春天,我只能在铺天盖地的花事中遥望南方,内心的盛景却被满眼的黄沙撕扯得零零碎碎。夏天,一年中最好的时光,却像一枚小小的鲜果,而草原人都是贪吃的孩子,没等品出滋味早已囫囵吞下。美好的季节短得像眼睛一闭,上下睫毛一碰,光阴便走到了夏到秋的交点。

这里,不是。父亲站在秋阳里,近处的绿荫还罩着叽叽喳喳的鸟鸣,一些光一些暖伸出双手,不厌其烦地抚摸着父亲,脸上的沟壑抚平了,父亲好像年轻了好几岁。而此时的草原,风刀霜剑,叶子正接受死亡的邀约奔赴大地最后的盛宴。

短暂的寂静之后,父亲移动脚步,离开这片土地。从父亲迟疑的转身、缓缓的脚步、混沌的双眼里面,我感到了不舍。我能够体会父亲此时的心境,那里一定有一支支水流,从四面八方,趁着夜色顶着艳阳,穿过平地冲过陡坡,辗转着奔袭着,汇集而来。这些个水流,不是无色无味,它们沾染了各种各样的味道,有酸枣汁的,有苦苦菜的,有玉米芯的,有青柿子的,杂七杂八,构成百味人生,在父亲心间翻涌。但我无法明白的是,这些涌动是不是有更明确的指向,会不会精确到某一年某一月某一日的某一件事情上,父亲能不能以当事者的身份重温旧梦,曾经真切的感受可不可以穿越时空,在父亲身上再次来过。五十多年过去了,父亲最初的家园已经变成脚下的黄土,时间以尘埃的方式淹没了过往,并迈着四方步,正试图越过父亲向我的身边一点点推进。

从来没有如此清楚地看见时间,看见它长着青面獠牙,悄悄尾随着我,一会儿偷走这个,一会儿又偷走那个,让人没有丝毫防备。有时候,它干脆跳到我的面前,挥手间捧了烟雾放掉,一团接着一团,洇着什么,浸着什么,漫着什么,显得柔情而窃喜。我却懵懂着、清醒着,欢喜着、悲伤着,不停地向前走着。可走着走着,便走弯了腰走驼了背,身前身后,一点一点被烟雾填满,一切被模糊了,一切被覆盖了,最终一切便消失了。

一定,我的记忆是被时间模糊的。如果不是母亲后来的叙述,我的脑子里不会出现这些画面。那时,天空蓝得像块新绸缎,没有人用过的样子，田野到处是割倒的庄稼，一捆一捆码成田间的喜悦。我握了母亲的食指，蹦蹦跳跳，走在秋天的田野。新，其实并不仅仅是天空，每一粒麦穗是新的，每一块石子是新的，每一朵花是新的，每一片叶子是新的，因为，三岁的时光，让万事万物都穿上了新衣。母亲的衣襟堆满了我捡来的物件，但我依然不放过眼睛里的新奇，把它们拾起来，投入母亲的衣襟。再放不下了，母亲不得不在我投进去后悄悄再扔出去。由于太小，不可能记得我和母亲交谈了什么，但不论是什么，一定采用了一问一答的方式。我问，这个是什么？那个是什么？母亲回答，这个是打碗碗花，那个是车轱辘草，这些是黍子，那些是高粱……

后来，很多次，我躲到暗夜跳到高处，以第三者的身份，电影镜头般追忆这个片段。镜头呈鸟瞰状，画面中的两个人一点点变小，田野一点点变大，河流收进来，远山收进来，村庄收进来，慢慢地，画面开始朦胧，色调变得昏黄。感觉那对母女从经年累月中走来，前往经年累月中去，走没了天走没了地，走没了所有所有。最后，脆生生的童声响起，我一个愣神，跌回到现实中。显然，画面里那个三岁的孩子早已不是我了。如果，人生也可以加减运算，那么，加上岁月风尘，加上艰难坎坷，加上世事沧桑的话，没准约等于现在的我。倘若给母亲运算，除了这样，还得加上死亡。因为死亡，我无法求解于母亲，那些鲜活生动的细节，只好让它们处于似梦非梦的状态，随时随地接受时光的掩埋。

母亲去世二十多年了，此刻，只剩下父亲孤单的身影。如果母亲活着，重返故土，与父亲定有说不完的话语。或许，脚下每一段路，头顶每一朵云，都深藏着一个故事，供他们共同追忆和留恋。可惜，母亲去了，像一粒种子种入土地，这粒种子产生了变异，除了长出些衰草外，再长不出母亲。母亲永远变成了尘埃，同父亲正在祭奠的祖先一样，只剩下一抔抔黄土了。

祖坟被几十棵松树包围着，松树遮天蔽日高大粗壮，两个人牵手才能抱住。不知道是我家哪位先人有这般深谋远虑，种下了这些松树。四十里疙瘩上沟沟坎坎，能耕种的土地很少，如果不是这些参天大树，先人的家园肯定被开垦种植，两三亩地，可以填饱好几家人的肚子。而我们这些后人，再没机会亲临现场，观摩深入地下的庞大的家族队伍。

父亲自上而下,依次给先人们上香敬酒,因为性别是女,我被挡在松树圈外。同样被挡在松树外的,还有三叔,不是因为性别,而是未婚而亡,他死在了我未出生前的吃野菜、啃树皮的年代。面前是几个小小的土包,父亲辨认了又辨认,也没能肯定哪个是三叔的坟。只好对着它们洒了酒、敬了香,算是告慰了三叔的在天之灵。看着那些小土丘,不由得神思泛滥。我不该埋怨父亲,如果不是逃到有莜面山药大皮袄的地方,说不定我的三个姐姐之中的一两个,也会变成小小的土包。这么一想,坝上草原的寒冷荒凉似乎也能担待了。

　　阳光从针叶上漏下来,细细碎碎的,有风袭来,竟然游离了烟雾,曼妙且柔长,似乎,我身处世外桃源,全身心的悠闲惬意。但几步之外是荒草萋萋,是荒冢凄凄,家族的地下梯队并不会因为荒凉打消扩充队伍的打算。在祖父脚下,在大伯右边,我知道那片空地在等着什么。我真希望它一直荒芜下去,等不到一丝半点,让尘埃之后的尘埃,不掺和我的泪水和叹息。

清明无雨

苍凉逐梦

泪水,潮水般涌入清明,以相同的悲情和缘由,挤满天空。天空无雨。

我也拥挤在潮水当中,因为母亲。清明与我已经非常习惯,像一位旧友,每年光顾我的左右。它一来,我便开始恍惚,辨不清一些时日是今天还是昨天,一些梦境是真实还是虚幻。

时间过去很久,久到我掰着手指也无法准确计算它流逝的年代。母亲形单影只地躺在尘埃之中,我搞不清楚,是尘埃吞没了母亲,还是母亲原本就是尘埃。尘埃越积越厚,母亲越来越荒芜,我纵使长出千根手指,也不能触摸母亲曾经的温度。其实,我与尘埃只是一只鞋底的距离,然而,却是天涯相隔,我周身燃烧着烈焰,也无法让母亲温暖。母亲,再不是我真切的依恋;我,再不是母亲深情的期许。我们只剩下一个概念,她是我的母亲,我是她的女儿,除此,我无法炮制什么故事来延续这种母女关系。

一切都模糊起来。母亲似一张浸过水的底片,不借助梦境,很难清晰看出她的容颜。包括她的声音,也被岁月空洞,我穷其回味也只是虚无,像一根断弦,无声无息。而那些疼痛也在麻木中滋长,犹如一只劳作的手,不根除老茧不会有所感觉。可是,我是刀子的同谋,或者,我甘愿自己是一把刀子。时时,处处,有意,无意,履行刀子的职责。结痂被隔开,流着脓血。母亲从伤口中走出来,微笑着带给我无限的悲伤和疼痛。

时间真的太吝啬,只给我十几年的时间让我拥有母亲。而在这短暂的时光中,能留下记忆的也不过十年光景。十年的幸福,需要几十年的记忆来回味珍藏,我无法掂量这幸福有多么珍贵。同样,十年的快乐,需要几十年的痛苦和悲伤来承载,我也无法感知这快乐有多么沉

重。十年，我仅仅有十年的时间来收藏母亲，收藏她的爱，收藏她的好，收藏一家人的圆满，收藏一家人的欢笑。可是，我不能预知未来，否则，我不会像现在，忆起母亲，却只有那么几个被我反复添加修改的场景供我回首，供我享受。然而，仅仅这么几个支离破碎的章节，也被时间和记忆双重筛选，像一层烟雾，又像一曲远歌，没有前因，亦没有后果，朦胧于我的记忆深处。有关母亲的一切，正一点一点远离我。

时间是残酷的。人的忘却也是残酷的。可母亲还是来了，残破、零落地站在那儿，怯生生地注视着我。我哀哀地站在她的对面，以她没有见过的容颜和神情，久久地热望着她。似乎，母亲不认识我了。她只记得她的女儿还是少女，脸上存有充足的天真和稚气。而对面的女人，无法褪去岁月的风霜和沉重，与她的女儿根本找不到共同的东西。我挣扎在梦里，无论如何都无法开口、无法迈步，无法摇着她的胳膊告诉她，我就是她的女儿！翻滚的江河顷刻间破堤了，我和母亲都找不到河岸。

守在母亲现身的梦乡，我望老了天望老了地，也望疼了自己。母亲定格在岁月的最后年龄，我，马上就要经历。直到现在我都无法容忍，母亲以这样的年龄结束自己。我不知道，母亲的脑血管到底有多么薄脆，瞬间就夺去她鲜活的身体。和母亲同龄，悲哀像风时时在心中扫荡。我根本不能相信，母亲在我这么年轻的时候，正一步一步接近死亡……

空床卧听南窗雨，谁复挑灯夜补衣？虽然，这绝望悲怆的词句是北宋词人贺铸为悼念亡妻所作，但我还是因母亲而想起。此刻，空床卧听，南窗却无雨。因为，天空载不动更多的悲伤，以雨泪的情形相左。而母亲，我也不希望她挑灯夜补。我希望，轮回真的存在，母亲下一次的人生，再没有悲苦。

以此文祭奠母亲。

一声长叹

苍凉逐梦

"唉——,这都是命!"继母拉着长音,用这句话结束了那个冬日黄昏,我对她身世的探访。七十七年的人生历程,困苦灾难,被她轻而易举地浓缩在这声叹息里,掷向命运,而自己作为当事人,却显得无关痛痒。

之前,斜阳穿过玻璃窗,定格在墙壁上垂吊的中国结上。朦胧、镂空、半明半暗,这些词语的拼接组成一幅美丽的画面,继母正好坐在画面中间。可无论怎样,我都无法将美好与沧桑到麻木迟钝的老人相提并论。画面继续它们的美丽,继母继续她的麻木,两者各自行进,井水不犯河水。

这一声长叹,是继母起身转向厨房时边走边发出的。当时,我的目光正深情抚摸着她弯曲的脊背,无从捕获继母来自心底的面部反应。但我相信,那一刻一定有东西浑浊于她的眼眶。因为,在那声叹息消失后,我闻到了房间里弥漫着的咸涩味道,我知道,那是痛楚正从经年累月中苏醒过来,聚集在继母心头默默地发言。

继母没有文化,她不可能懂得自己的人生与历史的关联,更不会明白是那些漫长而苦难的岁月疯狂摧残了她、玩弄了她。而她却坦然接受了所有,并把所有劫难都归罪于天命。继母没有抱怨与仇恨,如果有,也只是针对自己,只是承认自己命相不好。"唉——,这都是命!"在继母的长叹当中,我看到了一颗心无怨无悔,安于命运。但我深深懂得,正是这颗心曾经承受了太多、疼痛了太多,百孔千疮。而这一切的起因,并不像继母说的那样,仅仅缘于她自己的命中注定。

一切都安静下来,除了白毛风在窗外大声说话外,别无声息。

望着继母忙碌的身影,我的翻滚才敢决堤。我明白,与那声叹息相比,我的泪水太过轻薄廉价,但我没有其他办法,只能用它们疏通内心的拥堵。继母不识字，不会用生动丰富的词汇描述她的人生故事。她只能沿着记忆，在遗忘的边缘，拉回几个片段，白开水似的倒给我听。而我，也只有凭着习惯，用想象给这些片段添枝加叶，使其丰润而饱满。

应该也是一个白毛风大作的黄昏。继母一身红妆，一脸娇羞地端坐在炕头上，而炕梢，则是被继母几次提起"高高大大，好人才"的新婚丈夫。"高高大大，好人才"，用词语翻译，不外乎就是鼻阔脸方、伟岸挺拔、潇洒倜傥之类，加之继母说过，她的新婚丈夫是县里最年轻的总校校长，由于不务农，不跟太阳亲密接触，所以用皮肤白净、玉树临风来形容也不会过分。总之，从白毛风跟天空纠缠不休的那个傍晚起，继母的命运便跟这个男人纠缠不休了。

不能说继母没有过幸福。在贫穷普遍的 20 世纪 50 年代，丈夫有一官半职，继母有裁剪缝纫的好手艺，单凭两人可观的经济收入，就能博得很多人羡慕。可以肯定，那时的继母一定是美丽的。美由心生，继母没有不美的理由。能干、体贴、一表人才的丈夫，不愁吃喝、越过越好的日子，足以让继母心中流淌着甜蜜。如果岁月可以停留，我想继母一定会选择这段，在缓慢下来的时光中，享受她一生最美好的光阴。

然而，岁月之舟还是滑向 60 年代那个疯狂岁月的开始。

不知道从什么时候起，继母发现，已经是县委负责农村工作的丈夫，越来越沉默，越来越恍惚。他要么长时间盯着一个地方硬瞅，眼珠一动不动；要么就伏在桌上写东西，写了撕掉，撕掉了再写。再后来，她发现，他的衣着不再笔挺干净，总是邋邋遢遢，泥巴、菜叶，甚至粪便时有光顾。很快，她在她丈夫身上看到了淤血，青一块紫一块，遍布全身。最可怕的是他的眼神，灰暗、绝望，透着死亡的气息。继母特意给我讲了他的眼睛，她说那时候她不敢看他的眼睛。可以想象，对于一个与之生儿育女、相伴多年的妻子，不敢看他丈夫的眼睛，该是一件多么荒谬，多么沉痛的事情。我想，那双眼睛一定埋藏了太多的东西，那些东西，每一件都足以让他的亲人不寒而栗。

再后来，继母的丈夫失踪了。她到县政府去找，没有人告诉她他去了哪里，她只看到铺天盖地的大字报，上面有她丈夫的名字，被打上了

一声长叹

苍凉逐梦

"唉——,这都是命!"继母拉着长音,用这句话结束了那个冬日黄昏,我对她身世的探访。七十七年的人生历程,困苦灾难,被她轻而易举地浓缩在这声叹息里,掷向命运,而自己作为当事人,却显得无关痛痒。

之前,斜阳穿过玻璃窗,定格在墙壁上垂吊的中国结上。朦胧、镂空、半明半暗,这些词语的拼接组成一幅美丽的画面,继母正好坐在画面中间。可无论怎样,我都无法将美好与沧桑到麻木迟钝的老人相提并论。画面继续它们的美丽,继母继续她的麻木,两者各自行进,井水不犯河水。

这一声长叹,是继母起身转向厨房时边走边发出的。当时,我的目光正深情抚摸着她弯曲的脊背,无从捕获继母来自心底的面部反应。但我相信,那一刻一定有东西浑浊于她的眼眶。因为,在那声叹息消失后,我闻到了房间里弥漫着的咸涩味道,我知道,那是痛楚正从经年累月中苏醒过来,聚集在继母心头默默地发言。

继母没有文化,她不可能懂得自己的人生与历史的关联,更不会明白是那些漫长而苦难的岁月疯狂摧残了她、玩弄了她。而她却坦然接受了所有,并把所有劫难都归罪于天命。继母没有抱怨与仇恨,如果有,也只是针对自己,只是承认自己命相不好。"唉——,这都是命!"在继母的长叹当中,我看到了一颗心无怨无悔,安于命运。但我深深懂得,正是这颗心曾经承受了太多,疼痛了太多,百孔千疮。而这一切的起因,并不像继母说的那样,仅仅缘于她自己的命中注定。

一切都安静下来,除了白毛风在窗外大声说话外,别无声息。

望着继母忙碌的身影,我的翻滚才敢决堤。我明白,与那声叹息相比,我的泪水太过轻薄廉价,但我没有其他办法,只能用它们疏通内心的拥堵。继母不识字,不会用生动丰富的词汇描述她的人生故事。她只能沿着记忆,在遗忘的边缘,拉回几个片段,白开水似的倒给我听。而我,也只有凭着习惯,用想象给这些片段添枝加叶,使其丰润而饱满。

应该也是一个白毛风大作的黄昏。继母一身红妆,一脸娇羞地端坐在炕头上,而炕梢,则是被继母几次提起"高高大大,好人才"的新婚丈夫。"高高大大,好人才",用词语翻译,不外乎就是鼻阔脸方、伟岸挺拔、潇洒倜傥之类,加之继母说过,她的新婚丈夫是县里最年轻的总校校长,由于不务农,不跟太阳亲密接触,所以用皮肤白净、玉树临风来形容也不会过分。总之,从白毛风跟天空纠缠不休的那个傍晚起,继母的命运便跟这个男人纠缠不休了。

不能说继母没有过幸福。在贫穷普遍的 20 世纪 50 年代,丈夫有一官半职,继母有裁剪缝纫的好手艺,单凭两人可观的经济收入,就能博得很多人羡慕。可以肯定,那时的继母一定是美丽的。美由心生,继母没有不美的理由。能干、体贴、一表人才的丈夫,不愁吃喝、越过越好的日子,足以让继母心中流淌着甜蜜。如果岁月可以停留,我想继母一定会选择这段,在缓慢下来的时光中,享受她一生最美好的光阴。

然而,岁月之舟还是滑向 60 年代那个疯狂岁月的开始。

不知道从什么时候起,继母发现,已经是县委负责农村工作的丈夫,越来越沉默,越来越恍惚。他要么长时间盯着一个地方硬瞅,眼珠一动不动;要么就伏在桌上写东西,写了撕掉,撕掉了再写。再后来,她发现,他的衣着不再笔挺干净,总是邋遢肮脏,泥巴、菜叶,甚至粪便时有光顾。很快,她在她丈夫身上看到了淤血,青一块紫一块,遍布全身。最可怕的是他的眼神,灰暗、绝望,透着死亡的气息。继母特意给我讲了他的眼睛,她说那时候她不敢看他的眼睛。可以想象,对于一个与之生儿育女、相伴多年的妻子,不敢看他丈夫的眼睛,该是一件多么荒谬,多么沉痛的事情。我想,那双眼睛一定埋藏了太多的东西,那些东西,每一件都足以让他的亲人不寒而栗。

再后来,继母的丈夫失踪了。她到县政府去找,没有人告诉她他去了哪里,她只看到铺天盖地的大字报,上面有她丈夫的名字,被打上了醒目的红叉叉。她丈夫的名字她认得,他教过她的。回家后,她翻出他撕掉的纸张拼起来,让读小学的女儿看,女儿读给她听,上面写着说:"莜麦真的没有高产。农民真的吃不饱饭。我真的没有反党、反社会主义。"无疑,他是被他的嘴巴残害的,而她当时还不清楚,他用嘴巴残害了自己之后,因此而起的灾祸已经蔓延到了她。

继母讲完这段后,起身给我的茶杯蓄了水,我得以近距离地审视继母。我想从她的脸上找到一丝哀伤,好迎合我内心的灼热,一起为她丈夫说的真话鸣冤叫屈。然而,我徒劳了。继母平平静静地重新坐下来,甚至在听到父亲养的百灵鸟不合时宜的鸣叫声时,还动情地自言自语:"听,多好听啊。"我,没有听百灵鸟唱歌,而是陷入深深的疼痛。

她的丈夫终于回来了。走了多久对她而言不值一提,重要的是,她的丈夫完完全全疯掉了。

从此,继母二十多年的人生是和一个疯子相依相伴的。夜里,她不敢入睡,她担心他伤害他们幼小的孩子。好几次,她救下了被他用枕头捂住喘不上气的孩子。她跟他搏斗,抢过刀子、剪子、棍棒、石块,而自己多次在搏斗中鲜血淋漓。白天,她拼命踩着缝纫机,赚取一家六口人的柴米油盐。更多的时候,她走街串巷地找他,赶走向他扔石头的一群孩子,为他的赤身裸体一件一件地穿上衣服。

如果继母的命运就此持续下去,似乎也没有什么。毕竟,那个扭曲的年代,似野火燎原,大地无一幸免。像继母这样的女人,像继母丈夫这样的男人,如田里的蒿草多得数也数不清。然而,命运再一次眷顾了继母,以死亡的方式,给她带去了更深的灾难。只不过,那是多年以后的事情。

由于疯子长期不去上班,有关领导把继母一家下放到了农村。户口关系变了,稳定的工资没有了,有的只是两间破败飘摇的土房、几亩连草都不愿意生长的薄田。好在继母有手艺,养家糊口不成问题,否则,我真不敢想象,继母一个人带着一个疯子丈夫,领着一群幼小的孩子靠什么生存。

叙述真的是苍白无力的,继母只用了几句话,就打发了她漫长的苦难岁月。而我,也仅仅能以几小段的文字,囊括她这一段惨痛的人生

旅程。岁月大浪淘沙般荡涤了一切，继母究竟流了多少泪，流了多少汗，流了多少血，没人知道。而我，也只能用悲凉两个字，去定义继母那些无望无边的日子。

80 年代浩浩荡荡地驶入继母的生活。那该是一个百废待兴的年代，是一个充满活力的年代，继母本该结束她漫长的艰辛，开始轻松快乐地生活。可是，继母悲惨的命运拖着她，渐渐靠近了更深的悲惨。

那时，孩子们都长大了，他的疯子男人也不闹腾了。因为，他病了，他盛装能量的肉袋子里面长了瘤子。那瘤子是蚕，把他的肉袋子当成了桑叶，一点一点地啃食。而她又无法帮他把那虫子抠出来，只能任它把肉袋子啃完，又去啃别的。当他浑身上下再没有一片桑叶供它啃食的时候，它便索要了他的生命。他死了，继母没有告诉我，她有没有悲伤难过。在我想来，她的青春年华，她的爱情都专一给一个疯子，换来的却是无边无际的苦海，疯子的死亡，对她而言应该是一种解脱。继母总算可以喘一口气了，我暗自为她高兴起来。

可是，事实远非这样。继母用她如常的声音讲给我另一个事实，给我迎头一棒，她非但没有解脱，反而陷入了更深的苦海。

"爸爸，你等着，我找你去。"这是疯子死后的第八十九天，她二十三岁的小儿子留在世上最后的话语。紧接着，大口井里扑通一声巨响，然后，便陷入沉默，旷日持久的沉默。继母固执地认为，是她疯子丈夫把孩子带走的，她说他在报复她。因为，她在他丧事未满百天的时候，为他们的儿子谈婚论嫁。我不知道该不该相信这些，因为我所接受的教育，在很小的时候就把它们界定在迷信的范畴。我只能以追问的方式，希望继母说得尽量详细，好让我找到不是迷信的理由。

"其实，那天真的没有和儿子争吵。"在我一再追问下，继母反复跟我强调这句话。她仔细地告诉我，说，那天她让他跟她一起去地里起山药，他不愿意去，她唠叨了几句，他便狠狠地说："等我死了你就不唠叨了。"结果，二十分钟后，他真的死了，纵身跳下大口井，结束了自己的生命，同时也结束了母亲的唠叨。继母承认，她以前也唠叨过，为他的婚姻。继母希望，他娶她为他选好的姑娘，而他不喜欢那个姑娘，但继母坚持要他娶，还要他们尽快订婚。事情的起因就是这些，但我无论如何都不能相信，这是一个小伙子结束自己生命的理由。可是，事实摆在我面前，继母的儿子的确自杀了，几乎是在没有任何理由、没有任何征兆的情况下自杀的。我实在不肯相信继母的说法，是他的父亲将他唤去，因为，这个结论太恐怖、太阴森。我宁愿杜撰，是继母隐藏了什么，或者遗忘了什么，没有和我讲真话，她儿子的自杀另有隐情。

房里没有开灯，斜阳一点一点移步窗外。继母整个人陷入灰暗之中，我只能看清一个轮廓。

三十年过去了，在这个与继母促膝的傍晚，我不知道她跟多少人说起过这些，就像祥林嫂念叨她的阿毛，在极度悲哀痛苦中，反反复复说着那句话——真的，那天我真的没有和他争吵。我相信，开始的时候，继母一定是一把鼻涕一把泪，但后来，她的泪水流尽了，眼睛才开始荒芜。没有泪水，并不代表不伤痛。从流泪到荒芜，这个漫长的过程，继母到底承受了什么，我真的不能想象，那应该是伤口不断被揭开、不断被撒盐的过程，直到生命生出了抗体，被时间缓缓中和消散。但我还觉得，我看到的只是一个表象，而继母内心深处的疼痛是不为人知的，我不便更深地探寻。白发人送黑发人，这是任何人都难以承受的灾难。

岁月一如既往地向前，继母失去丈夫和儿子六年之后，我失去母亲三年之后，她来到了我家，成为我的继母。

历史翻开了新篇章，人们沉浸在新千年的欢腾里面，回顾着过去，展望着未来。而继母，实在没有可以回顾的美好，过去是伤痛，充斥了她路过的全部。她更不该展望未来，因为未来给她准备的是又一次灾难。我非常愤怒，命运为何对她又一次狠下毒手？

这一次是她的大女儿。依然是瘤子，依然是虫子与桑叶，不过，这次不是装食物的肉袋子，而是子宫。她是一步一步看着她走进身体的极夜的，没有生命的阳光，她的身体一点一点冷却，最终步入极夜的深渊。女儿死了，在她六十多岁的时候，又一次白发人送了黑发人。

她再也挺不住了，终于在我的面前倒了下去。不需要再靠想象填充什么了，因为我经历了这些。泪水再一次泛滥，那荒芜的眼睛居然还能繁殖泪水。继母不吃不喝躺在床上好几天，只用流淌的泪水证明自已还活在人间。而在当时,我还没有这次有关她身世的长谈,我根本无从知晓,她躺在那里几天几夜,所承受的悲凉到底有多么沉重、庞大、繁杂,即使我穷极所有伤感的词汇,都不能形容那时候的继母。我也不想用更多的文字去描写她的样子,因为再精准的描绘也不能传神她的模样。那是一种死亡,是一种灵魂出窍,我没有能力跳到另一个世界,去收罗一些句子素描我的继母。

奄奄一息的继母总算活了过来。但我发现,几天工夫,她彻底老了,弯了腰驼了背,完完全全白了头发。

时间继续向前。直到十二年之后的 2012 年春节,我回老家过年,莫名其妙中让继母翻开了她的苦难史。我明白了是什么原因,她的眼睛为何总是荒凉而空旷,她的脚步过早地跌跌又撞撞。更明白了,在她艰辛苦难的背景后面,她的坚强、她的隐忍、她的周到、她的感恩,来的是多么的纯粹而深沉,让我这个和她没有丝毫血缘关系的女儿也为之动容。

"唉——,这都是命!"

2012 年春节已经过去三个月了,在这个春天的傍晚,晚霞又一次烧红了屋角,不由得,我想起了继母。继母刻录到我心底的长叹又一次触痛了我。

夕阳慢慢走了,夜色缓缓来了,我的窗外是渐亮的灯火。

父亲印象

韩冬红

　　起初我对父亲的印象是凭空想象的,那想象就如雾中花、水中月,遇到风吹草动稍纵即逝。当年父亲望着刚出生的我说:"俺得不了这个闺女的济。"我也原以为父亲就这样不哼不哈地走了,家里没有一个男人撑着,还不得跟没梁的房一样坍成一堆烂泥?我心想,你(父亲)说得不了我的济,我还沾不了你的光呢!可蓦然回首这些年,父亲一直在用他独特的人格魅力恩泽着我,只是肉眼凡胎的我看不到他人站在什么地方而已。

　　我父亲是离过年还差十七天时"走"的。用我母亲四十年来的话说,父亲是活活气死的。他不忍心让自己的女人和儿女们过年吃不上一顿白面饺子、穿不上一身没打补丁的衣服,就去找村会计,想提前支取我家在大队里的二百多块钱存款。令父亲想不到的是,账上不知啥时候将"存"变为了"借"。胳膊拧不过大腿,鸡蛋碰不过碌碡,父亲要钱不成,反而生了一肚子气,没几天便死了。

　　年的气息越来越浓,母亲擦了擦哭成核桃似的双眼,准备借街坊邻里的喜悦来冲淡笼罩在家里的阴霾。眼看阴霾刚有消散的迹象,随着一声"二哥",又惹来母亲一天的呜咽。父亲在家排行老二,那些小兄弟都这样称呼他。来人是父亲的朋友,是距离我家有二三十里地的一个小村子里的。每年,这位叔叔都会来我家拜年。那年也不例外,可那次令他吃惊的是,为啥一年不见的"二哥"突然消失了?从那后,我就断断续续见过这位叔叔几次,他不是给即将断炊的一大家子人带来新鲜的玉米面,就是给嘴馋的我和小哥送来做梦都不敢奢望的饼卷肉。

　　当时我年龄小,根本就没觉得叔叔对我家这么好,其实都是父亲生前种下的。父亲只管播种,从不问收获,是我们坐收了其成。离我家二里地的董叔家,他和婶子也有七八个孩子,日子过得紧巴巴,可董叔

67

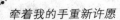

不忘踏着晨露或顶着烈焰,把一袋袋的谷子和麦子扛到我家,以舒展母亲紧锁的眉头。有一次下大雨,敲响下学钟的同学们看着老天犯愁,距离学校最远的我更是愁上加愁。眼看夜幕降临,可雨还没要停的意思。我看见一个披着塑料布的小女孩子,手里握着一把牛毛黄色的油纸伞向我笑着跑来,她走近我时,我才看清是董叔家的小女儿。

"走吧红姐,去俺家吧,俺爹俺娘都等着你哩!"我含着泪摸了摸小女孩的衣服和头发,都是湿的。

整整三年,我在董叔一家人的呵护下轻松送走了风霜雪雨。那如阳光一样明亮的油纸伞,至今都存储在我的脑海中,让我每次想起心里总是暖暖的。

谁说父亲死了?谁说父亲丢下年幼的我不管了?其实,得到父亲关爱的不止是我,就连父亲去世都不知道疯跑到哪里去的小哥,也在日后的婚姻大事上受益于父亲的好。增叔是赵村的,那里是乡政府所在地,离我家大概也就三里地。我到目前为止,都不清楚父亲生前到底给增叔做了什么,让他把感恩的心送给了我家。增叔家住村口,是去赵村的必经之路。不想麻烦生活并不宽松的增叔一家,我和小哥去赵村买东西时,就会悄悄地从他家门口溜过去。那一次也不例外,却被增叔逮个正着。叔叔生气地抓住我的车把,泪水在眼眶里晃荡。"是不是嫌叔叔穷,不想和叔叔亲近了?"我和小哥被这久久没有靠近过的爱抚感动得泣不成声。

增叔问小哥是否定亲,小哥摇头。"这怎么能行?二十了,得赶紧着。"增叔流露出只有父亲才有的着急。没几天,增叔就给个矮、貌丑的小哥带来位中学老师。日后,看着小哥和嫂子你疼我爱,日子过得殷实,增叔说即使他死了也放心了。要不袖手旁观,日后无法去向我父亲交代。

今年春节后,小侄说他专门驱车跑到贤塔拜了年。二姐不解,说:"咱家祖祖辈辈在那儿没亲戚,给谁家拜年?"我这才想起发生在二十六年前的一件旧事。那是初秋时分,我独自一人回老家。一下汽车就遭到乌云的堵截,我加快脚步,可没走出三里地,大雨夹杂着冰雹从天而降,我被困在一个叫贤塔的小村,胆小怯懦的我在雨中犹豫了半天,还是迈进了一户人家。没想到这家的男主人获知我姓韩后，竟然啪嗒啪嗒地落下眼泪，我纳闷半天，心想，这人是不是有病？要不就是我长得像他们家的谁？

晚上，这个男主人非叫家人给我煮花生，不等我吃完花生，就又叫家人蒸红薯、煮嫩玉米，那个热情劲儿真让我十分不安。

雨还在噼里啪啦地下，我两次趁着去解手的机会开了大门，都被男主人支应孩子把我拽了回去，这就更验证了我闯入"黑店"的猜测。所以整晚上我都没敢合眼。好不容易盼到天亮，我迫不及待地想告别这家人，谁知男主人装了半布袋花生搭在自行车前梁上，骑着自行车碾着泥泞把我送到母亲跟前，他才说出心里的秘密。原来这人也认识父亲。

后来发生的事，是小侄告诉我的。这位叔叔曾在大哥盖房子盖到半截而苦于没资金时，把积攒了两年的血汗钱，递到了大哥手上。

记得当年我问过母亲，为什么父亲的这些朋友都对我家这么好？母亲什么都没说。于是我猜想，一定是父亲"予人玫瑰，手留余香"的结果，因此，我像得到父亲真传一样，不惜将钱和物施舍给那些需要帮助的人。我一路欢笑一路歌，从落后的乡下向城市海岸靠近，不料我被搁浅在那儿，举步维艰。我不会阳奉阴违，不会投机取巧，不会八面玲珑，所以遭遇异于常人。我想长记性不再受身心之苦，就默默发誓既然改变不了环境，索性改变自己。然而，人至中年，也不曾改变从娘胎里携带而来的本性。

我依旧踏踏实实工作、老老实实做人。母亲却说："你父亲就是这个样子。"

母亲那双脚

韩冬红

  母亲这人哪儿都好,就是那双脚让我瞧着不顺眼。她的脚穿上再好的鞋也显得别扭。尤其母亲的脚裸露在外时,四个瘦骨嶙峋的小脚趾,紧紧地相拥在大脚趾下面,如逃难栖息在他人屋檐下的乞儿,还有关节处凸起的小丘,仿若在茫茫沙漠中艰难生存的骆驼的驼峰,我看着总是忍俊不禁地偷笑。为此,年少时的我总是埋怨母亲的脚是那般丑陋,脑子里还傻傻的认为母亲的脚天生是那副模样。

  可后来我才知道,比起姥姥和奶奶那地道的"三寸金莲",母亲应该是幸运的。因为她算是新中国第一代大脚女人。算是,并不等于就是,母亲的脚险些重蹈了姥姥和奶奶的覆辙。

  也许是孩子多照应不过来,也许是乡下流行的男尊女卑作祟,反正母亲两三岁时就被姥姥扔在了太姥姥的身边。好在太姥姥喜欢我母亲这个聪明伶俐的外孙女,尽管缺吃少穿,可太姥姥还是给我母亲带来了几年无忧无虑的生活。但命运并不关照我母亲,在她七八岁时,宠爱她的太姥姥离开了人世,母亲也失去了给她遮风挡雨的人。那时,母亲还想继续读书,可寄人篱下,只能眼睁睁看着表姨去私塾,而她却不得不去劈柴做饭、喂猪放羊,用自己的劳动换取简陋的衣食。

  母亲十岁时回到我姥姥的身边,还未来得及舒展眉梢,厄运再次缠上了她。姥姥看到母亲那双自由疯长的脚丫,不顾母亲的极力反抗,就将脚趾一层一层勒紧在裹脚布内,钻心的疼痛,使母亲求生不能,求死不得。我五舅由部队回家省亲,见到土炕上气如悬丝的妹妹,二话不说,上前松开缠绕在瘦小脚趾上的裹脚布,但还是因挤压过度,脚趾造成了轻微畸形。之后八年,母亲跟随姥姥和五舅先后在石家庄、衡水、沧州及老家威县等地生活。当时母亲只记得五舅每天早出晚归,行色匆匆,而且行踪诡秘,时而长袍马褂,以绸缎庄掌柜的身份出现在家人面前,时而又像一个沿街兜卖针头线脑的货郎。后来母亲才明白,她和姥姥实际上是在掩护五舅做地下工作。

一切似乎早已注定,五舅被叛徒出卖,在全家遭遇灭门之灾的紧要关头,母亲跟随姥姥和二舅凭借一双大脚连夜飞奔,逃到三十华里外的村子。姥姥将母亲寄宿在奶奶家,她和六舅前往东北寻找五舅。其实此时五舅早已打死日本宪兵,突出重围到大部队去了,所以姥姥和六舅并没见到五舅。我五舅的事我母亲并不知道,因为姥姥早就对母亲有交代,如果久久等不到姥姥的音信,很可能她和六舅遭遇了不测,毕竟那是战乱的年代,就请奶奶做主给母亲找个人家嫁了。奶奶看母亲聪慧、善良,又能吃苦,于是让母亲嫁给了我的父亲。

然而从灾难中逃离出来的母亲,并没有从此步入高枕无忧的天堂。自母亲那双脚踏进我家的门槛,就再也没有跨出过小家一步。1949年春天,全国解放在即,上级紧急动员,号召地方干部随军南下。南下干部要求年龄在四十岁以下,有一定文化,身体好,能够坚持长途行军。同时还规定不准带家属,夫妻都是干部的可一同去,但不准带小孩。由于母亲身份符合"南下"干部条件,故挑选为首批。为此母亲兴奋不已,可看到不满两岁的大姐时,一种难以割舍的骨肉之情,使母亲举棋不定。一向为人憨厚的父亲只顾一袋接一袋地抽着旱烟,他知道自己羁绊不住母亲要求进步的脚步,于是便用沉默来表示心中的不满。夜晚,当所有的人都进入了梦乡,唯有母亲翻来覆去难以入眠,她的眼前浮现出和姥姥一起掩护五舅开展地下工作的情景,母亲重新鼓起勇气,决定要投身于这场斗争中。在母亲背起行囊告别乡亲时,人群中传来了大姐声嘶力竭地哭啼,使得母亲迈出的脚停滞下来,谁都不会想到,母亲踟蹰的脚步,竟成为她一生无言的遗憾。党小组以母亲不听从组织安排为由,对母亲做出了开除党籍的决定。

母亲的这段经历,常常让我感叹,如果她当时咬咬牙狠下心把大姐交给他人抚养,母亲至少现在也是吃"皇粮"的国家干部,她的命运就会是另一种情形。但她舍不得孩子,丢不下做母亲的那一份柔情。所以,母亲命运多舛也就不足为怪了。

可母亲毕竟不是一般的女人。20世纪60年代初的大饥荒,全村

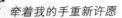

老少饥饿不堪，村干部们就是不敢想办法解救乡亲，因为那是讲阶级斗争的年代，谁出头就有可能被当作阶级敌人打击。母亲也着急，东说西劝，就是没人呼应，甚至还有人对她说："你又不是党员干部，操那么多闲心干啥？"但母亲就是爱操心，别人不敢，她一咬牙，就用那双半大"解放脚"创出了大老爷们都不敢走的路，三十多岁的她骑自行车带着一百斤的红薯干到百里外的山东农村换回三百斤的野菜。母亲五更走，半夜回，一天不吃不喝，冒着被打成"投机倒把"坏分子的风险，给全村八百口人换回了救命菜。至今，村里的老人提起此事，仍感念我母亲的惊人义举。后来我曾询问母亲当时为啥那么胆大，母亲说："看着大家伙儿挨饿，我心里难受。"

是的，母亲的善良是出了名的。我的三叔三婶因为家庭琐事经常给母亲气受，三叔三婶遭遇不测英年早逝后，母亲忙里忙外料理后事。三叔的大女儿出嫁时，母亲更是四处奔忙张罗。那时，我父亲到了"邢钢"工作，一家八口人的重担就落到了母亲肩上。为给侄女准备嫁妆，母亲白天在生产队里挑水浇园，夜晚还要点灯纺棉花到深夜。时至隆冬，天刚微亮，母亲就到冰窖似的空闲屋子里飞梭织布，双手冻得没了知觉，双脚因寒冷生了冻疮，感动得奶奶直掉眼泪。不但打点大侄女体面出嫁，三叔三婶的其他四个儿女，也都在母亲操劳下成家立业。

父亲在外工作，母亲独自一人承担着事务繁杂的家。早晨母亲悄悄起来时我们几个孩子还在梦乡，为了让我们多睡一会，母亲从不声张，她烧火做好饭后，趁我们吃饭的工夫到村外去给猪羊拔青草，因为吃过早饭，她还要下地挣工分养家糊口。

尽管母亲在家独自操劳，可命运并不关照她。70年代初，我的父亲去世后，四十多岁的母亲面对父亲的猝然离世，看着摇摇欲坠的土坯房和六个儿女，她无助地哭泣，可根本没有引起他人的怜悯。走投无路的母亲走到井边，一只脚迈到井台，另一只脚意外地被他人遗忘在此的井绳绊住，一个趔趄，母亲整个人横在井口。也许苍天不想让母亲走得过早，正在危急时刻，幸好有看露天电影回家的人发现，母亲才幸免一死。两个舅舅闻听母亲轻生的消息后，冒着瓢泼大雨急匆匆赶来，送来他们所有的积蓄，还苦口婆心地劝导母亲要面对现实，绝不能撇下无辜的孩子们,让他们在世间受苦受罪。在舅舅的开导下,母亲渐渐从失去父亲的创伤中走了出来。

一次母亲带我去舅舅家,在回来的途中,母亲把自行车停到土路边,拉着我的小手走向阳光下沉睡的水泥坟墓。母亲说坟墓里"住"着的人,当年还不满二十岁,生前是一位相貌清秀、带着书卷气的女子。她和母亲同为首批"南下"人员。在母亲犹豫不决时,还做过母亲的思想工作。她是在"南下"途中,遭敌人杀害的。我为坟墓中躺着的年轻的生命而惋惜,可母亲用凄凉的声音回答了我,她说:"如果我'南下',即使死去,也比现在活得有价值,毕竟那是为党的事业而死,而现在是为了小家庭苟且偷生。"我知道母亲还在为当年的选择而自责。

一定是上苍对一直以来磨难重重的母亲动了恻隐之心,点化了那些母亲帮助过的人们,使他们良心复苏、倾巢相助,为可怜的孤儿寡母搭建起了避风躲雨的五间堂屋。已近成年的大哥也因此不再因房屋破旧,而遭遇相亲的尴尬……

我们兄妹六个先后成家立业,陆续离开母亲。怕母亲一人在家生活不便,在我们的一再恳求下,年近花甲的母亲由乡下来到城市。一向习惯于忙碌的母亲,不愿意坐在儿女家中享清福,到城市的第二天,就迫不及待地委托表姨为她找份工作。母亲到了一家服装厂,一干就是十年。

90年代中期,母亲终于答应儿女们的恳求,准备在家中好好歇歇。可她哪里闲得住啊,在我怀孕期间,母亲包揽了所有家务,忙得不亦乐乎。一次倒垃圾时不慎摔倒在楼道,造成了胯骨粉碎性骨折,可是母亲执拗地让哥、姐统一口径,对我隐瞒实情,母亲强忍着剧烈疼痛,坚持要等待我分娩后再到医院治疗。在母亲焦急的等待中,全家人迎来了我的女儿,而母亲却因不能亲自服侍我坐月子而在病床上着急、流泪。

命运似乎是在有意考验母亲承受磨难的能力,2003年,享受着四世同堂天伦之乐的母亲,获知三姐被确诊为晚期肺癌的消息后,一下子苍老了许多。无力的脚步在陡峭的楼梯上轮回,突然佝偻了的身体和凌乱的脚步,让我看到母亲正在饱受即将失去骨肉的痛苦煎熬。但上苍并没有因为母亲的命运凄凉而发仁慈之心,六个月后,死神从母亲心坎上摘走了三姐四十六岁的生命之花。失去骨肉的母亲不是以泪洗面,而是对着老家的方向,喊着父亲的名字说她没有看守好他们的三女儿,使她早早踏上了黄泉,愧对父亲弥留之际对自己的托付。

　　如今,我把年近八旬的母亲接来与我一起生活,想让她安享晚年。可母亲总是闲不住,做饭、打扫卫生,尤其我工作有了不顺心的时候,母亲总是耐心开导我。现在,我已经形成了一个习惯,回家第一件事就是看门口鞋架上母亲的鞋。也许那是我的依赖。

锈　犁

洪忠佩

　　山上的杜鹃、田里的油菜花都灿灿地开了,叔还穿着一身的冬衣,头上戴顶黑皮帽,他对季节的感觉,仿佛比冬眠的动物还迟钝得多。臃肿、畏缩、懈怠、恍惚、孤寂、失望,共同笼罩着他的苍老……在明媚的春日,他站在村里的人群中,像一篇简化字的文章里,突然冒出了一个繁体字。除了年龄与叔相仿的长辈们,大多数人已忽略了他的存在。

　　一人吃饱,全家不饿。话虽俗了点,但用在我叔身上最为贴切了。叔从小失去父亲,与母亲相依为命。叔的母亲,也就是我的奶奶,是个裹了小脚的苦命女人。她年轻丧偶,看着膝下三个待哺的儿子,无力抚养,不得已还将其中一个过继给了村里人家……叔斗大的字不识一个,却让一个穷字,把缘分挡在了门外。做媒的人无奈,叔比做媒的人更无奈,最终,他成了光棍。在他进入暮年的时候,风烛残年的母亲带着对儿子的亏欠辞世了,让他陷入噩梦之中无法摆脱。从我奶奶离开的那天起,一个憨厚、勤劳的叔也不见了,他牛不养,田不种,连菜园都荒着,人也开始邋遢了,头发乱蓬蓬的,胡子拉碴,一身上下油腻腻的……他抑郁、孤寂、偏执、烦躁,甚至焦虑、多疑,像一只泄了气的球,干瘪、软塌。成天恍恍惚惚的他,饱一餐饿一餐,生活失去了常态。我回村里,开店的和摆摊的说,你叔赊着账呢。叔赊账的物品,除了米、油、盐,还有廉价的烟酒、食品。我一一付账后,歉疚地对店主们说:“以后我叔来,还让他接着赊好了。”到老屋,十次有九次大门虚掩着,家里冷冷清清的,很难见着叔的身影。邻居说:“他没地方去的,去铁匠店或合作社门口,一找一个准。”

　　十年了,叔蔫头耷脑地沉湎于这样的状态中。经过一番铺垫,我对叔开玩笑地说:“侄子几个平时给你的钱,你得计划着用,像你这样,倒成了摊店的‘信用户’了。”叔愣了一下,不好意思地笑了……起先有一

段日子,他跟劣质的白酒较劲,水缸底、菜橱里、脸盆架上,都是空空的酒瓶。后来,血压高了,胃也有了病灶,酒碍着身体了,才算罢休。有一天的夜里,我接到村里邻居的电话,说叔的身体状况糟糕透了,有好几天米汤未进,要我尽快赶回去。第二天一早,我从县城赶到村里老屋,叔还躺在床上呻吟。叔的呻吟与房间的昏暗碰在一起,让呻吟更加微弱。找医生、开处方、拿药、打点滴,一个疗程下来,才见效果。叔是胃上的毛病,原因很简单,饱一餐饿一餐的,冷的热的剩的馊的,也不管不顾,照吃不误。看得出,叔当时是愧疚的,他觉得自己成了累赘。面对叔这样的境况,我倒水喂药时劝他说:"你的身体即便是只热水瓶,想保温也要靠保养,像你这样冷热不分,身体出现一点状况也正常。何况,你还是上了年纪的老人呢。"叔也曾经慷慨地说到死,但在生病的时候,我看得出他对生命是极度的依恋……不知从什么时候开始,老屋厨房的板壁上挂上了两张遗像,一张是我含辛茹苦的奶奶的,一张是我陌生的爷爷的(爷爷是我家族记忆的缺失,我对他记忆的源头是菜园地的坟冢)……

　　一把犁倚在天井角,紧挨着码起的青瓦。犁尖钝钝的,犁叶上都是斑斑的铁锈,犁把也脱榫了。看得出,这把犁叔已弃在这里多年。天井的阳光,从屋顶上空透射进来,在堂前的青石板地面形成了长方形的光区。然而,无论阳光如何飘移,却照射不到天井角的锈犁。

　　犁都锈成这样了,敲掉卖废铁算了。叔听我这一说,用眼光斜斜地刮了我一眼,眼光似火炉里的火灰一现,瞬间就冷了。

　　叔在村里,曾经是一位犁耙耖的好手,但还是败在了时光的软刀面前,迷惘而无措。记得我童年时的春夏季节,叔每天除了犁田还是犁田,他早上扛着犁出门,夜晚披星回家,赤着脚,一路踩得石板咚咚响。他犁田,"嘿、嘿"的赶牛声,短促有力,犁把握在手中既平稳又灵活。犁田时,牛拖着犁,叔抚着犁,他在牛的后边;往返的路上,叔驮着犁,他还是在牛的后边。每天歇工,他连脚都顾不得洗,总是先扯一把禾秆或茅草就着水坑洗犁,看着犁上没有了泥痕,他脸上就有了难得的笑意。村庄贴着婺源北部的大鄣山,山高水冷、土地贫瘠。叔的勤劳苦干,并没有改变同样贫瘠的家庭。平时,叔是个只埋头做事不吭声的人,但有

一次，我不小心把叔的犁翻倒了，他把一肚的穷火都发在了我身上，呵斥一顿还不算，我的小脑壳上立即遭到了他的烟杆子，"嗒"的一下，钻心的痛。当时，我对他的粗暴，既不敢怒又不敢言，只有把泪水忍在眼眶里打转。没过几天，叔把烟杆子叩到了自己的脑袋上，他饲养的耕牛吃红花草胀死了。牛死前，胀得难受，把红花田滚成了泥浆田；牛死后，肚还是胀鼓鼓的，拱得像个小山包。在那个年月，我不知道一头耕牛的死亡对一个家庭是多大的祸，但看叔痛心疾首垂头丧气的样子，我却是有些幸灾乐祸的……一个人的衰老，大多衰老在眼与脚上。而这些，我却很难从叔身上感受得到。毫不避讳地讲，我叔的衰老是有些神经质的，有时甚至让人琢磨不透。一段时间，由于迁坟日期和一些鸡毛蒜皮的事，他和过继在村里的兄弟意见不统一，闹起了别扭，还抡了拳头。我的劝解等于零，就直接置之不理了。兄弟手足，想想二位叔的过往，想想他们闹僵的事，无论起因还是结果，都觉得滑稽。更为滑稽的是，村里为叔申报低保，叫他去照相，他说怕勾魂，死活都不肯去。只要与他一说起照相的事，他的情绪就紧张、惶恐……

　　我去村里办事或路过村庄，似是心有灵犀，总能看到叔的身影。他的出现都是悄然的，小心翼翼的，每一次默默地站在我身旁，要么手插在裤袋里，要么双手放在胸前，一句话也不说。我招呼他，他除了点头摇头之外，回答也极其简略，除了"嗯"一声之外，还有"是"或"不是"，"有"或"没有"。有时，像自言自语，在喉咙头咕噜二句，我也听不清楚他说什么。更多的时候，他是茫然地一言不发站在我身边。

　　一个上了年纪的人独自生活，孤单、无助，最怕的还是有个头疼脑热，而且叔一无电话二无手机，捎个音讯都不方便。我蜇居的县城，与叔生活的村庄隔着几十公里的路程，毕竟远水救不了近火，心有余而力不足。他孑然一身，却不能正视孤单。我劝他去敬老院生活，和老人们在一起，也互相有个照应，却被他一口回绝了。他说："去敬老院，老屋谁守？村里人会怎么看？要去敬老院，还要你们这些侄子做什么？"

　　叔不去敬老院生活，是出于对老屋的守护，还是出于自尊和对家庭的捍卫？或许，他有他的想法，抑或是两者兼而有之吧。前几年，叔见我，还有一句话挂在嘴边，说多年都没有去县城了，过后几天他要去县

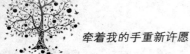

城看看。如果叫他一起走，他又迟疑了，仿佛下了很大的决心，还是决定不走。我知道，他这过后几天，只是个遥遥无期的臆想。然而，近年来，他连这样的话也懒得说了。叔的话，已是越来越少了。

叔的犁锈了，但他仍卑微地活着。在有着几百户人家的村庄，像叔这样的老人有好几个，榨油老扁、铁匠癫痫、桶匠阔嘴，还有驼背树……他们的生活来源仅靠低保、救济，无着无落的日子，过得十分寒碜。他们近乎乞求而又浑浊的眼神，是否是对我们麻木冷漠的一种回应？

我想，在农村生活的底层，还会不会有人为他们垫底？有时，我站在村庄的某个地段悲喜交集。这儿曾是叔犁过的水田，那儿曾是叔洗过犁的水坑，然而，这一切都被水泥覆盖得严丝合缝了。叔的犁是废弃生锈了，村里又有多少犁没有废弃生锈呢？

忆忘如一

陈　年

1

电话是在夜里响起的。三叔说，五妹要出嫁，请我回去吃喜酒。我满口答应。放下电话，有些吃惊，因为我没听说五妹有男朋友。

坐最早的车。车下几个送行的人，一直在嘀嘀咕咕。我盯着车窗外的一小块地皮，想着以前那个大嘴巴的小丫头，现在就要穿上花团锦簇的红嫁衣，心里的喜悦满满的。

五妹有一个不雅的绰号，叫五大嘴。小时候我们故意气她哭，她咧着嘴大哭时，我们就喊："大嘴大嘴，上山喝水，山上没水，气死大嘴！"

她不觉悄悄笑了，日子就在这样的哭哭笑笑中过去了多少！

八姐妹中我是大姐，先出嫁，这十几年陆续吃了三个妹妹的喜酒。妹妹们几乎都是嫁给本地人，相差也不过十里八里。平常庄户人家的孩子，嫁人也没有多少挑剔，有房子，家里弟兄少些，人机灵活泛就算是找了好人家。五妹长成大姑娘后，成了姐妹中最漂亮的一个，有着一米七的个子、俊秀的眉眼、好看的脸蛋。嘴大也不是缺点，而是有女人味。三婶看着长成一朵花的女儿，心里的盘算越来越多，一心想凭着女儿的脸蛋子嫁个有钱人。就这样挑来挑去，五妹成了挑剩下的老姑娘。

车子终于发动起来，我眼前的那一小块地皮也动起来，渐渐，越来越远。

竟然会坐过站，下车走了老长一段，才走近老家的那条小河。河瘦，瘦得只有一小步宽。不由得蹲下身子，静静地看着水里的另一个自己。短发、微胖，眼角眉梢浮着细碎的鱼尾纹。叉开五指，又清又凉的河水分成五条更瘦的水流。一些无名的牵念涌上来，一些事、一些人绕在

手指上，如丝如缕，让人念念不忘。

河滩里的小石头目瞪口呆地看着我，像一群天真无邪的孩子。那群孩子中有我，有五妹，还有许多的玩伴。走到河对岸，忍不住回头，看自己留在河滩上的脚印。时间会让所有的东西老去，河滩也老了。

现在村里办喜事，还是先吃"充饥饭"。客人来了坐下就端饭，油糕大烩菜随便吃。吃过"充饥饭"，一会儿正式开席时，再吃。其实这种风俗和以前日子穷有关系，办事的东家生怕席上的饭菜不够吃，就先让客人吃些油糕烩菜垫垫肚子，这样正式开席时就不会出现盘光碗净的尴尬。

老家的羊杂烩粉是最有特色的食物。把羊的内脏切成细细的丝用骨头汤煮开，再配上筋道的土豆粉条，吃时在碗里浇上红红的辣椒油，红润润油汪汪地馋人。黄米面油炸糕更是待客的上品。糕捏成半月形，里面包上豆沙馅或是菜馅，下到麻油锅里炸成金黄色，趁热一口咬下去，外焦里糯，香死个人。

大家都是来吃喜酒的，可谁也不提新女婿。我沉不住气，忍不住问二妹："新女婿长得咋样？哪个村的？多大了？"忽然没有声响，谁也不说话。

五妹的好姿色给过她女孩子的骄傲，也让她失去了平常的机会。在该恋爱的时候，三婶总是比较娶她女儿的男人有没有钱。现在找的这个人又老又穷，可五妹铁了心要嫁。三婶坚决不同意，为此，五妹天天挨骂，现在还病着。我哑然。一路上那种满满的喜悦，变得苦涩起来。

乡下苦寒，村里的女孩子把嫁人当做一次跳龙门的机会，也不为过。如果能嫁进城里，嫁个有钱人也就脱了农皮，不用面朝黄土背朝天。只是五妹把赌注下得太大了。

几挂零星炮声，身穿红棉袄红棉裤的五妹出来了。在我们老家，新媳妇出嫁时不分冬夏，都穿红棉袄。据说，女人穿棉衣出嫁，以后的日子过得越来越厚实。

我拉了五妹的手，看到手背上打点滴的针眼还在。趴在五妹的耳边，我说："穿了红棉袄，日子越过越好。"我看到五妹咧着大嘴笑了。

2

　　祖母的房子建在浑厚的黄土坡上，依着坡体挖成半圆形窑洞，再用石块砌出半圆的窑面。这样的土窑洞现在在农村很少有了。从城市四方的水泥大楼里钻出，再钻进这样古老的窑洞，我仿佛是在时光的隧道里穿越。五孔坚实的半圆形窑洞拉着手站成一排，它们就像是祖父的儿子，寄托着他一生的希望。

　　窑洞的墙是半圆形的，木格格窗也是半圆的。木格子窗上用麻纸贴着大红大绿的窗花，中间镶一小块玻璃，从这块小玻璃上能看到对面的山。住进这样的窑洞所有的想法都变得干净简单。

　　红漆刷的碗柜、黑泥烧的瓦盆、粗腰大膀的水缸、一直陪在灶台身边的风箱……祖母家的一切东西都会像祖母一样瘪着嘴，走风露气地说事。我最喜欢使唤风箱，扯个小木墩子，蹲在灶台下，一下一下地拉风箱。听古老的箱体呱嗒呱嗒地述说着陈年的话题，看黑黑的灶膛里升腾起红红的火。

　　火苗手舞足蹈快乐地唱着歌。祖母把一口大铁锅放在火上，锅里添上两瓢水，水开了，放上暗红的豆子、金黄的小米，再切上半个自家菜园结的老倭瓜。我不紧不慢拉着风箱，多少年的光阴被我慢悠悠地拉长，抽成一缕缕记忆的烟飘着。白色的蒸汽从高粱秆编成的锅盖缝里急不可耐地蹿出来，小小的窑洞里飘散着小米豆子倭瓜混合起来的香气。用不了多久，一锅香喷喷、甜津津且黏稠的倭瓜豆粥就出锅了。

　　午睡醒来，拿着一本书，坐在祖母家的杏树下，时光在绿叶间仿佛是流动的。三十多年前，一个小孩子站在小树下，盼着树上一夜之间就挂满果子。她一次又一次地问祖母什么时候才可以吃上杏。那个孩子就是我。这么多年过去了，杏一年年挂满枝头，可我很少回来再看一看树，看一看守着杏树的故乡。我在不远的地方飘着生存，人飘着，心也漂着，存在血里的根也像萍草一样飘着。阳光碎碎地从杏树的叶缝里洒下来，我用手指尖画着散在书页上的阳光，印迹深一道浅一道的。

　　突然觉得山村太静了，静得让人不能认真地看书做事，原来太安

静了也是可以打扰人的。这些年我如一棵植物随着时间生长,在光阴里结出自己的子女事业,然后匆忙而辛劳地活着。我从来也没有回过头来看一下这个生长过希望的小山村,看一看那棵杏树。

晚上,帮祖母提便盆时,看了一眼故乡的夜空,那种纯、那种静、那种美让人心如止水。在喧闹的城市里你永远也不会看到这样的夜色。那些星星亮得像小孩子的眼,天真地眨呀眨;月牙是少女未涉尘世的脸,羞赧地低眉垂首。

没有电视,没有电脑,故乡的夜静得如同一个处子,我在处子的怀里失眠了。祖母满是皱纹的手亲昵地握着我的手,藏在她肌肤里的日子,轻轻地摩擦着我的心,这些纵横交错的皱纹是祖母一生的坎坷经历。祖母十五岁嫁人,十七岁当小妈妈,当时没有节育措施,祖母作为女人的好日子里,一直在生育,直到她四十五岁,还在生孩子。可是由于家贫,养不活太多的孩子,孩子生下来如果机会好,有人家抱养那是最好;没有,只能放在便盆里溺死。然后祖母挺着饱满的乳房去给别人家的孩子当奶妈,用挣来的贾奶钱养活留下来的孩子。我找不到什么语言来形容祖母当时的心情,我只知道天下母亲最爱自己的孩子。祖母淡淡地讲着她以前的生活,讲着她亲手送走或是溺死的孩子,生活的厚重和残酷已经教会她不去抱怨任何的不平。品着她饱经沧桑的生活,忽然觉得自己生活中那点不快像烟一样飘着,渐渐淡了去。

躺在故乡宽宽的火炕上,仰面是穹形的窑顶,旁边是絮絮叨叨的祖母,很多过去的人和事在祖母的声音里走动着。我看见那些人、那些事,它们的影子在窑顶上盘腿坐着,细言慢语地和我们唠着家长里短。

祖母人老了,瞌睡来得快,刚刚还和我唠着话,现在已经睡了。我闭着眼让耳朵醒着,风拍着手在院子里笑,窑洞打着长长的鼾声,园子里的菜蔬喊着号子比赛谁长得最快……

3

早上醒来时,看着窑洞的方格子窗户发一下怔,似乎在什么地方停过,却忘了停下的地方,有点慌。听到爷爷在地下拉着风箱,呱嗒呱

嗒响,才记起自己夜里睡在奶奶的火炕上。奶奶已经醒了,握着我的手,静静地看我。

老家的生活习惯没变,被子褥子仍旧靠火炕的墙根摞起来叠成长方形。叠好的被子垛有棱有角,上面搭一块好看的被单。一进屋,被子垛也算是家里的一样摆设。久不叠被,摆弄好久,被子垛仍旧是歪歪斜斜,不觉急出了一层细细的汗。奶奶笑着说:"成了大孩子,忘了咋叠被子啦?"边说边拿几个枕头把不平的地方掖好,几下就弄齐整了,再顺手用单子盖好。我注意到奶奶特意把单子上的几朵大花调到被垛中间。奶奶是爱美的人,八十多岁了,仍要把最好看的一面展示出来。哪怕是一块洗旧的被单。几朵大花艳艳地隐在奶奶的身后,而花的前面是银丝飘飘的奶奶。我看着不觉呆了。

爷爷把洗脸水烧热了,喊我洗脸。我答应一声,顺着炕沿滑下地。没有拖鞋,奶奶把爷爷的一双旧鞋让我趿拉着。把脚伸进爷爷的家做鞋里,温暖舒服踏实。脸盆补补焊焊了多次,上面银色的焊疤磨得亮亮的。脸盆架子是奶奶当年的陪嫁,漆着红漆,斑斑驳驳,极古旧的样式,笨拙中透着美。我想奶奶用这个架子洗脸时,定会想起自己年轻时候,想起在花轿里颠来荡去的那天。女人出嫁的日子是多美的一个回忆。

爷爷不爱说话,小时候回了老家,我是躲着他的。爷爷脾气也不好,冲奶奶发火,也冲我们发火。爷爷嗜烟如命,可辛劳了大半辈子的爷爷连九分钱的烟都抽不起。没烟抽,爷爷就骂,骂天骂地骂人骂鸡骂猪。我现在还能记着爷爷脸凶凶地,让我告诉我母亲给他寄生活费。我不知回家后有没有告诉母亲,只是我记住了贫穷的可怕。爷爷的脸色很吓人。

早饭简单,稀粥、馏馍、咸菜。我说我来做饭,水开了,在奶奶的坛坛罐罐中找小米熬粥。揭开黑亮亮的坛盖,把手伸进只有碗口大小的坛口子里摸。心下不由一动,这坛子就像是深不见底的日子。谁也不知以后会怎样,只是把手伸进去摸。摸来摸去摸出希望,摸出过日子的心情。八十二岁的奶奶从这样一个小口子里摸着生活,把穷日子、苦日子摸过去,把儿孙满堂的福气摸出来。

奶奶高兴地在蓝方砖地上走来走去,不知该做什么。忽然我又听

到了爷爷冲奶奶大声地吼。爷爷说奶奶的肥裤角在地上扫来扫去,难看死了。我惊讶地看爷爷的脸色,并不吓人,相反却有些年轻人的打情骂俏在里面。

奶奶是缠足的。从五岁起,一直到现在。奶奶每天早上起床的第一件事,就是裹脚。用一副黑色的绑带从大脚趾一直缠到脚踝处。裤角也扎在绑带里,干净利落。今天奶奶高兴,忘了把脚收拾利落就下地。奶奶显然没有生气,她故意地顶撞爷爷,让爷爷找个好看的小姑娘去。

隔了米粥的热气,看爷爷奶奶斗嘴,忍不住笑了。

吃过早饭帮祖母浇菜园,摇着辘轳,吃力地绞上一桶桶水。每次把木桶放到深不见底的井里,总有一种莫名的激动和企盼,不知自己会打上多少水来,也不知水桶里会漂着怎样的意外收获。

4

在老家有一种神秘的地下职业,乡里人尊称为"大仙儿"或是"大仙爷"。这种工作是介于人神之间的,神可以借助人的躯体来传达神的意念,人也可以通过神来表达人的欲望。"大仙儿"这个职业对性别和年龄没有严格的要求,但要有灵异的体质,即可以和神鬼对话。

早几年听爸说过,现在二婶顶着仙呢!也当个笑话听。二婶到底是神是人,我们亲戚间还能不知?和二婶虽不是很亲厚,但也是知根底的。二婶是山里女子,没上过学,可她聪明,什么活计只要一看就会。村里有个俏皮话,说头等人一看就会,二等人一教就会,三等人教死也不会。显然,二婶是头等人。二婶要强,她的儿女们都读过高中,只是乡里的教学水平有限,没能出个大学生。

吃过午饭,大家都聚在奶奶的火炕上说笑。姊妹们叽叽喳喳得像一群雀鸟。奶奶眯着眼笑,看看这个,又看看那个。似乎又回到二十年前,一群小丫头围着自己的奶奶听故事。豁牙牙,露齿齿,围着奶奶磕子子(瓜子)。

奶奶老了以后,总是惦记着我。特别是这两年,她不说想我,只说,也不知能不能再看上大孙女了。让人听着揪心。

84

奶奶在讲她年轻时的故事,村里有个财主,听到日本人来了,想把洋钱藏在小罐里埋到地下……奶奶的故事很长,而且是连续的。有一个三十多岁的女人,在门外探头探脑。我以为是没见过面的亲戚,便让她进来。可她说要找"大仙"看病。"大仙"二字让我发蒙,我忘了二婶现在和神鬼一起工作呢。本来在炕上给二妹孩子换尿布的二婶,脸上的神情立刻变得庄重起来,跳下地,一本正经地和那个女人说病,一副病人和医生的关系。后来二婶把那个女人带到了侧窑看病去了。

　　奶奶还在讲,财主把洋钱埋在第几块地砖下。我不安地看着侧窑,门关着,窗上挂着帘子。不一会儿,侧窑传出二婶有韵有味的念白。大家齐声说:"来了,来了,仙家请来了。"我看了一眼大家的表情,那是确信无疑的眼神。我说:"奶奶,我想去看看。"奶奶先是不肯的,她说怕二婶招来的那些神鬼撞在我身上。我说:"不怕的,我命硬,脏东西不敢招惹我。"四弟也要和我去看,我带着他轻轻走到侧窑。

　　门,吱吱呀呀地叫。侧窑的光线不好,阴冷、昏暗。一小股阴风把墙上的锦旗吹动起来,我不由得起一层鸡皮疙瘩。红丝绒底子、明黄色的流苏穗子、金色的字,上面写着妙手回春、再世神医、活神仙等等。这些匾都是病人送的。

　　我们悄悄坐在一边,看被神附体的二婶。二婶吸一口烟,晃动手指画出各种形状的烟圈,那些烟儿枭枭走着,在二婶的头上罩上一道神秘的光圈。她问病,看病都是按步骤来,接着她开始唱述治病的方子,唱腔是山西的晋剧。说实话,二婶唱得不错。嗓子好、吐字清,是个好戏友。我觉得,她根本就不是在看病,而是在投入地演戏,演一场神鬼莫测的人生大戏。

　　四弟是家族里唯一的大学生。他和我说过,二婶没什么文化,可她唱述时出口成章、唱词押韵,还都是让人听不太懂的文言。民间口口相传的许多文化是不能一下子说清的。我充满敬意地看着这个有思想的男孩子。去年暑假我回来时,他刚好考上大学,可是学校不太好。他想补习重考,我劝他不要补习。四弟没有读过高中,初中毕业他在太原一边打工一边自学考上大学。

　　"大姐,你说世上有没有神鬼?"四弟亮亮的眼睛在这间昏暗的神

堂里熠熠闪光。

"有的。神鬼是从人们自己内心里生出来的。比方说二婶,她总是为自己造出一个护佑着她的神,慢慢地在别人的眼里就被神化了。你心里也有一个神,这个神就是你的大学梦。你从十六岁开始在外打工,二十四岁考上大学,这个神无时无刻不在跟着你。"

二婶唱腔婉转清亮。我和四弟出了侧窑,看到祖父安静地坐在黄昏里,金色的夕阳落在他的身上,金光灿烂。他一点也没有被儿媳妇的唱腔所惊动。老人家,端着一簸箕,眯着眼在拣菜籽。这些菜籽明年种到菜园里,就是一年的零用钱。

四弟说:"爷爷最明白有没有神鬼,只是他老人家不愿说出来罢了。"

5

坐最早的车来,坐最早的车离开。

我把几张钱悄悄掖在奶奶的枕头下,却被奶奶发觉了。奶奶抬袖子擦眼睛,和我推扯着不肯要。奶奶说她知足了,这些年她逢年过节都能花上孙女的钱。我忍着泪,生硬地把钱塞进奶奶的手里。很少的一点钱,却让我八十多岁的奶奶有一种感恩的满足。爷爷看着我和奶奶推让那点儿钱,呆呆的,不说话。

我知道爷爷家的日子不太好。没有劳动能力的爷爷按月给儿子排了送口粮的日子,可却不时地催要。奶奶说叔叔的日子也是紧紧的,孩子大了,要上学要娶媳妇样样都要钱。我无权对叔叔们说三道四,我只能责怪这个地方太穷。

兜子里有奶奶放进去的几个黄柿子和两块月饼。这些吃食奶奶特意给我留了很久。我欢欢喜喜地把奶奶的礼物收下,背起来沉甸甸的。爷爷戴着没有帽檐的帽子,要送我去车站。我慌慌地关上窑洞的木门,我怎能让八十多岁的爷爷来送?

院子里紫色的豆角花一串串地开着,叶子上的露水细密晶亮。推开栅栏门,手心里握着一把水,微凉。老家的早晨还没有醒来,没有纠缠不清的炊烟,也没有让人不舍的人声物语。游荡了一夜的雾,沾在衣服上,潮冷涩重。

没有人。平日里这条人来人往的黄土路,安静得让人发慌。几条夜里游食的家狗急慌慌地往家里赶,看见外面的生人也顾不上喊一嗓子。路上有一丛枸杞已经挂了果,果实微微有些红。我摘了最红的一颗,放在手心里。看上去像一颗流动的泪。

想起父亲。他离开家乡时是不是也走的这条路?那时,他只有十七岁,只是一个大孩子。他离开家时,一定想的是衣锦还乡。父亲在煤矿工作的三十五年里,他总是说退休后要回老家。父亲说他的老家是最好的。父亲退休后真的回来过,却不能被自己的故乡接受,因为他娶了第二个女人。父亲对我说,他回不去了,走的时间太长,村里人都忘了他。

这次回来,久不见面的亲戚们见了我都要问一声:"你爸没回来?"

我支支吾吾地说:"哦,忙,没时间。"

又问:"你哥也没回来?"

我又答:"也忙。"

"噢?"

"嗯。"

这样问答过几次,不由得乏味。我不是一个伶牙俐齿的人,不会和亲友们亲亲热热地嘘寒问暖。只是一面笑,还可以应景。可笑得久了,肌肉累得慌。

母亲做新娘子时,大概也走的这条路。在这条路上她做的是花好月圆的梦。我母亲嫁给父亲时十九岁,奶奶当时为了省钱,把他们结婚的日子定在姑姑满月那天。一天办了两件喜事。昨天晚上,奶奶慎重地嘱咐我,等我母亲死后,把她还埋回老家祖坟。她一个人孤单单的。我用被子蒙住头,假装睡着了,泪哗哗地流。我知道我的母亲,凭着要强的个性,她怎会回来?哪怕只剩下一具冰冷的尸骨。

走在老家的黄土路上,老觉得要把什么东西丢下,再找个地方把它们藏起来。小时候玩过一种"埋金子"的游戏,把一小截玻璃丝埋进一个画方块的土里,然后让另一个伙伴去找。找的时候是要画手印的,把小手放在认为埋藏东西的地方画一个圈儿。而我现在就是那个埋玻璃丝的人,我父亲母亲是更早"埋金子"的人。只是,时来岁去,谁来找回藏起来的东西?又是谁的手,将印在那个方块里?

河的对岸,一条狗摇着毛茸茸的大尾巴招呼我离开。

上车,找好位置。看一眼手里的枸杞,红得透明,能看到里面的籽。远了,窑洞远了,黄土路远了,心情也远了。故乡对我,我对故乡,随着时间的远去,渐渐陌生。也许真如奶奶所说,回一次少一次,见一面少一面。故乡和我现在联系最多的是丧事和喜事。再以后,这个叫吴家窑的地方,也许只是我籍贯栏中的一个地址,熟悉而又陌生。

38 岁的外公

钱兆南

母亲打来电话提醒我今年闰四月，告诉我外公的真正忌日在后四月，让我清明节一定要回家上坟跪拜。

每年阴历四月二十八是母亲的生日，这天也是外公的忌日。这些年全家人一直有意无意地去忘记母亲的生日，怕牵起母亲幼年失父的疼痛。在母亲的心中，外公只是在 68 年前和勤务兵小陈一起挎着盒子枪去公事房办事去了。

外公四方脸，中等个头，膀粗腰圆，声如洪钟，目光如炬，嫉恶如仇。外公弟兄五人，除大外公经商外，其余四兄弟皆从军。当年泰兴县分界沈巷五兄弟，是五把锋利的快刀。这五房人丁兴旺，作坊多达十几个，日进斗金。外公自幼品学兼优，考取省中山大学，正值国家多事之秋，他毅然弃笔从戎，领着三兄弟，从此把命别在裤腰带上走四方。

外公唯一的一张大照片在战乱中弄丢了。他在我的脑海里只是一个远去的影子，在母亲无数次的讲述中，外公的一切始终和一个子弹联系在一起。在母亲的记忆深处，那颗长了眼睛的子弹时常在母亲的梦魇中飞来飞去，子弹遥控指挥着母亲的大脑，牵着母亲脆弱的神经，在母亲每年的生日这天，都要到她的脑海中穿梭。那颗子弹像一只会跳舞的幺蛾子，长着一对妖媚的眼睛直射外公的眉心。闪着金光的子弹肯定是赤金做的，穿过麦地，射进外公的大脑，开出一朵绝世的红花花，它让母亲在四月花开的季节泪如雨下，憔悴不堪。四月的窗外春花烂漫，外公在四月的麦田睡熟了。四月，全家人在母亲面前说话的声音都细细的。

四月的风很软，那条归家的黄尘路边，麦穗低着头，麦芒很尖锐。所有的麦子竖起耳朵在偷听，等待四月镰刀的脆响。我想外公和勤务兵在人世间最后的一眼中，只有麦子的光芒。麦田中央的子弹从外公

89

的身后以秒的速度飞过来,外公与年轻的勤务兵小陈一定听到了它的声音,尖尖的,细细的,如睡梦中窃窃私语,用细密的尖牙在和舌头嘶咬,在他们俩的身后喋喋不休地轻声细语,让外公与小陈根本来不及回头躲闪。子弹穿过外公的脑神经,还没有奔赴疆场的外公,来不及呐喊,无声地倒在麦田边。倒下去的外公还活着,他还在等待亲人们的到来,怒目圆睁望着四月的天空,意识逐渐模糊……

那个傍晚,外婆正在洗澡,真真切切地听到枪声,很沉闷,几声后恢复了平静。这静加剧了外婆的恐惧,她知道外公每天到家的时间,一种不祥的兆头暗示了外婆,她来不及擦干净身子,穿衣服的双手不听使唤,胸前的盘花纽扣怎么也扣不上。

外婆想起前两天的事,一条海碗粗的白蟒蛇从房间游向花厅,不慌不忙地蹿上四合院高高的围墙,下围墙前还掉转头向外婆看了两眼。面对这么大的巨蟒,外婆没有感到惊慌,更没喊人来抓它,感觉与它似曾相识。多年后,外婆总认为那条白蟒是外公在人世间的最后显灵,是来和她告别的。外公在家中只要不穿军装时,总喜欢穿一套白丝绸的衣衫,和弟兄们在琉璃瓦的凉亭里下棋喝茶聊天,风流倜傥,宛若游龙。

外婆抱上母亲,吩咐四外公去私塾先生家急急忙忙接回舅舅,奔向枪声来的地方。外公七窍流血、面目全非,双手把结结实实的泥路刨出两个深坑,血染红了黄土,血水堵住他的嘴巴,冒着血泡泡。8岁的母亲认不出她的爹爹,她的亲爹这个时候是应该在家给她洗澡的。

外公看到围着他的亲人们笑了,最后把目光投向他的胖丫头和未成年的儿子,流尽最后一滴血也不肯瞑目。外公的四个兄弟齐刷刷地跪在他身边发誓说:"你就安心去吧,只要有我们一口饭,绝不会让两个孩子挨饿。"老四把外公抱在怀里,抹合外公的双眼,外公的元神出窍,合目而去,年仅38岁。

外公睡的棺材选了上好的檀木,几个木匠呼呼地用斧子凿,如敲击在心。四外公抱着外公最疼爱的胖丫头,在棺材还没钉前,让她看爹爹最后一眼。母亲眼中的爹睡着了,方方的脸,黑色的礼帽,身子盖着大红锦缎的被子,足蹬白底黑圆脸布鞋,那是外婆给外公做的,如今外公穿着这双布鞋走向另一个世界。木匠们开始钉棺材盖的时候，厚厚的黑板把胖丫头的爹藏了起来，丫头歇斯底里的一声长哭，引得在场所有人的眼泪决了堤，哭声如潮。

多少年了，母亲的回忆还是清晰如昨。爹爹睡在棺材里，额角的枪伤还在向外渗着血水，把母亲的梦染得红红的，恍如隔世。外公出殡那天，送葬的队伍排成两纵队，蜿蜒数里。外公的四弟和五弟抓来暗杀他的仇人，五花大绑押至外公的灵柩前，枪响人亡，血溅坟土，为年轻的外公以血还血。所有的枪子弹全部出膛，对天鸣放，送外公启程去另一个世界。外婆哭得晕倒在家中，没能送外公最后一程，后来才听说四叔五叔做的恶事，为后人埋下了祸根（这是后话）。她若知道小叔们冤冤相报，断然不允。

1945 年 4 月的麦季特别长，在田野里割麦的长工们说麦子全是血红色的，把他们的眼睛都刺出血来了。他们忍着疼痛在田间割麦，望见外公与勤务兵陈建林走在回家的路上。晚霞如血，除了风声，四野寂静，布谷鸟忘记了鸣叫。

所有的麦子一定听到了枪声，看到了隐藏在麦田里的两个枪手。被银元买通的两个躲藏在麦田的枪手，一定在外公回家的路上埋伏了很久，一定把这条路丈量过计算了无数遍，甚至熟稔外公走路的姿势。

麦子年年倒下，年年生长，可是，倒在麦田边的外公再也不会从地里长出来，从此遁入麦地。外公把魂魄丢在四月的麦阵中，把 8 岁的胖丫头孤零零丢在路边。

从那年起，外婆的眼睫毛无端地由外向眼内长，像麦芒一样刺得她的双眼泪流不止，一直到 88 岁离世。当医生的舅舅想尽办法都治不好。那年的麦子一定特别黄，特别亮。麦子看见了子弹从麦秸秆间飞进外公的脑袋，见过麦子和子弹的还有外公的勤务兵陈建林，粒粒麦子里都含着外公的热血豪情。

外公在世留给母亲的礼物除了至今一直戴在耳朵上的一副金耳环外，还有一个盛满首饰的镀金描着牡丹花的首饰盒子。他要等胖丫头长大，抱上这个首饰盒子，他要亲手把丫头送上花轿，风风光光嫁出门。他阻止外婆给母亲裹小脚，在家中从不给胖丫头定任何规矩，母亲

想怎么疯就怎么疯。外公在世时曾给丫头订下一桩门当户对的娃娃亲，逢年过节接了那家的男娃与丫头一起玩。家中来客人时，连舅舅都不能上桌吃饭，只有外公的胖丫头可以坐在他大腿上，想吃什么就吃什么。外婆总是责怪外公把丫头宠坏了。外公每天从公事房回家，人还没跨进大门，把盒子枪往小陈手上一扔，边脱军装边开始呼喊他的胖丫头，逮住泥猴子一样的胖丫头，小陈已准备好一大木盆热水，外公要亲手给胖丫头洗澡。洗过澡的胖丫头，扑上香粉，穿上绣花丝绸旗袍，胖丫头坐在外公大腿上吃麦芽糖，把甜甜的口水吐得外公一脸，外公亲吻着甜甜的胖丫头，胡子碴儿扎得胖丫头直叫唤，惹得外婆直笑。

外公走后不久，江苏省泰兴县黄桥地区的新四军苏北指挥部的首长自泰兴县以东，率领三千将士发动进攻，两军对垒，来不及挖战壕，所有的屋顶都成了军事掩体，这场恶战持续了四天四夜，打得将士们都红了眼。母亲说他们家的房顶上全部趴满了机枪手，新四军的冲锋号吹响的时候，机枪声密集，外婆用棉花球堵住耳朵，可还是把躲在房里的人耳朵都震得发聋。激战结束后，许多上了年纪的人很久听不清别人说话，耳朵里全是枪声。

机枪手趴在外公家的屋顶上几天几夜，手榴弹片从炸烂的瓦屋顶上掉在床前的踏板上，外婆害怕孩子用手去抓，冒死到天井的大水缸里把棉被浸湿顶在头顶上，防止流弹袭击，奔向缩在床角落的母亲，踏板上的弹片烧得通红，外婆用湿了水的棉袄裹了红彤彤的弹片扔出窗外。这四天四夜母亲除了手中抱了一个大西瓜外，连一滴水也没喝，更别说吃饭。停战后，村庄尸体遍地，一片混乱，屋顶上的子弹壳铺了厚厚一层，竟然都找不到一片完整的瓦。母亲怀里的大西瓜一口没吃。他们打扫战场，在妈妈家的院子里架上大铁锅熬米粥，一碗碗端给村里的人们。新四军的伤员，在门前运送了整整一天一夜，尸体就地掩埋。那年村子里掩埋人的洼地，草不要命般长得死高，大片大片的高过房顶。在这场陈毅将军指挥的战役中，守卫黄桥的第3纵队顽强反击，第2纵队从八字桥插到分界，第1纵队挥师南下，完成了对国民党第89军的合围。新四军伤亡900余人，国军伤亡1.1万余人，缴获枪支若干，使华中革命势力取得领先优势。妈妈说那些爹生娘养的后生们就

从她的面前抬走，伤痕累累、血肉模糊，惨不忍睹，他们连一块碑都没有。他们的血肉之躯化成苍茫大地上的萋萋绿草，在那片血洗过的大地上疯长。

外婆在世的时候，从来没听她说起过外公，不是外婆不想告诉我，而是老实了一辈子的外婆天生厚道善良，把所有的苦难一个人来担当。外公走的时候才 38 岁，外婆 36 岁，妈 8 岁，舅 14 岁。外婆说母亲不仅长得像爹，连倔强的脾气也像爹，爱一个人时巴不得把心挖出来给对方，恨一个人恨不得拿把刀子捅了他的心。小时候我总喜欢缠着母亲讲故事，就这样母亲把家族所有的故事像放电影一样给我放了一遍又一遍，只是这些故事更加有别于电影。

我从小听母亲讲外公的故事最多，外公的模样在我的记忆里生了根。我的外婆从来没有叫过我的名字，沿袭外公叫我妈的习惯，外婆只叫我丫头，一直叫到她 88 岁离世。外婆不知道我小时候特别反感别人叫自己丫头，背后总是不服气地嘀咕："人家不是有名有姓嘛，怎么就叫人家丫头呢？"

小时候，我在没有外公的外婆家生活，没事的时候东翻西翻抽屉，抽屉里翻出老得发黄的线装书，书中有外公写的字。外公的字有说不出来的味道，独一无二，霸气之余不失大家的风范。不知为什么，看到那些字，心就发热，眼湿。我的外公曾经捧读过这本书，书里有他的气息在流淌，这气息透过我翻动书页的指尖潜入我心。外婆说外公在世时喜欢左手抱着胖丫头，右手捧书，只有外公在看书时，丫头在他的怀中才很安静。

站在外公家的土地上，沈巷人没有不知道的，我是沈家的孩子，无论是从长相还是看人的那种眼神都有外公当年的影子。沈巷的长辈们带着我去麦田割草收麦子，走过那座古老的苏家桥，与外公平辈的族人告诉我说："你外公每天会从这桥上经过。"苏家桥没有护栏，典型的石拱桥，桥面上厚厚的黄土，长着厚实的野草，与路连在了一起更像路不像桥。当我从麦田里回家时，看到外公就在桥头等我一起走。我在桥头挖猪草、捏泥人儿，四野有外公的影子和气息。回家的路上，沉重的背篓压在肩膀上，藤条陷进肉里，多想连篓带草从桥上扔下去。没见过

面的外公悄悄地在耳边告诉我说："丫头，起来，快到家了呀，外婆在家煮好吃的呢！"在外公的大家族里，我早已成了族人共同的孩子，无论到哪家吃饭睡觉，都如同在自己的家一样随意。我是外公胖丫头生的小丫头，血脉里流着外公倔强的血。外公在世时乐善好施，无论哪家有难事，外公总是第一个出现，更善待家中的下人们，在外公家做了许多年的裁缝师傅、药师、厨子，甚至母亲的奶娘，一直到死都对外人念叨外公对他们的好。

外公没能倒在苏北平原著名的黄桥战役的疆场上，而是倒在四月的麦芒中，这是他一生的遗憾。还有一件憾事，就是他在世时给心爱的胖丫头订的一门亲事，在他离世后，由于家道中落，化为泡影。那户人家也是大户，曾借过外公许多银元做生意起家，那时因为有生意往来，那家人主动上门提亲，外公做主把胖丫头许配给他们家老二，逢年过节礼尚往来。那户人家的二少爷后来考上江南的一所大学。外公遇难后，孤儿寡母，家道中落，老三和老五在战斗中阵亡，老三才 34 岁，老五 28 岁。整个家族颠沛流离，四分五散。母亲成年后，那户人家非但毁了亲事，连所欠外公家的银两也全部赖了账。倔强的母亲咽不下那口气，拿着外公在世时订下的一纸婚书去没过门的婆家当场撕烂，把欠条的字据贴在他家的门楣上，扬长而去。

母亲跟在外婆后面，学了一手绣花的绝活，走家串户靠绣花挣钱，和外婆相依为命，苦度光阴。舅舅在外公走后被大外公带去江南逃难，仇家为了报仇，封锁各路出口，贴出告示说，只要活捉舅舅，马上斩草除根。一日大外公与舅舅夜宿庙里，碰巧寺院的住持与外公是旧友，那庙就是外公活着时布施建成的。当仇人得信追至庙门，住持赶紧从后门放走了大外公与舅舅，赠予盘缠，一老一少才躲过那一劫。大外公与舅舅白天不敢走大路，头戴斗笠，身披蓑衣，扮成摸河蚌的人沿水边一路辗转逃到常熟落脚安身，直到解放后才回到分界沈巷。

那户人家的二少爷大学毕业后娶妻生子，有一次在回来的船上落水而亡。在那户人家出事前，外公曾托梦给外婆，外婆梦中的情形与那户人家二少爷遇难的情景契合，实乃天意！外婆说那家老二是外公与勤务兵小陈举枪击落江中，他实在不放心在人世间的一对儿女，更是要为胖丫头讨回说法。后来那家人在办丧事时,请了道士、和尚施法还愿,并不知情的道士居然算出这段前世因果的报应,说二少爷的寿限上天算好了。母亲把自己的这段无果的婚事于 2009 年才悄悄讲给我听。多少年来连父亲都蒙在鼓里。那一年,我 38 岁,家中遭难,官司艰难进行了一年也无结果,母亲怕刚烈的丫头做出傻事,便不顾舟车劳顿,冒雨来江南,晕得胆汁都吐了出来,她在车站等候我,当面向我道出她自己的这段往事。母亲告诫我:"宁可人负我,不可我负人,言语之间更不能慢待讥讽,大贤何所不容,不贤何其拒人。亲朋之间,居心宜直,用情宜厚,心底无私天地宽,勿作小人之事。"我谨将母命牢记于心,念念不忘。

我更知道母亲传承了外公秉直本质,能清楚辨别人世间的是非。也只有她这种看透人生的眼力,才会有这么宽容通达的雅量啊!这是我所不及的。母亲一次次和我谈到外公的死,说的最多的一句话:"你外公 38 岁,我 8 岁……"

那一颗被血浸泡的子弹,在母亲的一生中,究竟有多重?如何能称出全部的分量?它随外公埋藏在地下几十年了,却让母亲在梦中无数次疼醒。母亲对我们从小要求严厉,事事要求"放过"别人,而她 38 岁的那年却无法"放过"自己。母亲那年 38 岁,我 8 岁。外公再次走进母亲的梦境。母亲在梦中看到爹就坐在她的床沿,大手抚摸着他的胖丫头。外公说:"丫头还是那么胖,一点也不瘦。"母亲就这样鬼使神差,半夜扔下我一个人,取了麻绳走过庭院到前面的灶房去寻找外公。至今我从不敢触及母亲心底的角落,不敢问母亲那天夜里的行为,不敢问她为什么好好的日子不想过,为什么想要离开我们。

多少年后,等我有了孩子后,才明白一个女儿对父亲刻骨铭心的眷恋。那种牵挂,让生者不能安静,让死者不能安息,阴阳两相隔,日思夜想,却无法近得了身。我才明白别人家母亲伤心时哭亲娘,而我的母亲伤心时哭亲爹。母亲的一生所讲的事十有八九全是关于她亲爹的,她想得经常忘记爹的名字,那个爹是所有动听的名字都换不来的。那一夜因为母亲的亲爹,我和哥姐差点没了亲娘,是母亲太思念外公了。好似有心灵感应一样,平时我喜欢抓着母亲的乳,嗅着她的味道才能

入眠，那天母亲让我睡沉了，悄悄起床去找她的爹，与她的爹舐犊情深。半夜摸不到母亲的我一惊之下就醒了，黑暗中连鞋都摸不到，光着脚板胆战心惊摸出房门去灶房。黑暗中，一个大大的黑影把我的魂吓飞一大半，还只听到绳子拉动窸窸的声音，还有母亲鼻里"哐哐拉拉"的抽搐声。母亲站在长板凳上，脖子已经伸进打好的死结上。8岁的我吓得浑身抖成筛糠，忘记了哭，一把抱住母亲的双腿，平时伶牙俐齿的我，抖得连话也不会说了。

母亲扔了绳子，从板凳上跳下把我搂在怀里只知道哭，口中喃喃喊着她爹。后来我把母亲去找外公的事告诉了外婆，外婆拐着三寸金莲步行三十里来我们家，把母亲骂得个"狗血喷头"，说："你就这样去见你爹，扔下三个孩子，难道不怕见了你爹，他不一枪崩了你才怪呢？"这是我的小脚外婆平生第一回对母亲发这么大的火。

无论我们兄妹怎样斗嘴皮子，母亲绝对不允许孩子们口中吐出"枪毙"和"子弹"这两个词。她说只要听到这些话，如用尖刀在剐她的心窝。母亲平时看战争年代的故事片，看着看着身子止不住颤抖，经常落泪，一声长叹后忍不住自言自语："现在过的日子多安逸啊，过去的日子哪像是人过的日子，头拎在手上，心悬在嗓子眼上活命。"

清明节将至，我和母亲准备好外公生前喜欢的吃食，去看望68年前的他——我那永远38岁的外公，他让母亲心疼流泪了一辈子。他从天伦的天窗中破出，伸出一双大手，从遥远的天堂走来，拥抱着胖丫头，微笑着。一身戎装的外公，盒子枪别在腰间，迈着四方步，正向胖丫头和我走来，几十年了，外公他从来没有离开过我们。

母亲说："如果外公能活在现在的清平盛世，多好啊！"母亲的目光游离，魂跟着烧冥纸的缕缕青烟飘远，喃喃自语，像是对我说，更像是对她爹说。

风静静吹过田野

朱谱清

1

午后,走上老屋门前的一片田野。

稻子已被割下,田野里只剩下半尺来长的稻们的下半身,秃秃地立着,有些歪歪斜斜,大部分虽经收割机碾压过,依然保持固有的姿态。萧肃、静默,像一群哲人低头沉思。

这是秋天田野的另一种姿势。以前我怎么从没见过,准确地说,是从没真正感悟过。

如今,我对于田野的全部印象,似乎基本停留在少年时光里。我的家乡地处皖南,古属徽州,但离徽州还是有些距离的。但那样的粉墙黛瓦,那样的一湾水塘、一畈田,以及飘荡在村庄的炊烟袅袅,不用想象即可入梦。

到底是江南,底色终究差不离。

2

金黄、油绿、灿烂、沉寂。那些停留在我记忆深处的田野,通过色彩铺陈,通过景象勾勒,使村庄现出诗意的光辉,尽管那时我还小,并不明白诗是什么。

我固执地以为,只有那时的田野才是活泼、热烈,具备乡村味道的。一年四季的绝大多数时间,田野总是以一种奔跑的姿态呈现,与之相适应的是奔跑的父亲母亲。

春日载阳,是门前的梨花、桃花叫醒了村庄,还是惊蛰的鸟虫使田

97

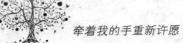

野复苏？我只看见，父亲背着犁耙下田去了，牛儿在前，父亲在后。脚印走过脚印，几天以后，那方田便出落得规整明净了，仿佛待嫁的少女，宁静的心房盛开期待。而几只白鹭停留在水中央，那么恰巧。

插秧时节，村子里热闹起来，大伙儿栽完了东家栽西家。只见田野里一排排人，一行行绿，人移动到哪里，绿便跟进到哪里，一会儿，秧苗便挤满了整个田野。有时，我们小孩子也想凑个热闹，看着大人干净利落的身手，佩服归佩服，心里还是有些不服输。卷起裤管，扎进田里，水凉沁沁，栽了几棵秧，猛然间看见吸附在腿上的蚂蟥，不由大叫一声，逃之夭夭。

算了，算了，还是回家写作业去，那才是正事。大人们笑着。

我的正经事是读书做作业，我的成绩一直不错，是当时村里人用来夸奖的典范，这点让父母骄傲不已。细算起来，那时我总共至多栽过三五回秧，有几株小秧苗长大成人，那并不是我关心的事。

但对于割稻，我是欢喜的。金黄，金亮亮的黄，首先是那颜色吸引了我，纯粹、浓烈，较之梵高的向日葵的色彩更为绚烂，更接近田野的本真。看着将我远远甩在身后的父母的背影，每一次挥动镰刀，每一次弯腰起身，都好似一种仪式。受到这种气氛的感染，我和弟弟也使劲割呀割，大家挥镰割稻的情景，像是赶赴秋天的盛宴。直到后来，汗水越来越浓，双手越来越沉重，一屁股瘫坐在田埂上，再也不愿起来……

也许，每个农村少年割稻或割麦的经历，说到底是成长的一部分。及至长大，不管是选择离开还是不得已接近土地，都与这段体验有关。而爱与忧愁的双色花，在田野盛开，年年岁岁，岁岁年年。

3

"你们劳作，故能与大地和大地的精神同步。劳作时你们便是一根芦苇，当万物齐声合唱时，唯独自己沉寂无声。你们辛勤劳动，便是热爱生命。在劳动中热爱生命，便是通晓了生命最深的秘密……"

多年以后，当我读到纪伯伦的句子，心里一片澄明。

风静静吹过田野，儿女静静地长大，母亲静静地注视。也许只有大地深处,隐约传来几声沉重的叹息。

我想,其实我并不懂田野、田野中的事物,以及在上面劳作的我的父亲母亲。我只是偶尔打马从田野旁经过,带着几分不值钱的清愁,无力为村庄的改变做些什么。

只是过客,不是归人……

4

稻子已被割下,新一季的庄稼还没种上。停止奔跑的田野,呼应着一个人的内心沉思。或者说一个人的内心沉思,呼应着此时的秋天。

它暂时停止了奔跑,这是一段宝贵的时间,等在季节之外,进入沉思。反刍过去的生长,只有这时,田野内心沉睡的词语才蠢蠢欲动。从初萌到回归,从喧哗到寂静,田野的历史,像极了一个人的一生,轮回流转,生生不息。

……

沿着田埂一路走着,依稀听见青草低声耳语,来啦,来啦。

还是少年时抚弄我脚踝的那片草么?我问自己。可我已不是原来的我。

走吧,走吧!千万要离开这片田野……双亲的话语字字千钧,我明了将土地进行到底的不堪重负,使他们下定这样的决心。

走吧,走吧……话语低回荡漾。从此,大地上的些微响动,田野里心灵唱和,离我越来越远。城里的我,除了偶尔的念想,念想渐入暮年的双亲,依然沉重的土地。我的美丽乡愁,仅限于冥想之中。

而生活,在不断地找寻和背离中,一日,一日,倏忽过去了。

述说一座城

朱谱清

在阳光下回想往事,或许是件挺惬意、挺容易的事。因为它从你内心中某个秘密花园里来,不由自主奔向某些源头而去,比如童年,比如故乡,或者你所居住的城市。它可能证明了某种衰老的加速,可令人奇怪的是,你反而不那么慌张了,在述说中,记忆之河波光粼粼,安详充盈着内心。

关于这座城,我该说些什么,又该怎样形容?十年前、二十年前或更早的时候,它是一个县,一块淡青色的山水墨迹,混沌、安静、拙朴、悄无声息,躺在皖东南柔软的腹地。

那时,谁都记得最繁华的河沥溪。在我的记忆里,小溪口的青石板、木板房,以及二小的简陋校园曾留下我年少的足印,宁中的桂花树荫里埋藏一段若隐若现的青涩光影。那时,县城依旧是小的,道路窄而杂乱,屋宇散开站着,不像现在这样紧密,透不过风来。最长的一条血管应该是西津路,更多时候,被我认为是一副灰黑的石扁担,一头挑着河沥溪,一头连着城里。

能到城里来,是乡下人的福分。

好多年,我都在这条血管上来回滑动,穿越小城的时间和地理,也穿越自己的青春。而今,理想去了天国。我庆幸自己有了可以容身的水泥盒子。盒子不大,不接地气。但我需要这样的容器,在小城内部安放现实。我像大多数人一样,满足于上班、下班、走路、吃饭。偶尔抽刀断水,偶尔春暖花开。

只有小城,它在慢慢积蓄着力量。从淡青色的墨迹出发,向外发散,起初洇开成不规则形,继而洇开成一朵含苞待放的花朵。现在人们有了新发现,瞧,从平面上看,太像一只凤凰了(不排除臆想的成分)。小城,展翅飞起来了。对于飞翔的过程,我想还是暂且不提。

如何述说这座城,内部及周围,在此,我要略过宽阔的马路,略过高大的建筑物,略过广场、公园,略过工厂,略过 GDP、综合实力,以及那些花冠和荣誉,略过所有的宏大叙事、表象抒情,单说小城内部的一条河流吧,因为我更偏爱这母性的河流。河名叫西津河,西北方向而来,在小城怀里结一个蓝飘带,继而折向北方,继续不知疲倦地向远方流去。曾经寂寞无声,依然静默无声。

相对于小城的各种快节奏与新气息,西津河慢吞吞地流动,像京剧青衣抖累了的云舒水袖,慵懒地铺在小城怀里。春天,河岸边一两块零星的油菜花,自由地开放,像挂着的几行浑浊眼泪,灿烂惊心。为了挡住"6·30"(1996 年 6 月 30 日,小城被一场汹涌的大水冲刷,成为令人心悸的集体历史记忆)之后的来水,滨河长堤石质坚硬,像个机器,孤高地隔离了水与岸、水与人。河床中间干涸的部分,生长芦苇,也生长芭茅草及其他不知名的植物,挤挤挨挨地在河流的胸脯上生长。

上游筑坝,形成美丽的青龙湾。西津河,更多时候裸露着干瘪的乳房,渐渐干涩的肌肤。曾经宽阔的河面,日渐萎缩,越来越像个缺少营养的人,"它老得那么孤单,像被人群抛弃的一个"。流水退走后,有一片片不规则的荒草地。闲不住的村民看河岸边地荒着可惜,遂种些白菜、油菜之类的农作物。春天河岸边,有冻结了一冬的欢笑声,那是孩子们放风筝时发出来的,还有村民挑粪浇菜园子的味道,更多的是哪哪哪的捶衣声。

小城的人们热爱水。他们,热爱生活的男人、女人,将家里的物品,拿出来,用自行车驮着,用竹篮装着,用手臂挽着,穿城而过。将生活的灰尘,在一条河流的胸腔里淘洗干净。然后在阳光下曝晒,穿在身上,洁净明亮,其中的香气馥郁。他们乐此不疲。

这其中包括我的小姑,一个异常热爱水的女人,她有着异乎寻常的清洁理念。"按下洗衣机,放点水,将衣服甩进去,就不用管了。为什么要大老远跑到河里去洗?那么累。"我对她说过不下百次,后来就什么也不说了。

她总是提着满满的衣物去河边,常常一洗就是一个上午。河水的香气沾满了她的双手和衣服,雪花有多白,她的毛巾就有多白。面对流动的岁月,她选择了缓慢,直到有一天,突然躺倒在河里,再也没有起来。

　　河水带走了她，她的生命与那条河紧紧连在一起。

　　"爱什么，就死在什么上面"，我突然明白了。后来，所谓"烧七"的隔七天，我们用俗世的方法在河岸旁烧纸钱，对着静静的河水磕三个头。河边清流微响，头顶悬着清幽的月光，唯愿她还立在水中央。

　　……

　　暗青的河流仍在闪光。这小城的局部，从远方来，还将到更远的地方去。

　　如何述说一座城……请原谅，显然我更偏爱这稍微有些磨损的，略带凉意的河流之声。

旧歌谣

朱谱清

已经二十多年了吧，我心中藏着的这首旧歌谣，像种子找到泥土，越来越强烈地冒出头来。

——题记

1. 微微开启

如果记忆能够装订成册的话，那关于宁国中学的旧影像，现在已经微微泛黄，而那些飘逝的歌谣及记忆，会昔日重现般——显影。此时，我努力将它们重新粘贴，恐怕有带着主观修复的美好成分。

宁中是 N 城著名的学府，现在初中部与高中部已经分开，但从自身经历及历史渊源来看，我更认同位于城市中心闹中取静的那个校园。

1986 年的夏天，我第一次踏进这个传说中令人向往的学校，和其他大约 40 个来自农村的孩子汇聚到一起，成了"重点班"的一员。20 世纪 80 年代，宁国中学仅办过三届初中重点班，从全县范围内选拔 45 名优秀的学生，我们那时是最后一届。

毫无疑问，一扇门为我微微开启。乡村孩子小小的心中埋藏着希望的种子，这扇门可视为抵达外部世界的最初途径。

在那个夏天来临的好多天里，母亲忙着为我准备住校用的物品，从棉被、床单、衣服，到牙膏、针线、搪瓷碗，一一备齐放进那只紫红色的木头箱子。那是她的嫁妆，现在她将它送给我，让它陪伴我求学的路程。

送我上学的自然是父亲。他和我一起坐车到县城。下了车，离学校还有一段路，父亲拿出扁担及麻绳，一头挑着木箱，一头挑着棉被，然后甩开手臂往前走。父亲肩头的扁担一闪一闪的，发出轻微的响声，像在田间挑稻子，但分明又与挑稻子不同。我背着黄绿色的帆布书包，那

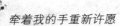
包鼓鼓的,还没有放上书本,但已经装了一些东西,它们一跳一跳拍打着我的屁股。

去路茫然,我有些忐忑不安,然而目标还是渐渐近了。迈进正门,我感到心突突跳得厉害,有一丝丝慌张,内心近乎眩晕。只看见一排排疏影在烈日下晃动,那是来自树木的耀眼光斑。一排排房屋疏密有致,异于乡村,有清水砖墙的平房、也有三四层的楼房,特别是那二层的红楼,在树木的掩映下,带着朴素、宁静的模样。

也是在这里,也是好多年以前,年少时的父亲曾在这里读书。不过还没毕业,一场史无前例的"文化大革命"爆发了,也彻底将父亲的求学梦打碎。从此,一个少年沿着摇摆不定的方向前行。事实证明,父亲后来的生活之路充满了枝枝杈杈,有无数条布满荆棘的小径。他总想摆脱命运的阴影,可终究还是无力挽回,最后他只有接受在土地上低头劳作的事实,不接受又能怎样呢?

不过,最终他拐了一个冗长的弯。他的女儿,使他看见了那曾经微微开启又骤然关闭的大门。

我不知道当他再次走进这所校园,是何种不同的感受。但唯一可以确定的是,他的喜悦挂在脸上,似乎从心里往外溢。一扇门微微打开,里面是什么世界,今后的路会通向哪里,会走得更远吗?

一切还是未知数,但唯一可以确定的是,一扇门已经为我开启,似乎也为父亲开启。

2. 恰同学少年

我们班是三班,在 1986 年是全校年龄最小的班级。全班 45 个同学,大部分来自农村,女生总共有 10 个,其中悬崖、立峰及我的名字特别像男孩子。

班长胡是一个彬彬有礼的城里少年,他发线高、额头光洁,仿佛智慧的光源从那里发出。他丰富的学识来源于他教师出身的父亲,同时还写得一手漂亮、飘逸的毛笔字。我记得很清楚,小学时参加写字比赛,我得了个三等奖,而他就是头奖的获得者。他英语发音纯正,是老

师常常点名的带读者。他个性沉稳，像一棵过早得到阳光沐浴的白杨树，显得超拔于其他人。

同桌悬崖是学习委员，是个秀顾、聪慧的女孩，不仅外表出众，考试经常排第一，在女孩之中宛若亭亭的白兰树。我们经常在一起讨论问题，并暗自较劲。下晚自习课后，我们有时躲在宿舍蚊帐里，借着昏黄的灯光看文学类书籍。寝室熄灯铃响过后，一本没有完结的小说，会催促我们不顾危险地点燃一支蜡烛，继续看下去。那个时候，我们囫囵吞枣地读着《红楼梦》《安娜·卡列尼娜》《简·爱》等世界名著，我记得她说起这些书里的故事和人物，嘴角微微扬起，黑眼睛里闪出动人的光芒。

初二的时候，我们更是近乎疯狂地迷恋上了诗歌，那时看得最多的是新月派徐志摩和台港诗歌。在外班女生还沉迷于琼瑶那些纯美爱情的时候，我们则更迷恋席慕容的诗集。那时，《七里香》《无怨的青春》是抢手货，在我们这些初涉诗歌的同学之间传递。如果谁想看，得排队等上一个同学看完，辗转几次之后才能到手。书在手里的时候，我绝不放过这囫囵品尝的机会，有空就将喜欢的诗，整篇整篇地抄在精心选择的笔记本上。

此后就胡乱学着写诗，在纸上、书签、贺年片上写分行涂鸦的句子。一次我在整理二十多年以前笔记的时候，居然发现了当时写给悬崖的稚嫩句子："欲把歌儿捎去/只是天空飘满无奈的云彩/你在迷雾深处/小雨就是飘走的音符/我遥望归期/和心灵深处的你。"

悬崖那时是一个对文学很有想法和领受力的女孩，其他功课又都好，真令人羡慕和妒忌。我们是好朋友，一直将少年同学的友谊保存到现在。我的文字笔记本里至今夹着她1991年写给我的贺卡，淡蓝色的天空，高大的丛林掩映大地，上面用钢笔字写着"赠给挚友谱清"六个字，字迹俊秀、清逸。

> 双脚踏在坚实的土地上
> 心中才会长满蓊郁的青春林
> 汗水洒满的地方，总有路在延伸

> 如果寂寞了
> 你就对自己微笑吧
> 生活是一杯淡苦的酒
> 挚爱的心,将它酿成甘醇的香茗

如今她扎根在北京,从事外文翻译,翻译一些教科书和工具书。2010年初,我因公出差到北京,特地抽空去看望她和她的家人。

走在冬夜的风中,她对我说,如果有可能,希望到国外去再读几年书,并从事自己喜欢的文学翻译。

那时,我们班有个奇怪的现象,男生女生之间很少说话,不像其他班级同学之间有种亲密,甚至带点玩闹的性质。大家隔膜似的,空气中流动着凝滞的气息。有话非说不可时,往往先涨红了脸,再急急从喉咙里挤出连自己都听不清的话语。

有人说,美妙的东西、令人战栗的东西,都是在距离中捕捉到的。那时,面对初萌的青春,异性之间严密地包裹着自己,显得单纯可笑,又带着不可言说的小心翼翼。

3. 物质生活及周围

馒头,馒头

搪瓷碗已经捏在手里了。课桌下的手蠢蠢欲动,逼仄的抽屉里,时有不小心发出的清脆响声。早上的稀饭、馒头(有时只有稀饭)早已消化殆尽,肠胃里响起咕咕噜噜的声音。

老师还在上面滔滔地讲,其实心快飞出去了。下课之前的那几分钟如此漫长,我们只等待那响亮的铃声响起,便箭一样冲出教室。

那时学校食堂狭小、简陋,只有用于打饭的几个窗口。我们在露天地里排队,买到饭后,再端到寝室里去吃。狭小且为数不多的窗口,要承担近六七百个饥饿的青春肠胃,拥挤程度可想而知。秩序不好的时候,打饭和打仗有一拼。班上的男生个头矮小、身形瘦弱,若不抢在高中生之前占据食堂窗口的前排位置,难免要被高大的身影夹挤。后来秦老师知道了这个情况,就和学校商量给我们班搞"特殊化",上午第四节课可以提前5分钟让我们下课。不过有时遇到了拖堂的老师,这个法子就不灵了。

现在回忆住校生涯,关于物质方面的其他印象已经模糊,唯有早上的馒头是年少时的美味。

那时的馒头做得并不精致,模样也不够方正规整,大多时候带着碱放多了的黄色。许是物以稀为贵,能够吃上白胖而又绵软的馒头,至今还在舌尖萦绕,成为住校生涯的美好滋味。

因为早上打稀饭不受限制,馒头则每人只能买一个,所以每天早上排队蔚为壮观。顺着左墙根(粗糙的水泥饰面可以将衣服挂出丝丝缕缕)已经有一个长长的队伍,大家一个紧挨着一个,像串起来的糖葫芦,第二个人甭想插身进去。大家带着祈祷的心情,在心中默念:"还有馒头,还有馒头!哪怕是又黄又瘦的馒头,也是好的。"

偏巧有不自觉的人兀自从右侧另起了一队。于是,两个队伍同时往前挤,在那个小小的窗口遭遇。俗话说,狭路相逢勇者胜,力气小的与身形弱的,像剥蚕豆一样瞬间被弹出。

"馒头快没有了!"不知谁喊了一嗓子,顿时两支队伍的尾部像一股强大的水流向前传递,向窗口喷射而去。有时,好不容易得到一个馒头,突围中,身上却撒了一片稀饭的热痕,那可真叫人丧气。

多年以后,我从专业课上学到了恩格尔系数,讲的是食品支出占家庭总支出的比重。该系数研究的结论是食品支出的比重越大,表明生活水平越低,这是从经济学范畴来解释物质与精神需求之间的比例关系。而用知堂老人的话则是"我们于日用必需的东西以外,必须还有一点无用的游戏与享乐,生活才觉得有意思"。那时,我们显然不知道这些理论。班里的大部分同学来自农村,他们期望通过知识来改变身份及命运。那时,谁也不觉得小小年纪所承担的物质上的苦是一种苦。

毫无疑问,我们的恩格尔系数在逐年下降。喝不求解渴的酒,吃不求饱的点心,我们当下的生活中有好多无用的装点,这是否应该欣喜?

可为什么那低水平时代的物质：比如童年时的糖、少年求学时的馒头，母亲做的青蒿粑粑，总是在回忆里充满寂寞的香气。

后花园

"后花园"在学校北面，其实是县城西津河边的一片河滩，并没有多少像样的花。

1986 年的宁国县城，从形体上来看，单薄而灰暗，朴素而安寂。那时，高大的楼房还没有孕育出来，县城周围有大片大片的田野、树林，还有村民的蔬菜大棚，因季节的不同而呈现出异样的色调，充满着明媚、单纯、朴素的气息。

穿过学校后门，穿过当时唯一一条贯穿东西的血管——西津路，穿过狭长的、阡陌纵横的田间小路，就到了通向河岸和草木葱郁的寂静地——"后花园"。

它类似于一处天然乐园，是西津河的无私赐予，名字叫做"广通坝"，那时还没有一丝人工的痕迹。这里有大片大片的胡杨林及宽阔的河滩，岸边及河里滚满了青色、褐色及其他花纹斑驳的鹅卵石。蓝莹莹的河水，就这么欢畅地一直向前流去。我们有时成群结队地到河边去玩，站在岸边打水漂。

在那"少年不识愁滋味，为赋新词强说愁"的年份里，这里是少男少女的一块隐秘后花园。能经常看到成双成对的身影，大部分是高中生。他们正值扬花期，若稻穗，被风一吹，张开隐秘易折的花朵，然而大部分花期短暂。

极目望去，四周是广袤的田野，连绵的竹林给河岸挂上青绿的坠子。河与岸，一个静守，一个畅流。似乎上天早已安排，而它们总能各自安于自己的位置，一个静守，一个流动。西津河那时像个不知忧愁的人，阔达、简练，连同初冬白雪一样飘飞的芦花，连同晦涩的青春，漂流在 80 年代县城的怀抱。

还记得，春天的油菜花总是开得惊魂。还有一畦畦舒缓朴素的紫云英，打动了成群的蜜蜂。养蜂人将一摞摞原木盒子拿出，码放在阳光

下,蜜蜂嗡嗡地绕着他的头顶,我们有时也会停下来,听听这小生灵的歌声,只是隔得远远的。

夏季,猛烈的阳光消退后,学校、屋宇在身后渐次消失。拿一本书,有时连抒情也是感伤的。走在土质的田埂上,空气不那么热了,青草抚摩着脚踝,小腿有微微的酥痒。拿着一本书,到河边的竹园里去看,是住校生活的一种放松方式。有时,寂寞的竹林回应着静静的流水,仿佛回应着少年多思的心。

一次,不经意抬头看见远处两个身影,不知是谁,互相拥住。就那么一瞥,不禁涨红了脸,飞快地合上书,从"后花园"逃开去。

4. 忧伤的气息将我笼罩

台上站着一个少女,她是外班的。我不清楚她是谁,更想不起她的容貌。她在台上朗诵一首诗:

我是你河边破旧的老水车/百年来纺着疲惫的歌/我是你额上熏黑的矿灯/在历史的隧洞里蜗行摸索/我是干瘪的稻穗/是失修的路基……

这是舒婷写的诗,不过那时我还不知道,只觉得那女孩朗诵的声音真是好听。我那时挺自卑,内心始终有一股忧伤,我那致命的牙齿使我不爱说话,深深压抑着自己。

又来了一个语文老师(是安大还是安师大讲师团?记不清了),接替生病的肖老师。除了教我们三班,他还教其他班。

他个头高且瘦,头发微微卷曲,有着年轻俊朗的外形,嗓音具有男青年特有的明亮磁性。他的出现像一道闪电,照耀着处于青春期的女孩子,使她们欣喜。

每次我送语文作业到他的办公室去,总能看到外班的几个女生聚集在他的周围,和他一起说说笑笑。这些女孩来自城里,热情大方,有着姣好的面容和气质。比起她们,我觉得自己实在土气。

有一次,我将作业本放在老师的桌子上,迟疑着,脚步并没有向外移动的意思,似乎在等待回应的话语。然而,那短暂的等待最终以虚幻结束。他似乎无视进来的这个样子土气,近乎笨拙的女孩,继续和她们谈话。

　　无穷无尽的杂芜涌进来,我感到小小的心受到了漠视。我飞快地跑出门去。

母亲的漫长往事

陈洪金

追溯母亲的渊源,应该从我外婆的苦难开始。

我至今都不知道我外婆的故乡、姓氏和生日。很早的时候,我外婆就是滇西北地区小凉山彝族家的一个卑贱如草的奴隶。关于她成长中的饥饿、忧伤和病痛,我已经无法再去探寻了。听说,在她成长为一个身材高大、身体健康的女奴之后,就与一个姓李的奴隶结了婚。在一个有着初升的月亮的晚上,我外婆在自己日夜劳作的苦荞地里生下了我母亲。在一个我不知道是否有月亮的晚上,我的外公——一个奴隶,他独自逃走了,留下正怀着我母亲的外婆。从此,我外婆再也没有见到过他。为了防止我奶奶继续逃走,奴隶主就把我外婆再次许配给了一个从永胜三川坝抢去的奴隶,也就是我现在的外公。

我外婆生下我母亲以后,仍旧给她的主人家干活。听说,白天她到很远的山谷里去背水,在途中要经过一座叫做药山的大森林,随时会遇上狼、熊等猛兽。晚上,她就给主人家用石磨一勺一勺地磨荞面,磨够了荞面,第二天很早就起床,给主人做荞糕早点。我现在的爷爷是给主人家伐木的,同时还负责烧山种荞的活儿。我母亲很小的时候,刚会做一点活计,就给奴隶主家放羊,饥寒的侵袭对她来说无时不在,她似乎也习以为常了。只是,随时会出现的豺狼让她受尽了惊吓。听说她总是被它们吓得躲进荆棘丛里,或者蹲到高高的岩石上去,等那些野兽离开了,才敢回到她的羊群身边,在寒风里继续放牧。小凉山解放那一年,解放军攻打凉山的彝族奴隶主武装,双方激烈的交火就在她的身边进行,枪炮和流弹没有伤及她,但却在她十多岁的心灵里留下了刻骨铭心的恐惧。

小凉山解放以后,作为奴隶的娃子们被解放出来,让他们回到了自己的家园。我外婆和我母亲就跟着我现在的外公回到邻近的永胜

县,也就是我现在的家乡。那年,我母亲十三岁。我外婆和母亲随了我外公的姓氏,成为在村子里不算庞大的陈氏家族中的两个人,开始了她们陌生而又崭新的平凡人的生活,她们再不是奴隶了。我现在的外公与我外婆没有生下子女,他们只有我母亲一个女儿。因此,在陈氏家族的许多人眼中,我外婆和母亲仍然被当成外族人,更何况,因为她们是来自于一个彝族地区的奴隶,很多人根本就看不起她们。那借用的姓氏也并没有给她们带来太多的好处,她们的铺盖行李经常被人丢到院子里去,就这样,三个人战战兢兢地过了许多年。

我母亲二十岁左右的时候,结婚了。邻村一个姓吴的青年到我家做了上门女婿,他就是我父亲。我母亲跟我父亲生下了四个子女:我大姐、我二姐、我、我小妹。我父亲很早就没了母亲,所以我从来就没有见过我的奶奶。我父亲读过几年书,由于他父亲是富农,经常被批斗,他和我母亲结婚以后,他们的行李被丢到院子里去的机会也就明显地增加了许多倍。于是,我父亲和我母亲凭着当年他们的年轻力壮,就铁了心要建一所属于自己的房子。他们到四周山上去买木材,一所房子所需要的木材绝大部分都是他们用肩膀扛回来的。他们赌气建了一所在当时村子里很气派的房子,开始了自力更生的生活。

集体时期,我父亲和母亲都很能吃苦,他们的工分在全村来说都是除了村干部之外最高的。因而在那时候,家里的情况还是比一般人家要好一些。每年到青黄不接的时节,往往会有一些亲戚朋友来我家借米,有的人家在那时候借去的粮食,到现在也没有还,大概他们早已忘记了。包产到户以后,我父亲和一些人开始秘密地倒卖国民党时期的旧钞和烟土,不但把家里所有的积蓄都赔了进去,他自己也坐了三年牢。他进去的时候我在读小学四年级,同学都在骂我,说我有一个当囚犯的父亲。等他出来的时候,我初中快毕业了,我的童年时期,就是在父亲坐牢的阴影里度过的,这个时期,我母亲一个人拉扯着一家人。我从小就喜欢看书,不喜欢干家务活,经常逃避各种繁杂的家务活而躲在我家楼上一个黑暗而隐蔽的地方读书,有了冲动,就写一些幼稚的小诗。我的写作兴趣就是从那时候开始的。作为一个农家孩子,我的这种习惯让母亲伤心不已,她一方面要做大量的本来可以由我来做的活计,同时还要为我的学费发愁。气急了的时候,她就狠狠地骂我,让我跪在堂屋里的神龛前。家道中落的时候,我大姐辍学回到家里,和母亲一起操持家务,但是家境还是很紧张。有时候,学校里要交钱买试卷或参加各种活动,我向母亲要钱的时候,她经常是先把我不听话的种种表现数落一番,然后才拿出她那破旧的钱包,给我一些新旧不一的零钞。当时,我和小妹都怕她的唠叨,从不敢轻易向她要钱。

　　从我记事时起,我就发现我父亲脾气暴躁,他对我母亲并不是很好。他经常打她,她经常哭。我读初三那一年,父亲和母亲为了一件很小的事情争吵起来,我父亲拿起一根钢砧,在我母亲的头上狠狠地打了一下,还把我母亲从床上拖到了地上,叫她滚到外面去。我母亲当时就被父亲打得昏迷了很长时间。她的头顶上通了一个洞,在以后的日子里她的头经常痛。也许,那一次我父亲的毒打,成了我母亲早逝的根源。还有一次是我读高三的时候,家里的人都出去了,只有他俩在家里,父亲又在厨房里用一根柴棒打我母亲,母亲被他打得又一次昏死过去,他还用脚踢母亲,如果不是村里人听到她的喊声赶来拉开了我父亲,那一次她也许就会被他打死的。后来,我有时候会想起我母亲,我想,她的早逝对她来说也许是一件好事,她再也不会遭受父亲的毒打了。

　　母亲去世前,我正在县城里补习高中。一天晚上,我做了一个莫名其妙的梦,梦见我外婆病得不行了,我们一家人都围在她的床前哭。从梦中醒来,我流着眼泪焦急地等待着天亮。没来得及吃早点,我就乘车向家里奔去,急匆匆地回到家里,发现外婆根本就没有病。那时候正值高考头几天,我没在家里吃午饭,又赶回县城复习功课,准备高考。母亲不知道我的匆忙,她听说我回来了,就背了一些东西到离村子不远的街上卖了,买了两斤肉,说是要给我补充营养。由于她身体虚弱,她在回家的半路上就晕倒了,在邻村一家店铺前面迷迷糊糊坐了许久,才被闻讯赶去的大姐用手推车拉回家。为了不让我在高考时分心,她没有让任何人告诉我她的病情。直到我在那个炎热的夏天考完了最后一科,简单收拾了行李回到家里,才知道我母亲已经病倒在家里十多天了。

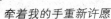

以后的整个暑假，我一直陪母亲住在小镇上的医院里，守着她，给她拿药，在药水滴完了的时候，去叫护士来换，然后给她煎药。没事的时候，我就不动声色地等待着高考成绩和录取消息。那时候，县里的广播电台正在招播音员，母亲知道消息后，说是我唱歌唱得很好，以前错过了考音乐学院，这次应该去试试，她就从她开支很大的医疗费用里拿出二十块钱，让我去县城里报名。等我从县城里回来的时候，母亲的病情不仅没有好转，反而更加重了，于是就转到县医院去。母亲有晕车的习惯，那次进城，她的身体很虚弱，晕得更厉害，开车的师傅走走停停，很是不高兴。在县医院里，我、父亲和小妹三个人日夜轮换着守在她的身边。父亲经常跑到隔壁的病房里去睡觉，鼾声很大。母亲在县医院里，起初的时候，我们叫她，她还能答应我，小妹就告诉她，说我已经考上大学了。当时，我的考分不是很高，但是在全县文科考生中是第十一名，我想应该能考上。虽然还没有拿到录取通知书，但我们还是满有把握地告诉她我考上了。在母亲神志不清的情况下，我知道她对我们的回应无法报以高兴的神情。母亲在县医院里昏迷不醒二十多天后，医生让我们把她送回家里去，那天晚上，大姐、父亲、我和小妹在母亲的床前商量着是否应该把母亲送回家里去，我知道，回到家里意味着什么。

在母亲的身边，我的泪水打湿了她盖着的被子。

从县医院里回来，母亲又被送进了她已经住了将近一个月的镇医院。她再一次住进去的那五六天，老是下雨，空气里飘荡着湿漉漉的水气。两个月的卧床不起，她的脊背处溃烂了，大片大片的褥疮，让人目不忍睹。终于，在一个中午，天空突然晴朗起来，医生又叫我们把母亲送回家里去。于是，我们借了医院里的那一副沉重的铁质担架，把已经只剩下会呼吸的母亲放上去，由我在前面抬着，穿过镇里人来人往的街道，缓慢地往家里走。行人们一个个向着担架上的母亲望，有些人可能是她生前认识的人，她们望着母亲在担架上与她们擦肩而过，嘴里在说着什么。在悲伤的笼罩中，我不知道她们都说了些什么。

回到家里，我们一家人都不知道如何把母亲病危的消息告诉我外婆，一直对她守口如瓶。直到母亲临终前，我们才把外婆搀扶到母亲床

前,让她最后再看一眼当年与她同在小凉山彝族奴隶主家同为奴隶的女儿。当外婆用她那沙哑的声音,对着已经昏迷不醒了将近一个月的母亲,叫着母亲的小名的时候,我和小妹早已是泪流满面,泣不成声。屋外院子里,有几个村里人在帮我家做母亲的棺材,斧头、推刨、凿子的声音此起彼伏。

当我拔去插在母亲脚踝处的针头后,母亲颈动脉渐渐停止了缓慢的跳动。母亲是在我的怀里去世的,按照家乡的习俗,在她弥留的时候,我,她唯一的儿子,把她抱在怀里,让她的头靠在我的肩上,绝望地感受着她的心音和脉搏渐渐消失。我已经结婚成家的大姐忍着悲痛张罗着母亲的丧事,我二姐在我的肩膀后面,给母亲梳最后一次头。村子里一个老妇人,在二姐给母亲梳完头后,再给母亲洗身体,我发现,母亲已经是极度瘦弱了,那肋骨一根根在皮肉的覆盖下高高地挑着,肚腹处深深地陷了进去,只剩下了腰骨。那天晚上,我们一家人最后看了一眼躺在棺材中一床崭新的棉絮里的母亲沉静的面容,棺材就盖上了。那一天是1993年8月12日,母亲才五十一岁。

接 站

赵宏兴

　　家离公交车站不远,下楼就是一条小街,走大约十分钟的路程就到了。这些天来,每到晚上九点多的时候,我就要下楼去车站接女儿。

　　车站的前面就是十字路口,红灯亮时,马路上短暂地空闲一下,绿灯亮时,马路上呼的一下就成了一条车的河流,车站就像一个漂浮物停留在车水马龙的岸边。路灯的光,昏蒙着,永远照不亮行人的眼睛,对面高楼上的霓虹,把一片黑的天空也洇上了一层浅浅的红色。

　　车站的路边就是一家超市,每天这个时候就要关门了,门口堆满了卖空了的塑料筐子,一层层地顺着墙壁码上去,像摩天大楼的模型,那些纸箱拆开了,用塑料带打成几个捆子,超市里守夜老人也准时出现了,他坐在上面,畸形的背总是弓得老高,里面像掖着什么东西。

　　我早早地就守在路边了,路边有一排槐树,黑色的树干,落了叶的树冠无数的枝丫伸向天空,有时站的时间长了,我就依在树干上,身上就有了点轻松。贝尔长期在外地生活,这个假期来合肥补习,她对合肥还不十分熟悉,每天晚上放学时,我都会准时来接她。然后,她总是在预定的时间里到达,我们一路回去。但有一次发生了意外,那天晚上,天下着细细的雨,我到车站去接她,该到的时间早已过了,贝尔还没有来,我不停地往家打电话,家里还是说没有回来,我的心里焦急起来,她的身上没有手机,没有多余的钱,这可怎么办?时间每过一秒我的心都紧缩一下,我不停地踱步,不知道接下来该怎么办。终于,贝尔从车上下来了,我长长地松了一口气,原来她坐错了车子,直到车子开到郊外,她才发现,然后赶紧下车,往回坐,再转车回来。这一次真是有惊无险。

　　接站的时间长了,我发现这里不止我一个人,还有其他人也在这个时候准时来接站。有一位年轻的小伙子,戴着眼镜,是来接下班的女

朋友的，那位年轻的女孩一下车，他们就骑着摩托车瞬间消失了；有一位母亲是来接下班的女儿的，女儿和她长得十分相像，身材也差不多，她们总是挽着胳膊走；有一位上了年纪的男人也来接一位女人，女人有几分姿色，每天都更换不同的衣服，我看不出他们是什么关系。

我站在路边，眼睛紧盯着车站，公交车来了，嘎的一声停下来，里面的灯光照得车厢里通明，这个时候是下班的高峰，可以看到车厢里挤满了人，车子的前门打开，上的人不多，但宽敞的后门一打开，每次都下许多人，我看到不同人的双腿一下一下地从车上走下，有着舞蹈的节奏。

一辆车过去了，又来了一辆。其他公交车我是不用注意的，我只注意135路，贝尔每次放学坐的公交车只有这一路。

贝尔下车了，她穿着长长的红色的羽绒服，胳膊上套着灰色的护袖，面孔在朦胧的路灯光下，映着微弱的亮光，像一个红红的苹果，她笑着跑过来，扑到我的怀里。

有时候，我们就到超市里转转，我想买点东西给她吃，她总是左瞅瞅右瞅瞅，有时拿定主意了，又放下说："不要，不要。"我知道她是在为我省钱，她小小的年纪细心得很，善解人意。

接着，我们从超市里出来，她挽着我的膀子，我们一路说着学习的情况，从已经冷寂下来的小街上穿过，旁边就是我们家的楼房了，楼梯间没有灯，我就打开手机，一点弱弱的荧光照着我们的脚下，我和她一前一后上楼，楼梯上响起我们哒哒的脚步声。打开门，家的温暖扑面而来，女儿换了鞋，就到她自己的小房间里整理去了，我开始坐下来看电视。偶尔，我起身看到她静静地伏在一片明亮的灯光下，就有了小小的感动。女儿不知不觉地长大了。

沉默的闹钟

李新立

　　这些年,我拼命地和时间赛跑,总有一种被遗弃的恐慌感。我和朋友不时说起时间,说起时间,我就会想起那只钟表。

　　上学时,学校距家约 10 里山路。山村的凌晨,公鸡醒得早,站在院子里的任何一个地方,伸长脖子"喔喔"的叫鸣,就像我们十分熟悉的杨柳青年画上的那只神采飞扬的大公鸡。但我家公鸡的头顶上,没有那红光四射的太阳,因为公鸡叫第一遍的时候,太阳还在海里泡着呢。然后是狗吠了,驴叫了,还能听见村子里谁家的大门开启时发出的"吱吱"声。若是春暖花开时节,有个我们通常叫做"天明鸟儿"的,比公鸡起得还要早,躲在院外稠密的树枝间,"吱——啾啾啾"地唱着,声音清脆绵长,像笛子一般好听。这些,都是我们早晨起床的报时器。

　　事实上,这些动物有时候还是误事。比如,天阴的时候,公鸡的自然钟就会失灵,"天明鸟"也会偷懒。再比如,月亮特别亮的夜晚,昏睡的大公鸡突然醒来,一看整个世界通明透亮,以为应该报时,便鸣叫了起来,一只叫了,全村的公鸡就都叫了。山村的月光,也最能迷惑人的感觉。天还没有亮,却看见晨曦从门缝透了进来,在黑暗的屋子里,划着些水纹一样的印痕。这时节,母亲迷迷糊糊地惊醒了,急急地拍着我们的脑袋,叫我们起来:"快,快起来,要迟到了。"去学校的路上,月光使四周十分安静,安静得能听见狐狸在山坡上走动的声音。来到位于镇上的学校,校门还紧闭着,一副沉睡的样子。当黎明来临之前,瞬间的黑暗笼罩住我们以及小镇的时候,才知道不仅仅是来得早了,而是来得太早了。放学回家后,就板着个脸,生气的样子让母亲惶惶不安。

　　同学小灵,是我们中最先有钟表的,他的父亲在距山村 200 多公里路的一家运输车队开汽车,平时,除了能从油箱里抽出些柴油,用于点灯外, 还可以在冬季来临之前, 从车下卸下一些黑得发亮的大炭——那是一个多么令人羡慕的职业啊！他叫我们去他家看那只钟表，表摆在桌子中央，头上有两只和自行车铃铛差不多大的碗子。据小灵说，时间一到，它们就响，他还特意强调说："准时得很。"于是，我们弟兄对母亲抱怨说："有个钟表不是就能按时去学校了吗？"

母亲愣了一下，说："那得多少钱啊！"

母亲虽然这样说着，但并不叫我们弟兄失望。不久，父亲就买回了一只闹钟，是红壳子的，长方形。我们十分兴奋，便在桌子上腾出一点地方，把它摆在中央，还在它的左右各摆上一个插了塑料花儿的酒瓶子。好几个夜晚，我趴在炕上，盯着那三只镀了夜光的针，觉得是三只小虫子，互相赛跑。闹钟上面的一只鸡坚持不懈地啄食，发出"滴答滴答"的声响，好像在我的胸膛走动，竟然让我难以入睡。有好几个清晨，我们弟兄先于闹钟设定的时间醒来，躺在炕上，等待清脆的闹铃声响起。

我相信它一直走得很准，但别人说它一直不准。一天早晨，我们在上学的路上，就我家的钟表走得准与不准，争吵了一路。小灵说："咱们约好了是早上六时挨家叫同学们走，你却在六时过六分叫大家。"我说："是你家的表走快了。"吵吵嚷嚷时，一些同学说我家的表不准，一些说是小灵家的钟表不准，甚至还有人说："嘿，我家的公鸡最准了。"我心里不服，但真的怀疑我家的表走得不准。因为，当挂在墙上的广播报送"现在是北京时间二十点整"时，我和哥哥抢着拧钟表后面的钮儿。

那天父亲回家，我正坐在屋门槛儿上写作业，朦胧听见父亲问："这表走得怎么样？"母亲说："走得好着呢。"我立刻扭过脖子，大声嚷："啊？根本走不准的。"

父亲"哦"了一声。

钟表是父亲从县城买来的，那时节，他的工资才六七十元，这个钟表就花去了十六元。父亲把钟表装进帆布挎包里，骑着自行车，朝着100里以外的六盘山脚下的老家前进。一路上，他很是疲惫，但内心却很愉快。就在一个上坡的地方，一辆挂了空挡的手扶拖拉机迎着父亲冲了过来。他被挂倒了，装着新买的钟表的挎包摔到了路旁的地里。父

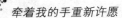

亲爬起来,拣起挎包,掏出闹钟一看,原本走动的钟表已经不走了。他摇晃了一下,表又走了起来,并且发出了欢快的"滴答"声,他又把表放进了包内。这次事故,父亲的眼镜摔碎了,他的右脸颊擦伤了,另外,他一直推着碰坏了的自行车回到了家里。

"表可能是摔坏了。"父亲惋惜地说。走时,他带走了这只钟表,几天后又捎了回来。但修理后的钟表仍然走得不准,它好像和人闹别扭似的,原来是慢几分钟,现在却是快几分钟。

"这也叫钟表呀?"我们常常对钟表表现出强烈的不满。

母亲说:"有总比没有强吧?亏你们还念书呢。"我们便觉得理亏。几年里,就用减法校对时间。我家的表如果是十二时,那一定是十一时五十五分。

我找到工作的第二年夏天,我也骑着自行车从县城出发,赶回距县城100里的六盘山脚下的老家。半夜里,蛙鸣声或远或近,此起彼伏,恍惚在屋子里和头顶上回响。我突然想起了那只走不准的钟表,便聆听它发出的声响,但没有听到,黑暗包裹着屋子,屋子平静得出奇。天亮后,我瞅着摆在桌上的钟表,问母亲:"没有上发条?"母亲平静地说:"不走了。已经好几年了。"

钟表的确已经不走了,但工艺品似的,仍然占着桌上的那个位置。几年后,年迈的父亲对母亲说:"这只表,修修,或许还会走的。"母亲说:"不用了,娃娃都大了,用不上了。我也闲下来了。"我脱口说:"那还不如把它扔了算了。"母亲惊诧地看着我,好像我犯下了什么不可饶恕的大错误似的。这只钟表,母亲在收拾屋子时,用毛巾仔细地擦拭着,上面的瓷器一样的暗红色釉子竟然没有脱落下一片儿,仍然泛着深沉的光芒。

前几年,我的孩子也开始上学了,我和妻子总是先于她起床,为她准备早餐,然后叫醒她,再送她出门。现在,她长大了,虽然学校距家不远,但由于她晚上躺在床上,总要背着我偷偷看书,天亮便不能按时醒来,害得我和妻子仍要先于她醒来,冲着她的房子大喊大叫。这是我和妻子的一块心病。我对妻子说:"给孩子买只闹钟吧?"就为她购买了一只钟表,是塑料外壳的,鸭子形状。从此,每到早上六时,钟表就会在孩

子的床头上叫响:"呷,呷,宝贝起床;呷,呷,宝贝起床。"

　　每当这时,我躺在床上,迷迷糊糊地,想起老家桌子上的那只钟表。母亲那时很辛苦啊,白天在生产队劳累一天,本该在晚上好好休息,但为了能在清晨按时叫醒我们,她经常半睡半醒。这只钟表,或许不仅仅是父亲给我和哥哥买的, 可能也是父亲送给我的母亲的礼物——这应该是钟表至今仍然摆放在桌子上的唯一理由。

你是我唯一的表达

孙国华

    晚饭后,常常踏着如水的月色,伴着一路璀璨的灯光,到临河公园那幽静的小径上漫步。各种花草树木在月光下,在微风中摇曳着,舞出动人的风姿,淡淡的花香,在飘荡、弥散。三三两两的行人点缀在公园小径上,抒写出公园的美丽与浪漫,深深浅浅的虫鸣,长一声短一声地鸣叫,吟咏出夜的静谧。

    不知从哪里传来隐约的歌声。那是正在热播的电视剧《国门英雄》的主题曲:"你是我唯一的表达,一年一年不曾变化。除了你,还能有谁,能给我一个如此温暖的家。除了你,还能有谁,能把我的心妥帖地放下。你是我唯一的牵挂。"

    这是我最喜欢,最熟悉的句子。它深深地引起了我的共鸣,准确地表达了我对妻子的感激之情。在这极为抒情的歌曲声中,我有些沉醉了。

    坐在高高的观景台上,对一线长河,看那隐约的灯光在波光粼粼的河水中闪烁,渲染着夜的迷茫。空中一轮明月将银白的柔光泼洒在我们的身上,我们都有些朦胧,也有些立体的感觉。清凉的夜风轻柔地掠过我们的面颊,像是被温柔地抚摸,那么舒适。远处,那梦幻般的车流在无声流淌,像流光溢彩的乐章,又如那不息的思绪。妻子微仰着脸,望着幽蓝深邃的夜空,细数着那天空中时隐时现的星星。而那星星点点的往事,却如水中的波纹,在我的心头层层泛起。

    在那如花的季节,美貌的妻子理应正是光彩照人的时候,可是由于工作的劳碌、孩子的拖累,加之经济的窘迫,所以,此时的她不但缺少了同龄人的时装,也失去了应有的青春风采,身高一米六三的她,体重尚不足百斤。穿最普通的衣服,过最简单的生活,每天除了工作就是家务。那时的她脸色憔悴、头发稀疏,除了那双美丽的眼睛和一脸迷人的笑容,再也看不到婚前明星般的风采,以至于她的闺中密友愤愤地说:"我们的校花活生生地被摧残了。"

同许多年轻的朋友一样,我那时一门心思投入到工作中,忽略了家庭,忽略了年幼的孩子,同样忽略了身边美丽的妻子。"我是不是很老很丑啊?"她从不为自己的生活感到委屈,也从没有因为自己的劳碌而抱怨。

"不,你依然美丽如初,因为你是我唯一的表达,一年一年不曾变化……"面对这样的妻子,我在心中不断重复着这句话。

公园里愈加幽静了。"除了你,还有谁,能给我一个如此温暖的家?"深情的歌曲犹如轻柔的风,轻轻地捡拾起那已散落在记忆深处的落叶。

母亲去世,患高血压的父亲被接到家中。悲伤和疾病将父亲放倒在病床上,又一份重担压在妻子那已不堪重负的肩头。妻子无怨无悔,竭尽全力照顾他,就像照顾一个不懂事的孩童。把最好的房间让给他居住,我们则挤在一个阴冷的小卧室。看着每天忙忙碌碌的妻子,亲友和邻居们赞不绝口,感叹于她的孝顺和辛苦。

有一年突降大雪,我恰好出差在外,公路封闭,我被困在外地长达一周之久。当我连夜赶回家中的时候,看到院子里撒了一层炉灰渣,屋子里到处铺着硬纸板,洗衣盆里浸泡着满是屎尿的衣裤……看着疲惫不堪的妻子,我忍不住热泪长流,卧床不起的老父亲更是哽咽不止……

时光匆匆,那段艰辛的岁月已积淀为特别的回味,可岁月的风霜怎能蚀去你那动人的美丽?妻子啊,在我的心中,你是最美的语言,你是我唯一的表达。在这个世界上,有谁能和我们长相厮守共度一生呢?不是我们的父母,不是我们的子女,是我们那不离不弃的妻子。她是我们一生唯一的知己啊!是她们用柔弱的肩膀支撑我们的家,是她们用纤细的手托起了你我的大厦,托起了儿女们的梦想。

不知你我是否前世有缘,让我们此生结为夫妻;不知前生我是否曾经在佛前祈求了三百年,让我执子之手,共度今生的时光。

"用三生烟火,换一世迷离。"我只愿用一生的相守,与你白头。

"除了你,还能有谁,能给我一个如此温暖的家?"

在我们现实生活中,更多的是柴米油盐、两厢厮守,是平淡而平凡的日子。有苦涩,有甜蜜,有牵肠挂肚,也有恶语相向。是这些琐碎的事情将一个个平凡的日子串联起来,谱写出一首不平凡的幸福之歌,歌中最美丽的音符就是我们的妻子。

男人是坚强的,但有时候又很脆弱;男人是有魄力的,但有时候却很莽撞。这个时候,是我们的妻子,在默默地鼓起你的勇气,抚平你的怒火,在别人的眼里,你才会如此高大和完美。

妻子是暗夜里一盏明亮的灯,在我们迷失的时候,将我们的心头照亮;妻子是一部平凡得不能再平凡的书,愿我们读她千遍也不厌倦。

"除了你,还能有谁,能把我的心妥帖放下?"

是啊,除了你,谁还能给我一个温暖的家?你是我唯一的表达,一年一年不曾变化……

为你写一首招魂曲

孙国华

一盘水果、一缕幽香、一个花环、一座墓碑。我蘸着泪水把你轻轻擦洗。

隔着一层薄薄的黄土,相距一盏茶的距离,却是阴阳两隔,你在里头,我在外头。春天已经萌动,蛰伏了一个寒冷冬季的思绪,慢慢萌发。在心底,我轻轻呼唤,相信你啊,虽然你远在另一个世界,一定会听得见。因为,你曾无数次闯进我的梦中,把所有的事情细细询问了无数遍。啊,我的父亲,现在,我就跪在你的面前。山风是否将你打扰,鸟儿的鸣叫是否已将你声声呼唤?虽然清明将至,雨滴并未打湿环绕在你身边的花环。你是否感觉到亲情的气息将你紧紧环绕?你是否如生前一样,与我促膝交谈?

你生命中的七十九个岁月,虽不漫长,也并非短暂。可在我的记忆里,我们似乎只匆匆见了几面。年轻时,你杀敌卫国,终年漂泊。我年少无知,只是在那小小的照片上一睹你腰挎双枪的英姿。但那只是一点点印象而已,像是粗读了一本关于战争的书,看了一眼关于军人的画。与"父亲"的概念相去甚远。你匆匆地来,又匆匆地离开。是一位军人,随队开来,借住群众家里,我就是那个好奇的孩子,远远地看着那个挎枪的军人,心生敬仰。

你终于老了,像一只再也无力飞翔的鹰,疲惫地归巢。可我已远远离开家,心中的父亲,仍是那个英俊的年轻人。

我有了自己的儿子,我认为开始读懂了你。可你已是一艘破旧的渔船,斜斜地搁浅在岸边,被风雨侵蚀得不成样子,稍一触摸,就会四散裂开。我仍无法进入你的船舱,细细擦拭那锈迹斑斑的机器,更无法轻叩龙骨,聆听大海的涛声。你是一棵老树,所有的枝条早已被岁月风干。干裂的老皮无法裹住脆弱的骨骼,令人无法触摸,让人不忍阅读。

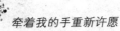

树根裸露,你这棵苍老的树,在风中摇摇欲倒,大地似乎随时都会将它抛弃。我痛心地注视着你慢慢老去,束手无策。我无法叫你重现年轻,哪怕是用我的生命。

你蹒跚地来,蹒跚地离开。"血栓"叫你行动不便,更令你痛苦不堪。你会久久地呆坐在那里,像一株秋霜下的菊花,等待凋零;像一个月光下的高僧,等待坐化。那双曾经目光锐利的眼睛不再生动,我再也从那里读不出你的心声。只有我的儿子——你的孙子来到你的面前,你的目光才会重现昔日的神采,像一只掉了毛的老母鸡那样,围在他的身边,摇摇摆摆地走来走去。

你是一部被岁月磨损太久的书,虽然可以打开,终究难以读懂。由于病痛的折磨,你难现笑脸。可那一次,你身披大衣,手拄拐杖,低垂着头,蹒跚着出现在我的面前。不由得,我取笑道:"爸爸,您现在这个样子,就像一个刚刚从战场逃出来的国民党军官。"你竟然"嘿嘿"一笑,把头高高抬起来。那一刻,我才明白,你是一部有太多故事的书,虽然蒙上了岁月的尘埃,那些精彩的章节,别人读不到,你也不会忘记。

我们是父子,一生一世。可是,我们在一起的日子又是那样的短暂。人生无法回头,时光不会倒流,可活着的人,遗憾没有尽头。只有在某些特定的日子,把心扉打开,请你坐在我的面前,通过灵魂来交谈。

阳光很暖,照在我的背上,洒在你的碑上。你是否如从前一样,静静听我的倾诉?清明将至,燃几张纸钱,斟一杯浊酒,让人间烟火供奉在你的膝下,让你在另一个世界,重温来自人世间的爱。让你知道,阴阳有别,血脉不断,一个断魂的人在心中将你的名字声声呼唤。

不知你现在是否一切安好,不知人是否有来生,只知道一生父子便是永恒。你仙逝很久,我也人过中年,如果一切都是因缘,相信我们终究会有相聚的那一天。如果你有什么嘱托,就请你在风清夜静的夜晚,走进我梦,轻抚我的背,一字字、一声声。

等不及你再次入梦,我已黯然销魂。无法向你倾诉心声,为你写一篇文字,声声招魂。

说给你听

闫 语

1

你来了。

我知道，你就在那里。

你来了，这个七月的午后开始涌动无限的惊奇，一缕漫过街对面屋顶的阳光，开始灌溉书桌上那株虎皮兰的母性，一个角色被无限地缩小与放大，然后深陷进子宫里。而我却开始迷失在手足无措的恐惧之中。这不是对其他事物的恐惧，而是对你的恐惧。我从来不曾急切地期望着你的来临，更不能肯定你是否愿意战胜虚无降临到这个世界上。你来了，仅仅是一种生命的可能，是一次点头，是一种暗示，抑或是一种痛苦。好在，我们已经习惯了痛苦。

你看见食物在流动，从我的肠胃经过我的喉咙倾泻到地面上。开始你也许会以为是一次地震，轻微的地震，就像你轻轻地转身。接着，日子抱紧你起舞，舞步在子宫里痉挛。就在这时我听到了一个声音，我想应该是你的声音吧，那是一种微弱地喘息或是一种狂热的心跳，抑或是洞窟中经年的枯叶逃离灰尘的声音，一种不为人知的魅惑人的低语？

我是在看到 B 超屏幕上那个不断闪烁的"点"的瞬间，决定为你拍下这张照片的。是的，我看到的只是一个点，一个极其活跃的、电波信号一样闪动着的点，一个兴奋而执著闪动的点。医生说，那是你的心跳。这是一张十二周胎儿的照片，看着它的时候，我内心的恐惧莫名地消失了。你的头已经依稀可见，脊椎发育得很好，眼睛和嘴巴的位置还是深邃的孔洞。我多么希望你有一双清澈的眼睛，能够透过这个世界

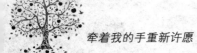

上挽歌般的狂暴,看到一种难得的宁静与温馨;我多么希望在你发出生命第一声啼哭的时候,你的心,如兰花般晶莹。

你正在发育,开始慢慢形成肠胃、肝脏、肺叶那样的东西。你的肢体会日渐有力,你的心跳会有计划地左右我的心跳,你的存在会在若干年后取代我的存在。你会有属于自己的天空和雨后的彩虹,会有粉红色的墙壁,会有一个七月和一个窗口,会有热切的听众和讲不完的故事……

在你二十周大的时候,我把你带到医生那里。医生说你很健康,还特别高兴地向我描述你的小嘴有多么好看。我向医生表达了谢意,走出彩超室的时候,走廊里还坐着很多如我一样体态的准妈妈,她们一脸的骄傲与光荣。是啊,把一个小生命包容在自己的身体之中,倾听着彼此的心跳,感受着彼此的存在,这的确不能不说是有几分骄傲与光荣的,从此,两个生命相互依偎,而非生命的一个孤独的存在了。

从那天开始, 总是会有人有意无意地向我问起你是男孩还是女孩。我回答说:"不知道啊,医生没有告诉我,不管男孩女孩,健康就好。"其实你爸爸早就问过我喜欢男孩还是女孩了,我说我喜欢好孩子。

那么,如果你生为一个女人,时间就会像一尾鱼一样游向你的美丽,慢慢地,湛蓝的心事就会衬得那枚银质的手镯格外耀眼。接着,月亮的疼痛就是你的疼痛,五指紧紧相握的茫然也会说变就变。二十岁的肖像越缩越小的时候,快感就开始沿着一根时间的细绳闭着眼睛夜游,一次迷路,就会被一场永无休止的内心谈话所压垮。如果你生为一个男人,你就应该具有结实的肌肉和宽阔的臂膀,去毫不畏惧地扛起强加在你肩上的担子和责任;你应该不会害怕黑暗与暴力,你不必强颜欢笑,你不必刻意装扮得光鲜亮丽,你应该睿智而风趣;你应该对弱者同情,对傲慢者轻蔑;你应该有能力反抗嘲弄,有能力去承担人类的爱;你应该会成为我喜欢的那种真正的男子汉,因为你知道,生活对一个男人来说是相当沉重的。在这个选择的过程中,你可能会在瞬间迷失自己,然而你不会变成另一个人的,你将根据自己的意愿处理各种变化莫测的关系,你将成为自己选择成为的那个人。

季节的密码换成雪的时候,我开始计划着要花大把的时间给你准备礼物了。我决定亲手织一件毛衣给你,我选了白色,保守干净的颜色,知道了你的性别之后再把缎带加上去,要么蓝色要么粉红色。我想象着你穿上毛衣后的样子,纯洁、散发着光辉,多么可爱。这时,你的手在我身上迅速滑过,只一刹那,一种白色的纯就被吸进了肺里,比一捧雪或一块冰还要赤裸。你的未来,我的往事,每天都在你爸爸的唠叨声中沉睡又醒来,不要拖地、不要提水、不要搬重物,等等。于是,这些任务自然落到他的肩上。他说,没有诗的日子,他就把文字埋进一滴古往今来的水里,然后隔着繁星苦苦盼望与你相会的日子。他说,每种等待都有可能是谎言,只有你不是。

门铃响了,是拿着航空包裹的邮递员。包裹是霏姐寄来的,因为我曾对她说起过我对你的一无所知,当然,我也对别人说起过。出乎意料的是霏姐在默默地给你准备小衣服,各种款式、各种尺码,甚至连奶瓶都没有落下。之后,我又收到了童姐寄来的包裹,满满一大箱全是你的被褥,里外全新,舒适柔软温暖极了。这些是你的第一份礼物。我把它们摊开摆放在床上,当我的手掌触摸到它们的时候,我鼻子一酸,趴在你爸爸的背上哭了起来,你爸爸轻轻地拍着我,眼睛也是泪盈盈的。那一刻,我们的心被温暖着,被呵护着,也被融化了。她们和爸爸妈妈虽然只有一面之缘,感觉上却已是多年不见的老朋友了,我想你会喜欢她们的,因为她们的心胸宽广、善良慈爱,她们都拥有一双善于发现美好的眼睛,还有和谐纯洁的笑声。我想这是因为她们流过许多泪的缘故吧。哭是容易的,笑则很难。你现在还小,不能够理解其中的含义,虽然你将会哭着来到这个世界上,但是你与这个世界上的丑陋是那么的格格不入,你是温暖的太阳,是清新的空气,是一切一切美好的化身。

2

当一把手术刀硬生生地闯入一只暖洋洋的子宫时,一片溃散的鲜红在流动,之后你被轻轻安放在我的胸口。于是,远隔千年的一次拥抱瞬间就融化了药物的麻木。我听到了你的啼哭声,它在追着一朵云扫描,然后变成一朵小小的苹果花,甩掉了雨和雪,沿着湿漉漉的曲线抚

摸着无影灯下的我。一些词,用一个刚刚换下的昨天亲吻着你,一些时刻,模拟时间的秘密守护着你。你的小脸凉凉的,我贴了又贴。你紧闭的双眼,混淆着前生与来世。你的耳垂听着我圆润的泪,你的舌头陶醉于对话似的自言自语,你的体温热情地打捞着一个主题,你是美丽的公主,你的一切一切都在尽情地兴高采烈着。我想是这样的,一定是这样的。后来,你爸爸说,他从护士手中接过你的一瞬间,一颗晶莹的泪从你的眼角慢慢滑落,旋即流进了他的心里。星际间,水的孤独,走投无路却不得不流。是这样的吗?

你来了,你很可爱。但你却不肯睡觉,一放下就惊醒大哭。也许这个世界的焦虑阴云使你没有一丝安全感,一晚上你要醒八九次,哀哀恸哭。而且这种情形并没有像育婴手册里写的那样慢慢好转,反而越来越糟。每天,我和你爸爸轮流抱着你,逗你开心。你爸爸还给你买玩具,买新衣服,买你能够吃的东西。因为他缺少睡眠,体重在迅速下降,头发暗沉,眼睛也没有了往日的神采。为了让他多休息,我必须和他抢着做家务,而且一定是我第一个在深夜里听到你的哭声,并且把你放在我的臂弯里轻摇,慢慢地哄你入睡。

我们都会记住,三月里的一场大雪,填满了你小枕头的凹陷,你伸出衣袖的小手在空中不停地挥舞,漫无目的又不肯罢休;你小脸上的各种表情不可思议又天真可爱,和着我们的疼爱溶解在阳光里。你的哭声不眠不休,你不喜欢这个有着无尽疲倦的家园吗?你想继续你的梦中梦吗?

三十天后,两只圆圆的酒杯斟满的是对你无限的爱意,你菌丝般的胎发被我们收藏起来,你干枯脱落的脐带被我们收藏起来,你的脸蛋开始圆润了,你的眼睛可以追随近在咫尺的影子了,鸟鸣和开始绿起来的树衬托着你的哭声,成为你眺望未来的一部分。

一百天后,你的脸上有了可爱的笑容。一场意想不到的小雨开始环绕着你,告诉你成长的味道就是雨水和眼泪的味道,告诉你温暖的阳光总是枕着哭声的臂膀。从一滴血开始的生命如同一个亘古的传说,在快乐里飞成一只鸟,在哀伤里游成一尾鱼。

一百四十天后,你生命中的第一个夏天分外热情地亲吻着你。你开始无知无畏地练习翻身,试着在俯仰之间看世界。这个夏天的雷声不知道飘飞去了哪里,没有雨水的午后,你的哭声突然响起,并且针扎一般刺痛了我的心脏,而你,像一组不会弄错的号码一样,趴在地上大哭不止,簌簌而下的泪水诉说着你的无限委屈和惊慌失措。我手忙脚乱地把你从地板上抱起来,紧紧地抱在怀里,给你擦拭满脸泪水的同时,我也心疼地流下了泪。没有雨水的午后,你坚持用翻身来给我们惊喜,最后却是我们的泪水混合在一起,慢慢溶解着那一声声心疼的埋怨。

二百一十天后,你可以坐在角落里咯咯地笑了,笑声循着空气中幽暗的轨道,抛出乱石一样的问号。我揽你入怀,情不自禁地翻阅着一张小小的脸庞上的插图,只一瞬间,就等于一整个秋天了。你的小嘴开始吮吸奶头了,一根带刺的舌头,还有刚刚长出的两颗洁白的小牙,你用力一咬,疼痛就立刻布满了我的周身。一阵火辣辣的灼痛过后,我微笑地抱着你,你天真地望着我,我们一同沐浴在温暖的秋阳里。所有的生命都是故事,只有你这个故事能够让我眼泪炎热而空洞,能够让我顾不上年龄地苦苦追赶,毫无悔意地爱上了一个为自己虚构的理由。因此,我写了一个只对自己来说值得写的一个故事,独一无二就是这个故事的主题。

三百天后,北风如刃,雪亮地擦过窗前,晶莹的六棱形雪花裹着一株被季节选择的植物。雪之茫茫,一朵花的茫茫,追上了散落风中的可能,你开始了喃喃自语。会心的对视中,你用不停地哭演绎不哭,用不停地模糊演绎真切,在一个不用开灯的下午,你第一次喊出了"爸爸"。于是,你爸爸的脚步既向东又向西,无数次转身迈步,却仍然在原地打转,可是他一双疲倦的眼睛早已经充满了慈祥的笑意。爸爸把你抱在怀里,嘴唇在你的额头上抛锚,任凭情感恣意汪洋。

又一个春天来到我们家里的时候,你就整整一周岁了。时间不骗人,你的蹒跚学步,远征或是停止,都是在和自己无休止地争论。你的牙牙学语,说或者不说,对每只耳朵都是外语。没人听懂时,你就只对自己说,有人听懂时,你就什么都不说了,任凭这语言陈旧得能和你对坐,然后一同饮着浑浊的季节掉头而去。事实上,你只是一轮按时升起

的太阳、一艘满载征兆的航船,一切都在时间之中,都是吹散云朵的一个深长的叹息,不必怨,也别怕爱,你终将在这条时间铺就的路上才情万千、远走高飞。

3

曾经有一段时间,我陷入了一种恶劣的心境。你一定会原谅我说过的那些抱怨的话,对吗?那仅仅是说说而已。

那个雨夜,最初的雨水正脱下潮湿的皮肤,我抱着浑身滚烫的你焦急地等待医生的检查结果。黑暗在慢慢移出视线,酒精在持续发烧。病,来自一次肉体的内分泌。你发烫的额头上,一缕早晨的阳光,钉成一架双脚僵硬的梯子。病,恣意地爬上爬下,然后找到你。于是,药液的冷酷比未来更长久。泪水,是一大块捧不住的心疼,正从指缝间漏出,碎开,坠落,流过地板。只有嘴唇是例外,张开,合拢,简单如同水的白。一场病又一场病,我的恶劣心境坏到了极点,那些无端的抱怨,渗漏得越来越深。今夜是夜,俯拾之处,那不曾离开的过去,那幸存的美丽和幸存的埋怨,点点滴滴,来不及编辑,就已经风尘仆仆了。

也有欢心愉悦的时候。

你醒来的每个早晨,都会对着我们微笑,鲜美如花的样子。你的小床就是一块肥沃的花圃,你的梦就是拔节的幼苗,你的笑脸就是美丽的花冠,你是可爱的天使,是爸爸笔下会说话的词,是妈妈的《玫瑰经》。我听见你爸爸在叫你的名字"砚儿"。每叫一次,粘在耳膜上的疼爱就会挤进你的血液中,去加深一个不停涂改的形象,去接近生命中隐秘的部分,一声漫过一生。

砚儿,这是杨炼伯伯给你起的名字,取含义雅致,和姓同音不同声,犹如一首谐音诗。你爸爸特别喜欢这个名字,我也很喜欢,但是我更喜欢童姐起的"裕心"这个名字,寓意着不求大富大贵,只求内心丰盈、生命丰盈!那么好吧,两个名字都要,一个做官名,一个做笔名吧。

说了这么多,不知道你什么时候才可以看到。十岁?二十岁?我不知道。希望到时候你看到的不仅仅是一堆密密麻麻的方块字,或是我

的絮叨。

讲个故事给你听吧。从前,在一座城市的边缘,有一片很大很茂密的树林。一天,一只可爱的小鸟飞到这里,落在一棵最大最茂盛的树冠上唱歌。小鸟的歌声很美很悠扬,整片树林都在小鸟的歌声中翩翩起舞。小鸟就不停地唱啊唱啊,从春天唱到了夏天,又从夏天唱到了秋天。转眼,寒风吹起来了,树叶就要掉光了,小鸟知道自己不得不离开这里了,很伤心。大树就对小鸟说:"小鸟小鸟,你不走好不好,留在这里给我们唱歌。"小鸟说:"你们不要难过,明年春天我还会回来的,还在这棵大树上给你们唱歌。"小鸟依依不舍地飞走了。春暖花开的时候,小鸟果然回来了。它在城市的上空盘旋着,寻找去年的那棵最大最茂盛的树,可是它怎么都找不到。它问树林里的其他大树,它们说那棵最大最茂盛的大树已经被送到了伐木场。小鸟飞快地赶到伐木场,伐木机欢快地告诉它,那棵大树已经变成烧柴被送到了各家各户。小鸟伤心地在城市的上空盘旋着,久久不愿离去。傍晚的时候,各家各户都冒起了炊烟,小鸟就在炊烟中依稀看到了那棵大树的影子,于是小鸟就对着炊烟唱起了歌。

这个故事还可以吧?其实,我没有给别人讲过故事,什么故事都没有讲过,我不想讲,也不会讲。我相信,如果你睡觉前要听故事的话,那个讲故事的人一定是你的爸爸。他是个温文尔雅的人,多才多艺又学识渊博,他身上最打动人心的品质就是他的善良和勤劳,他读了很多的书,走了很多的路,他会讲很多故事,还会讲许许多多的笑话呢!

现在,对你来说,一切一切都是新奇的,未知的,变化的,每一个昨天都是明天,每一个明天又都是需要去征服的东西。其实,世界变是变了,但却仍然保持着原状。

你是我的月亮

徐淑红

今天是中秋节。

晚饭后我和丈夫带着女儿去逛街,本来我是想早点到阳台上去赏月的。

走到巷口,我抬头往上望去,只见一方窄窄的天空,墨绿色,根本不见月亮的影子。

广场上人声鼎沸,有一块场地还被人群围了起来,丈夫挤进去看了一下说是打腰鼓的。旁边是一家大酒店,灯光闪烁。月亮呢?更不见了,城里的夜晚灯红酒绿,哪能看见月亮?往回走时才看见两幢高楼中间有一轮圆月,但看上去却是那么不真切,就像画上去或者人工装上去的。

走到家门口巷子转弯处,忽见一地明亮的光,转过去一看才知是月光洒落一地清辉。月亮成了小巷的长明灯。

回家走到阳台上,一轮皎洁的圆月挂在东面一望无际的深蓝色夜空中,这才觉得真切。

坐在如水的月光里,凝望夜色中的小城,影影绰绰中看见不远处一幢醒目的楼房,是这个小城人民医院的住院部,忽然想起一个朋友就在那里上班,不知她此时是不是在那值夜班。还有远处,更远处乃至遥远处的我的朋友们,此时此刻你们是否也在凝望这轮我们共同的圆月呢?哦,朋友,其实你不就是我的月亮吗?

在中国传统文化里,月亮总是与思念连在一起的,中秋的圆月就更不用说了。在我心里,朋友也总是与思念连在一起的。记得十三岁那年我从原来的乡村中学转到县城中学读书,告别原来朝夕相处两年的同学来到一个陌生的地方,孤独寂寞中不时在梦中回到昔日的校园去,我开始知道想家之外的思念滋味,也开始真正知道朋友二字的含义。为解思念之苦，我经常与昔日学友通信，他们的来信是我初三那年寂寞生活中的最大慰藉，这甚至让有的老师感到惊奇和担忧，他们也许会问"小小年纪竟有这么多的信？"从此，朋友在我心中占有特殊位置，就像这天上的明月，歌曲《明月千里寄相思》那时就被我当作对朋友的思念。

皎洁的月光，向大地洒下一片清辉，清清的，淡淡的，就像我的朋友。多梦的年龄早已过去，那种强烈的思念现在已经不再拥有，但那份淡淡然而长久的牵挂却始终在我心里。"相见亦无言，不来常思君"，有的朋友多年不见，见面时往往不知从何说起，甚至会相对无言。记得有一次我为一个朋友的生日特地从外地赶到她家，她也特地请了半天假来陪我，我们并没有说多少话，只是静静地坐着，但那份亲切温馨感充满了心间。记得安静的我曾经常常在假期里独自一人赶几十里路，然后转车还要走一大段路到一个朋友家小住，在那里多半也是静静地坐在她的房间里，看书或者交谈，或者去大河边静静地看落日，心里却感觉惬意而充实。平时虽然难得见面但却常常想起，阳光灿烂的日子或者雨打芭蕉的时候，都会突然在心里泛起朋友的身影。那洒下淡淡清辉的月亮，它虽然不是自己发的光，但它却用此照亮孤独的人。刚刚参加工作的那几年，乡村的夜晚宁静而寂寥，但只要有月亮，看到那满地的银辉，我的心里就会感到很踏实。同样，不论我是寂寞还是烦乱，想起朋友，我的心都会变得很宁静，被琐碎生活磨得麻木而僵硬的心也会变得有些柔软。

有关月亮的传说总是带着一种淡淡的忧伤，伴着思念的心、离别的泪，嫦娥奔月的故事更是寂寞无比。几百年前，东坡先生就望着明月发出千古长叹："人有悲欢离合，月有阴晴圆缺，此事古难全。但愿人长久，千里共婵娟。"月亮总是圆的时候少，缺的时候多，朋友也总是聚少离多，所以也总是与忧伤相伴。有关朋友的歌曲如姜育恒的《有空来坐坐》、周华健的《朋友》、吴奇隆的《祝你一路顺风》、臧天朔的《朋友》，都带有一种淡淡的忧伤，一声朋友你会懂，一句祝福忘不了。吕方的《朋友别哭》是我最后听到的，也是我感触最深的。"红尘中有太多茫然痴心的追逐，你的苦我也有感触，朋友别哭，我一直在你心灵最深处，我

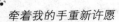

陪你就不孤独。"深情忧伤的旋律就像从我的心底里飘出,朋友就在内心的最深处,内心的最深处总有一种难以言说的忧伤。朋友的忧伤则是我最见不得也是最容易传染给我的,朋友一个忧郁的眼神会让我也忧郁好几天,并且牵挂不已。

我们都祈望友谊地久天长,但时间如风,风不会在一处停留,曾经的朋友、曾经的感情都有可能会变化和淡化,这让我也常常感到惆怅和失落。但无论世事如何变迁,我依然感谢我生命中的每一个朋友,你们所给予我的都刻在了我的生命里,就像这天上的月亮,一直伴着我,伴我走过一生。对此,臧天朔的《朋友》唱得最好,"朋友啊朋友啊,你可曾记起了我?如果你正承受不幸,请你告诉我,如果你有新的新的彼岸,请你忘记我!"

有一次忽然想起一个很久没有联系的朋友,便发了一条问候的短信过去,却总是发送暂缓或者干脆发送不过去,赶忙打电话过去,却说已经停机,我的心一下子悬了起来,换了号码应该会跟我说呀,不会出了什么事吧?又打她家里电话,也好几次都没人接,我心里更慌了,本想打她单位的电话,却怕真出了什么事我竟不知道,后来打她一个同事的电话才知她现在怀了孕没用手机,这才松了口气。终于找到了她,还是那样嘻嘻地笑着……她是一个比我还单纯的人,也比我小好几岁,一直称我为大姐,我也一直把她看作小妹,虽谈不上很深的牵记,但一直很谈得来,且生性腼腆迟疑的我在她面前却没有一点拘束和顾忌,感觉自由而放松,就像在这如水的月光下想什么都可以。一场虚惊过后我更加感受到了友情的珍贵,也意识到要好好珍惜这份友情,不一定要经常见面,但真的要珍惜,有空来坐坐,有空常联系,"人海中难得有几个真正的朋友,这份情请你不要不珍惜。"就像在这城市闪烁的霓虹灯中看到这么真实皎洁的月亮也是那么不容易,不能不珍惜。

记得我与住在老家屋后的,以前从无交往现在已成为至交的朋友,就相识在一个月夜,月光下我俩的交谈竟然一下子就那么地融洽和谐,就像两轮皎洁透明的月亮,互相照耀,照在彼此内心的最深处,两个月字不就这样构成了朋友的"朋"字吗?朋友,你就是我的月亮。

竹之趣

董竹林

　　夏季的一天，我家院子里一棵新竹的嫩芽隔花墙而出，正好钻到我的石桌子台下。早晚闲暇时，我爱坐在石桌前看书或写写平时让我在心的人和事。桌上常放几本古书、字典和泡了清茶的紫砂杯子。新竹长得很快，两三天的工夫就高过石桌了。我喜欢竹子，倒并不是有苏东坡"宁可三餐食无肉，不可一日居无竹"的情怀，更没有郑板桥一生爱竹、赏竹、画竹、咏竹并与竹所结下的那份不解之缘。只要坐在枝干坚挺、绿叶扶疏的竹子跟前，就有一种别样的情趣。

　　早上在相邻的梅花公园活动罢，我邀来同有文学爱好的文友秦增群先生，以及由秦而认识的大学教授崔继东先生共赏。这件事情我觉得说给他们听，他们不仅不会笑话我，兴许与我有着同样兴致呢！果然，只是听了我的简单描述，便都想一睹为快。看后，秦增群当场赋诗一首：看似冥顽竹/窃慕爱书香/为得千古句/曲身过花墙。

　　随后，我们三个围绕这支新竹，谈起了爱写东西的人就是多愁善感，一枝竹子钻过花墙有什么大惊小怪的，也许换了别人会嫌碍事儿一把折断的。为此竹，想此竹，并由此愿与有同感的人共赏，这也是人生一幸事。与崔先生可谓天天公园见，只是未言谈。今天通过秦先生，更通过这枝新竹让我们相识相谈，这枝原应伴我洒墨香的新竹也该叫迎客竹了。

　　一个人面对这枝新竹时又想，竹本性直，怎么就愿弯曲着身子，钻墙而生呢？石桌的"桌"是和"竹"同音的。竹品性虚直，石品性坚实。郑板桥有诗颂竹曰："咬定青山不放松，立根原在破岩中。千磨万击还坚劲，任尔东西南北风。"他一生爱画兰、竹、石，这与他的性格有关。兰花品性高雅，竹子品性虚谨有节，石头品性坚定不移。这说明"石"与"竹"在冥冥之中与君子的品性有了天然的共通。再有我的名字又叫"竹林"，只这两个字就与竹子难解难分了。我又多在石桌上看书写字，这

也颇有"桃园三结义"的味道，只是院子里没有桃花，但小花池里有十里香、茉莉，白莹莹的小花朵展开着，有暗香袭人，一阵一阵的，淡淡的似有似无，沁人肺腑。池中高耸的枇杷树还在从去年冬天的寒冷中缓着神儿，都伏天了，新叶片才长出来，怯怯地护住鹅黄色的花蕾，生怕再有一股寒流猛地杀来似的。这倒该是花池旁，伴着花香，二"竹"一"石"有缘结义，从而相映成趣了。

有网友问我是不是南方人，北方人为什么会叫"竹林"这个有些文秀气的名字？要说我这个名字可是不识字的爷爷给起的，爷爷连竹子都没有见过，更不知道文化人所赋予竹子的品性，至于中国魏晋时期"弃经典而尚老庄，蔑礼法而崇放达"的嵇康、阮籍等名士合称的"竹林七贤"，爷爷恐怕连听说过没有都是个问号。我可不是有意要与竹子自身的特性及与竹子相关的文化人特有的品性相联系的。再想呢，啥事也不能绝对，物性相通，总还能找到关联的地方。

如孩童般，对一件自己觉得开心的事情老是挂在嘴上，这不，某天与爱好诗的章益民一起吃饭，又情不自禁地说起那枝新竹，说起与秦增群、崔老师对此的品评。听后，他对此也颇感兴趣。他说竹子本性直，在这里却弯曲出来，倒耐人寻味，就"窃慕爱书香"和"曲身过花墙"句，体现的是"曲身觅书香"。也可以说是"愿曲直身觅书香"，他还调侃道："这支新竹该是一位多情的仙女来世，更恰如其分的莫不是'娉婷新竹如玉人，愿曲直身喜伴君'了？"此句引得在桌的人一阵开怀大笑。

静夜，月下石桌旁独坐，看着纤巧的竹影，不禁又想到了另一个层面：这枝新竹为觅书香，为了品性相通的石桌，为了我这个名字谐音的人，就改变了自身的品性，不免又觉得惋惜。常言说人为利为名为喜好所诱而移性，这枝竹子难道也是为了身外之物而改变了性情？无论如何，还是秉直的品性更让人欣赏。这样想，又觉得愧对这枝新竹的心意，它可能是侧生的，为了向上寻找阳光和蓝天才不得已而为之，这不又体现出顽强拼搏的秉性了吗？

不想那么多了，现在能给出这枝新竹让我心动的最好诠释，那就是世间万物自有感人处。只要你用心，有感念的情怀，便会在欣赏的过程中得到生命真正的快乐。

目光中的顽童

董竹林

　　自打春以来，我早晨常会在梅花公园看到一个人推着铁圈玩儿。他个子不高，清瘦，但很灵活，推起铁圈来，有时还颇有几分顽皮。他能够用左手推着圈在很窄的小道上拐弯，人站在一个点上，铁圈能擦着脚尖转圈，上下台阶如走平路，好长时间都不坏。"坏"是我小时候常使用的术语。不管玩什么，只要无法进行下去，就叫坏了。

　　我只是小时候在老家，和同学们一起推过铁圈。那时虽然多数人家都使用了铁皮水桶，但仍能看到有人挑着老式木桶，不少人家老屋里兴许还扔着一两个旧木桶。这木桶的铁箍竟成了孩子们眼里的宠物。每天，通向学校的村道上多是"吱吱吱"推着铁圈的孩子们，那些顽皮的孩子，变着法儿将铁圈放到胯下推着跑。在我的记忆中，玩铁圈大多是七八岁的男孩子，等他们稍大些就把兴趣转到了别的玩物上。更何况，随着人们生活水平的逐步提高以及孩子们的功课日益加重、电视电脑的普及，推铁圈早已淡出了人们的视线。

　　正因为如此，我才对有人推铁圈感到新奇。他最早引起我的注意，是由于趴在树上吹葫芦丝。听说他已经五十多岁了，但我觉得不像。跟前的人多称呼他小许，这倒应了他瘦小的体型和活便的手脚。我虽然比他小好几岁，但对他玩得的，却觉得不能玩，不是不会，是觉得不自在。但是，他不仅能够玩得出来，而且玩得用心、悠然，也让人看得开心。

　　他这个铁圈不是我小时候推过的木桶上的铁箍，也许那玩意儿早已消失在人们的记忆中了。他的铁圈像是用细钢筋焊接成的，表面涂了一层亮闪闪的银粉。推钩儿的铁丝也是银白色的，柄端用红绒布裹着，顶头还握着一个小圆圈，显出主人对其很心爱的样子。铁圈还挺顺手的，有几次竟绕着正在做健身操的老人转来转去。这时候，他倒是左

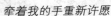

躲右闪脚下像按着滑轮似的快捷，可老人们做操的动作就受影响了，生怕把拳头伸到他的头上，脚踢到了他的铁圈。

近两年，每天早上都有人在公园的一个小健身广场上做广播体操。起初是一个七十多岁的退休体育教师喊号，后来大家觉得他喊得太吃力，就凑钱买了台播放机。没多长时间播放机便开始出毛病，卡带，且停电时又没法用，便又恢复了喊号子。喊了没多长时间，小广场上出现了一个小音箱，到了做操时间，就有人去播放第八套广播体操。之后便每天如此，轻缓柔和的体操序曲定时回荡在做操人的心头，飘飞在晨风舞动着的青草绿树间。

而这个小音箱的购买者和定时播放的人就是小许，但却很少见他做广播体操。他都是在家里，从电脑上下载好曲子，再给音箱充满电，然后提到公园供众人享用。同时，他还背了购物袋子，里面有好多玩具，有空竹、拉力器、毽子、葫芦丝等。他有时自己用，更多的是让别人玩儿。闲住手了，他就自个靠着一棵树不住地撞背。

在一个槐花飘香的早晨，体操曲子开始播放后，我看到小许双手扒两脚蹬，几下子就爬到广场旁边的一棵槐树上。他倚靠在还没有手腕粗的三叉树枝上，笑眯眯地看着做操的人们在轻快的音乐声中伸臂、弯腰、踢腿。这是一件多么开心的事情啊！他的身边盛开着一串串紫红色的槐花，流淌着缕缕芳香，溢满他浅浅的笑靥，飘落到广场上每一个人的心田。

我还记着那个盛夏的傍晚，西天收走了最后一缕余晖。暑热让更多的人来到公园，草坪上、湖水边有很多人坐着纳凉，大道小径上散步的人络绎不绝。我远离了健身广场上激扬的舞曲，走在垂柳袅娜的林间小道上，听到一缕不怎么流畅，却有一丝淡淡伤感情绪的琴弦声。细数着飘飞过来的音符，我拼凑出了《梁山伯与祝英台》的曲调。本来是柔和朴素富于韵味的主题，在这里好像只留下音符的串连和散落的感伤。尽管如此，暑气熏腾中，这些许忧伤的曲调，还是让人沉静，心头便有一缕凉风吹来。顺着这曲音乐带来的凉意寻找，我在那条用石头砌成的小河道旁边，又看到了小许专注于琴弦的身影。

该是秋月西天的傍晚，在湖边垂柳轻拂的石块上，我看到小许一个人朝着水面吹葫芦丝。听吹出的声调好像是《月光下的凤尾竹》，多少有些傣族姑娘舞动时的欢快情调。旁边有不少人经过，没有人停下听他的吹奏。看他专心的样子，仿佛也没有想到要吹给别人听。他在吹给谁呢？哦，原来是一只小玉兔在跟他逗着玩呢。那只小兔，随着晚风吹拂起层层细碎的波纹，也会跟着他吹出的声调，蹦上蹦下的，还不时向他挤眉弄眼，但就是让他摸不着，甚至还会悄悄躲起来，好一阵子不露头，还真有些气人。莫不是这只淘气的兔子惹得他不开心了，或者是另外一些事情让他生发出几丝惆怅？

小许原先在一个国有企业上班，企业破产后就自谋生路了。他能砌墙，会搞室内装修，起初是他找有活要干的人，现在是有活要干的人找他。他头脑灵光，有好奇心，会鼓弄电器一类的玩意儿，对乐器也会几样。尽管如此，还有人说，他的个人生活中不乏烦恼事儿，要是压在旁人头上，恐怕都会愁死了，哪里还高兴得起来？但他好像不搁心事似的，但凡有了空闲，便会毫无顾忌地找到并做出自己觉得开心的事情。

再说一件有趣的事儿，也只有他能够做得出来，那就是他曾经为一个乞丐举办过专场音乐会。

在一个落雪的晚上，雪花在柔黄的路灯照射下，散发出晶莹细碎的光亮。地面上一层洁白，树枝上似乎也绽放出梨花。整个公园里冷冷清清，街道上也少有人影。偶尔驶过的轿车，除了车前两道翻飞的雪龙，声响也比平时小了许多。他自个站在公园门口旁边拉琴，突然，从不远处一面挡风的墙角，发出几声响亮的喷嚏。他知道，那里有一个行乞者的家。他也好像有意在这个寒冷的冬夜，为这个孤单的乞丐演出。那个乞丐正裹在一个破被子里面，伸着头细细品尝他拉出的琴声，不再孤寂。那可真是在享受一场得天独厚的音乐盛宴啊……

农　事

董竹林

1. 小菜叶儿

在老家帮父母收了几日秋，昨天跟父母说好今天就要回城里自己的家了。早上我刚从梦中醒来，窗外天还没有大亮，就听隔壁屋里母亲在跟父亲说话。父亲年老耳聋，母亲声音很响地说了好几遍，要父亲上午到地里采一挎篓鲜嫩的小菜叶子，让孩子回城时带回去吃个新鲜。

听见母亲的话，就感到纳闷儿。因为我并不曾说要拿小菜叶子，何况现在小菜正在长根的好时候，采了叶子会影响到根部的发育，还要直接影响到明年菜籽的产量。于是，我便思索起这事儿的缘由了。倏地，我想起来了，白天在地里刨花生的时候，由于地里间种了小菜，今年雨水又大，小菜长得挺旺，有的地方都遮住了花生枝叶。所以，刨花生时就难免捎带着刨掉些个小菜。记得小时候曾喝过放了小菜叶子的米汤，干完活儿后，就顺便把刨掉的小菜捡了回来。回家后母亲在滚米汤时，我专门洗了几把小菜叶子放在汤锅里。没想到，这一放却为米汤格外增添了鲜绿，喝的时候更有了浓浓的清香在口。顿时，我便连连说道："这小菜叶滚汤挺好，滚出的汤又甜又香，鲜绿的叶片很开人胃口。"

我是随口说出的，没想到，母亲却记在了心里。从一大早母亲说给父亲的话里，就明明白白地得到了证明。母亲还说："采就到自家地里采，别采坏了人家的小菜。咱孩子想吃，这比啥都要紧。你就赶紧到地里采一些来，好让孩子回城的时候带上。碍事不碍事，反正是给咱孩子，你就甭管别的了。"

我连忙起床过去，跟父母说这样不好，会影响小菜的生长。父亲却

说："没啥事，还有一冬天长的，吃几把菜叶子，还不简单。别担心，到了地里我专捡稠密的地方采，就当是间苗。"我知道小菜是不用间苗的，父亲的话只是个托词。待我还要说别的，父亲一直说不碍大事的，你在外面待的时间长了不知道。说着说着，父亲就背了挎篓，打开了街门。只见外面雾气很大，我又阻止父亲，说雾天露水大，会弄湿衣服。父亲说："庄稼人怕啥雾水哩，这身上的衣裳湿点儿那还算个事儿？"母亲也在屋门口对我说："下地人的衣裳不是你们外边人的，有啥干净不干净的，就让你爹去吧。"之后，我眼看着父亲迎着满天雾气，向地里走去了。

父亲走后，我来到门外，见门口菜地里的叶片上挂满了露水珠子，我便想到露水肯定会打湿父亲的鞋裤，便不由得后悔起自己昨天说的话来。父母为了我能长大成人，本来就不易；况且我现在已经身为人父，父母对我还这样记挂，真令我感怀不已。而我又给父母做了些什么呢？只是一年里有限的几次回老家时，从城里买些乡村稀罕的吃的东西回来。可父母都一大把年纪了，他们真正希罕的并不是这个，而是希望儿女们能多在他们身边待会儿，跟他们唠叨几句心里话。这些，我却很难做到。每到星期天，母亲就爱在街门口，父亲就爱在大道边等，等我从城里回来。然而绝大多数的时候，留给老人的是一次次失望。在我心里，总觉得手头有比回家看父母重要的事情，甚至为星期天里在城里的家中，能搜肠刮肚地写出一篇自以为很"充满亲情"的散文而感到高兴；但与此同时遗忘和冷落的却是父母对亲情的等待。也许，当我看到文章在网站发表后洋洋自得的时候，我的父母正在老家的小院里孤独地黯然神伤……

这次国庆节长假里，我没有外出旅游；甚至宋祖英要到这个小县城演出，也没能留住我回老家的脚步。这个季节父母是最忙碌的，正值收秋种麦。秋庄稼急着收获，冬小麦急着耕种，没有松口气的空儿。要说我干起庄稼活儿来，力气和巧劲儿还不如年迈的二老，抡撅使镰的时候，他们还要替我操心。尽管如此，父母也是乐开了怀。对他们来说，最高兴的莫过于我能在家里多待几天。在他们心目中，我能回家比到地里帮他们干活儿还重要。所以，当我随口说起小菜叶子作汤好喝的

时候,母亲就格外在心。当我说起地里露水多时,母亲却说:"露水大了菜叶新鲜。"她认为能让儿子吃上新鲜的小菜叶子比让老头子踏着露水湿了鞋裤要紧得多。

过了不长时间,父亲兴冲冲地背着一拐篓嫩生生的小菜叶子回来了。他的鞋裤连着衣袖湿了一大截,汗水和雾水弄的满脸都是。一见此景,我心里不禁感觉到一阵的酸楚。

汤锅里飘溢出的小菜叶子的清香中,弥漫的是父母浓浓的恩情……

2. 掰棒子

国庆长假里,我没有外出游玩,而是回老家帮父母收秋。这个时节,玉米已经长熟了,正该收了腾地种小麦。从地里往家收玉米,首要的活儿就是掰棒子。这个活儿不需要啥技术,只要掰净就行,很适合我这个整日坐机关的人干。所以,回家的第一天就随父母上地里掰棒子去了。

来到地头儿,父亲看看玉米都熟透了,就把住地边儿的两垄,要我挨着他把的两垄一起往前掰。随后,我们的手下便响起了嘎巴嘎巴的掰棒子声。

刚开始我还按着垄往前走,可不知为什么一看到眼前一个个大大的棒子穗儿,就不免串着垄掰开了。父亲看到后就跟我说:"从长着的玉米秸上掰棒子,不要把得太宽,要把住两垄往前掰,要不就有看不到的棒子穗落下。"父亲的话能顶一会儿事儿,可用不了多长时间我就又串垄了。我这样做,要说是图省事也不是,反正得一株株地往下掰。可在我的感觉上,仿佛多把几垄一片片的往前掰,篓子满得快些。每当我这样,掰了一段之后,父亲在往地头的车上倒盛满棒子的篓子回来时,总能在我的身后找出些我落下的棒子穗,有的还挺大,有的就遗落在我的眼皮底下。

也许父亲看我年纪已经不小,又在城里的机关工作,不好意思责怪我,只是每次往车上倒棒子回来时,都仔细地在后面捡寻我丢下的棒子。

　　掰累了中间歇息的时候，父亲随意地和我说："干活儿的时候，不要让眼看的东西太多，那样对手头儿的东西就看不仔细了。一次想得到的东西越多，你落下的就越多。"

　　听父亲如此说，我知道是在嗔怪我。当再次开始掰时，我便一次两垄一株株的往前掰。如此一来，父亲在后面就再也找不到我漏下的棒子穗了。过了一会儿，父亲干脆不在我后面寻找了。

　　过后再想，在生活和工作中，不也总有与我掰棒子相类的经历吗？记得年轻的时候，人生的目标很多也很大，可到头来自己真正得到了什么，连自己也说不清楚。假如当年能够选定一个目标不懈地追求，也许现在会于事有成的。就说目前，已经有了本职工作，但平日里还会从他人，从社会其他方面上产生出远离本职的欲望来，就想得到，可又事难如人愿。于是，便多添了不满和牢骚。

　　现在，细细咀嚼父亲的话，我渐渐品出了话中的滋味。父亲的话虽然说得浅显，却又是很有道理的。往后的时日里我也知道自己应该怎么做了。也许多年后回想起来，自己没有后悔的地方。

3. 刨花生

　　故乡多的是沙荒地，花生种得比较多。花生不择地，沙土地更有利于它生长。况且花生的收益不比种玉米差，又没有种棉花费劲儿，只锄上几遍，待叶棵儿罩严地面，再有几场秋雨或浇上几回水就等着收了，保证还是一个好收成。拔起哪一棵都会挂满白生生、饱曩曩的果儿的。几袋子花生放在家里，既可以榨油吃又可以去卖钱，逢庙会和过年过节时，还可以炒上一大锅香喷喷的花生招待亲戚们。

　　刨花生时，父亲就赶着排子车，母亲坐在车上，怀里揽着孙女儿，我跟在车后或绕了小道儿往地里去。我在前面刨，起初父亲也刨，母亲和孙女儿在后面从棵儿上往拧篓里拽花生，刨上一阵子后父亲也要去拽了。要说刨花生是力气活儿，父亲的力气比我还大，还要留给我，问题是拽花生的活儿脏，提起花生棵儿抖落土的时候，只几下子，鞋里、裤腿儿上就都是土了。我回家时多是穿了皮鞋袜子，干活儿时不愿意

鞋里进土,怕弄脏了袜子和鞋垫。父母说庄稼人就离不了土,在这季节又没有穿袜子的习惯,鞋里土多了脱下来倒一倒不碍事儿的,碰上天干又有风,就都成了一个泥人。不一会儿,父亲和母亲的衣服上、头发上,以及连眉毛上都落了一层尘土,父亲鼻子毛儿长得长,结了不少小泥疙瘩儿。

干活累了,父亲喝几口水躺在花生棵儿堆儿上,很快就打起了鼾声。母亲招呼我喝饮料,我从城里带回来的,还会拿出一个红亮的苹果让我吃。一边说着父亲真是一个睡公转世,头一挨地就睡着了,又说父亲终归是年岁大了,身上又有高血压的病儿,干活儿时间不能长了。母亲的牙落得早,只能找孩子们都不愿意吃的面苹果,边吃边唠叨些家长里短来,孙女坐不住早跑到地堰根儿抓蚂蚱去了。

父母都是七十多的人了,每天都得吃药,可能是身子骨顶不住,吃下药感到浑身没有力气,头也难受,得躺一阵子,等药劲儿下去之后才能干活儿。打我记事儿起,母亲的身体就不是很好,小的时候没少见医生往家里来。当时家里条件不好,父亲不知从哪里找来了一本"复病书",上面记载着每天五鬼所在的方位,母亲哪天发病了,父亲就让大哥照着那天的内容念三遍,说是这样就能驱走五鬼,病就慢慢地好了。"复病书"只能借不能还,还的时候怕把病魔带上,为此我没少到借书的人家讨要。现在想起来,"复病书"根本不能治病,而是在那个缺医少药又困难的年月,父亲和乡邻们借以求得精神上的安慰罢了。

歇了两袋烟的工夫,母亲喊起睡得正香的父亲,说时候不早了,起来吧,活儿要往前赶。父亲揉揉眼,清两下嗓子就又续上了手里的活儿,眼前很快就荡起一团儿团儿的尘土。母亲腰不得劲儿,让孙女儿给往身边抱了一堆花生棵,直接坐在地上拽,挎篓满了就倒进编织袋儿里放到排子车上。老牛在坡堰上啃着发青的草叶,尾巴不住摔打落在身上的牛蝇。一个肚子被撑得鼓鼓的,已经跑不快的母蝈蝈,引起了女儿的兴奋。她脱下鞋子小心翼翼地扣住了它,回家后在火边儿烤烤,香甜地吃着。

母亲常说:"地也该推给在家的孩子种了,村里像这个年龄吃养老的多了。可又想想,自个儿还能下动地,不种地了硬坐着看着孩子们使

命干,心里也觉得不是个事儿。再说了还怕吃老了,我这个在外面的孩子和嫁到邻村的闺女去了吃得不方便。"就为这个,母亲便和父亲商量着只要身子能动一天,地就种着,忙了就让我告几天假回来做帮手。好在近年有了收割机和旋耕机,种庄稼省了不少力气。

刨完也拽完一块儿地里的花生后,父亲牵来已经吃饱歇够的老黄牛,套上排子车,母亲领着孙女儿挨个捡拾掉落在地里的花生,捡完后就帮着装好车。末了,父亲还会往车上抱些花生棵,用手铺匀,好让母亲和孙女儿坐着在颠路上不硌屁股。东西收拾好再看看有没有落下的,就扶着母亲和孙女儿坐到车上,然后一声"嘚——"便走上了回家的路。看着满车的花生,谈论着今年的收成,把一天的疲劳忘到了一边……

今年是我第一次没有回老家帮着收秋,去年五月到十月间,父母像约好似的相继离开了人世。又到了这个季节,不由得想起故乡收秋的情景。一想到今后永远没有了和父亲母亲一起刨花生的日子,心里便空落难耐。如今,每当乘车看到路边农田里收秋的农民,就仿佛又看到了父母的身影,泪水不觉地就流了下来。

好好先生

王 妃

好好先生在我高中阶段众多老师中是不起眼的一位,既不潇洒也不帅,甚至有点龌龊和卑微。之所以称之为好好先生,一是因为他的名字里有个"好"字,二是他确为我们那所学校的一大好人。

不知道其他人在做学生时有没有这样的癖好,我记得我们读书之余最大的爱好就是挖掘每位任课老师的奇闻趣事(那时候还没有"隐私"一说),尤其是自己心目中最爱和最恨的老师的点点滴滴,是我们好奇心关注的焦点。好好先生其实没有带我们几节课,他是学化学的,只在我们化学老师出差时顶了几节课而已。按说这样短暂的相处,应该在我心目中只会有些模糊的影子而已。但现在随着自己年纪的增长,加上职业使然,每年我会不自觉地想起这个好人,也许是因为他的萧索命运勾起了我良心里一点叫做同情或者愧疚的东西吧。

好好先生在我们学校有三大出名之处:一是怕老婆出名;二是做包子出名;三是穿着邋遢出名。

好好先生的老婆据说在"文革"时期是一个大队出了名的美女和铁姑娘,这样出色的美女为何下嫁当时属于"臭老九",从某高校下放的好好先生呢?关于这个问题的故事版本很多,最吸引人眼球的说法就是:好好先生和他妻子现有的三个子女,除了中间的一个是他的以外,其他两个都是替别人抚养的。大致也就是铁姑娘风头出尽,结果与工作队某个领导结下了孽缘,为了顾及名声,就软硬兼施地让好好先生付出牺牲。我们那时候虽然有些懵懂,但也很有探究的精神,观察了好好先生夫妇好久,最后否定了这样的说法,因为好好先生对他的妻子和三个子女都非常疼爱,他的夫人虽然没有了当年的韶华印记,但那一双丹凤眼里还能隐约透出些许韵味,让我们坚信好好先生当年的选择是真诚的,所以与其说他怕老婆,还不如说他非常尊重她。

在 20 世纪 80 年代末,改革之风已经在校园里盛行,好好先生的夫人还是有魄力的,首先申请在学校里开了一家早点铺子,卖的是好好先生做的包子。这也难怪,好好先生是学化学的,面粉发酵得好正是他理论联系实际的成果。只是有一点常常让我们为之扼腕叹息,叹息这样一位学校唯一的"副高"(是平反后还他的待遇)却因为怕老婆,整天在包子店里埋头苦干,结果是全身沾染着面粉,斯文扫地,成为全校最邋遢的人。也正因为他如此的境况,加上他的好脾气,导致学生们常常把他当作取笑和作弄的对象,而他,仍然是一如既往地微笑着、沉默着、生活着,不给任何人添麻烦。

但好好先生的课是绝对不含糊的,高中的化学课本基本烂熟于心,他上课不带课本,上课的内容却与课本相差无几,这让我们慢慢地淡忘了有关他的所有传闻,忽略了他的邋遢衣着。他上课似乎有无法抗拒的魔力把我们深深吸引住,让我们变得乖乖的,对他生出敬畏之心来。也正因为如此,虽然我们走出校门已有多年,但他的光辉形象却依然清晰如昨,同学之间每每念及的老师当中,好好先生是必不可少的一个……

好好先生,一个戴着厚厚眼镜的,佝偻着身子,穿着皱巴巴处处染着面粉的蓝咔叽中山装的好老师,一个好人,他总是让我想起鲁迅笔下的藤野先生……

发肤之亲

李 萍

很久以来,假装忘记远去的姥姥,还有父亲,以及远离的亲友。

其实,姥姥已经离去三个年头了,已经彻底从我的生活里淡出了。而淡出更彻底的是我的父亲,十几年的光阴,把我们隔得更远。

天高云淡的记忆里,我稍稍转身,那朵生命的花就灿然凋落,沉甸甸的思绪成了这个秋天最感伤的话题。

昨日傍晚狂风乍起,街头,我的宝贝用他的小手蒙住我的双眼为我遮风挡沙,我的感动喝足了风,扭头示意宝贝,我看不清眼前的路。看看他稚嫩的眼神,我的心无比柔软,谁将来嫁给我的宝贝绝对幸福……就这样被爱蒙着眼睛活着多好!于是,一宿无眠。

一夜里想着人世间的事情,悟觉着禅宗佛理。

结婚是什么?是两个人从黑发到白发?

或许,多少年后,看看身旁一起吃过了几万顿饭的外子,已从青葱少年变成了耄耋老人,那头乌发也被岁月的风霜染白,爱与爱,就是瞬间白发的过程。

三十六年的生命时光,依次闪过。

姥姥的长发我的爱

永远无法忘记,我给姥姥洗头的点点滴滴。姥姥的白发,长到膝盖处,那白不是清一色的白,应该是灰白,发辫缠绕的岁月,使姥姥也和我一样从年轻走到老。

当我轻轻搓洗姥姥的长发,调侃姥姥的头发居然在变黑时,姥姥低着头笑骂,说我是个傻丫头,说人要入土了,头发怎么会变黑,让我赶紧洗头。

我总会停下手中的揉搓,撩开姥姥额前的头发,看看她的笑脸,说她会活到一百二十岁。

姥姥催促我洗头,并假装生气,从我的手里夺头发。可是,我分明从她老人家的眼神里,读到了一种满足、一种欢喜,还有一丝的骄傲。

姥姥年轻时,最怕有人动她的头发,她也绝不会让别人给她梳头。老了,再好强也没有用,只好由我在她的唠叨里给她洗头梳头。

我小心地一下一下,尽量使姥姥感到舒适,可是姥姥总会要过梳子,自己梳几下,才会还我,让我继续梳。

我梳着姥姥的长发,给她编发辫,心里不是滋味。年轻时多么坚强的姥姥,连头发都不让别人动一下的姥姥,将整个头,在我的手下,听从我的指使,左转右转。

一种感伤会在我梳头的时候飘起来,使我的动作明显慢了,姥姥会嗔骂我做事不利索。她哪里知道我小时候被梳头时下过的决心?

小时候姥姥给我梳头,要么是姥姥站在屋檐下,我站在台阶下;要么姥姥坐着,我蹲在姥姥的双腿间,忍受姥姥的梳头。每回,姥姥梳不顺我倔强的头发时,会对着我的头发唾一口唾沫,而后再梳。我很讨厌姥姥在我的头发上唾唾沫,沾点水后再梳多好,但不敢说,怕姥姥不高兴。我能想象姥姥唾口唾沫梳顺溜后的快意,也能想象头发太干燥,姥姥嘬嘬嘴,努力酝酿一口唾沫的费劲,毕竟,姥姥那时快入花甲之年了。

每每姥姥唾几口唾沫给我梳头,我不止一次地下定决心,终有一天,我会给她梳头,我会狠狠地唾唾沫,让姥姥也知道头发沾了唾沫的滋味。

可是,当我可以给姥姥洗洗头、梳梳辫时,姥姥老了,老得一塌糊涂。我手心里攥着姥姥的长发,儿时的决心荡然无存,我怎会舍得在姥姥的华发上唾口唾沫呢?我只是很认真很仔细地梳着,听姥姥讲一些过去的事,当然有些事已经讲过很多遍了。

梳过几次后,我才明白姥姥当时唾口唾沫给我梳头的缘由,因为我也梳不顺那些乱舞的发丝,我会趁头发未干就梳好,可是那样的话,姥姥会感冒。于是,我给姥姥买摩丝,在她的头发上喷上一团摩丝,在姥姥嫌摩丝喷得太多的埋怨里,均匀地抹在发丝上,而后顺溜地梳好,末了让油光可鉴的发辫,被姥姥绕在头顶,藏在一顶冰丝黑帽下。有

时,发辫会从帽下滑落,但很快被姥姥重新塞进帽子里……

每次梳头后的落发,也被姥姥收藏起来,问其原因,姥姥说她死后要装进棺材。我们也不理会姥姥的想法和做法,任她将那些头发绕成一个团,塞进一个空纸盒。

一个个小纸盒换成大纸盒,而后又把大纸盒里的头发装进一个小布袋,多少年来,姥姥的落发就这样被她拾掇起来,等候她离去的日子。姥姥去的时候,棺材里的布袋中装满了头发,唏嘘之余,又把姥姥还没有来得及让表嫂装进去的小纸盒的头发,都一一装进棺材。

姥姥的那些白发,那些黑发,还有我的麻花辫,一眨眼,都在身后了。

姥姥的那些华发,洗尽铅华,在黄土地下,依然与她一起注视阳世间的一切……

父亲的鬓发我的钝

父亲的白发,何时爬上他的额头,我不曾仔细注目过,那会儿愚钝,哪里会注意他的鬓角何时斑白?

父亲的头发稀少且卷曲,所以理发的频率高。还好,年轻时的父亲,总把那些稀疏的卷发扣在帽子底下,不让它们被风雨洗礼。所以,年轻的父亲总是戴一顶藏蓝色的涤卡帽子,只有父亲摘掉帽子时,外人才会看到他的头发。

有时,我会问父亲,怎么像外国人一样,头发卷了?为什么没有把卷发遗传给我们,好让我们不烫发?父亲笑笑,说自来卷的头发不好。

曾羡慕不已一位自来卷的女生,面对她的一头卷发,幻想着遗传一点父亲的卷发,多好。

卷发没有被遗传,我却继承了父亲耿直的秉性。

我读初中时,发现父亲鬓角有了白发。那时,父亲会对着镜子,拿着一把老的总卡头发的手动推子,自己理发。

记得某个星期天的下午,母亲有事加班,家里就我和父亲,我写作业时,父亲不停地捣鼓那把推子,约莫一小时的时间。我写完作业了,父亲还在玩转那把推子。我好奇,所以目睹父亲似乎收拾好了推子,取下挂在墙上的大镜子,竖在圆桌上,在脖颈间围上毛巾,坐在镜前,自己动手理发。

我专注地看着父亲,捏着推子的右手青筋暴露,很是用力,从鬓角开始向上推。或许是推子太老,又卡住了父亲的头发,父亲咧一下嘴,皱一下眉,看一眼推子,继续给自己理发。

对父亲自己理发的行为,我们已习以为常,但那次,分明感觉到父亲的吃力,还有那把老推子的"老"。在父亲吃力的动作里,我软硬兼施,最终,从父亲手中接过那把推子,帮父亲理发。

当时,我是万分好奇的,而我帮父亲理发,无非是想试试推子到底好不好使,在此之前根本没有注意到父亲的鬓角已生白发。

父亲鬓角上的那些戳疼我心的白发,似乎很强硬,拒绝推子让它们结束生长,所以老卡,让父亲龇牙咧嘴,甚至恼怒不已。我腆着脸,骗父亲马上就好;也对父亲许诺,我挣钱了就买把最好的推子,不再卡头发的推子。在我的许诺里,把父亲的鬓角推得狗啃了一般。父亲看似恼怒,也没有骂我,只是对着推子狠狠地捏几下,自己推了几下,左看右瞧,实在无法修理,不得已,去了理发店。

我知道,父亲是为节省理发的那两块钱而不去理发店。父亲跟所有的男人一样,也喜欢坐在椅子上,让光头师傅理发后,躺在躺椅上,敷面,刮胡子。

那些一次又一次离开父亲鬓角的白发,倔强地卷曲着,像极了父亲的个性。渐渐地,父亲听从我们的建议,摘掉了蓝帽,顶着一头华发,在小城里奔走,让阳光、微风梳理满头华发。

当我有能力给父亲买把最好的推子时,父亲却没了。我在我的愚钝里痛忆父亲时,时常泪流满面……

母亲的白发我的痛

母亲曾经有一头乌黑的发丝,与众多的女性一样,她也常常烫发,像波浪一般挂在母亲头上的卷发,也是我羡慕的。

　　那个年月,母亲大概一年只去一次理发店烫发,如果不是去吃酒席,是不会去理发店待弄头发的。自己买了卷发棒,塑料的,几分钱一个,红、黄、绿、蓝、粉,各种颜色的,都被母亲自个儿卷在头上,只有脑后卷不了的,才会请院子里的阿姨帮忙。

　　我佩服母亲自己能卷发,院子里的阿姨就不会,她每周几乎都要请母亲帮她卷发。母亲也不嫌烦,总是认真地挑起一绺头发,把发梢绕在卷发器上,向里转上几圈,而后用细梳子(铁的,卡头发的)把发根和卷发器一起卡住。一个一个,从头顶开始,鬓角至后脑,所有的头发都卷好了,用热毛巾捂住,一戴卫生帽,该干什么就干什么,约莫半小时才取下。

　　后来,我和妹妹也会帮母亲卷发,虽然只是后脑勺的几个,但我们被重用了一般,喜滋滋地给母亲卷发。

　　其实,如果不是为了节俭,谁不愿意去理发店呢?毕竟自己卷得再好,也比不了理发师卷的。可是,生活就是在这样的挤挤挨挨中呈现美,母亲也是从那样的挤挤挨挨里追求美。

　　世事难料,父亲不在了。母亲鬓角徒增的白发,被我一一看在眼里,一根一根,倔强地在我们的生活里潜行。

　　记得父亲在世时,他会帮母亲拔几根白发。那会儿,母亲自然拒绝白发,不是我们帮着拔掉,就是父亲帮她拔掉。一根根汲取母亲营养的白发,被一次次地丢弃,可是岁月的痕迹怎么会丢弃得了?

　　每次,在母亲头上因为找到的白发多,拔得多而很有成就感,幼稚的我们,面对母亲看着掌心里的白发叹息,因揣摩不透母亲的心思而纳闷。

　　母亲的光阴就这样被打发了,她端庄的气质里,那些早生的白发,没有遮掩掉那份美,生活让母亲很精神。

　　精神的母亲盘发更精神,而时兴多少年的大上海女人们最气质的卷发,也使母亲气质非凡。那些被发胶固定的刘海,那些被卷发器卷成的小卷,被大排梳梳散开后,宛如一个发髻别在脑后的精致,我喜欢,母亲亦喜欢。可是,由于繁琐,母亲不去理发店做。

　　往事不堪回首,当我仔细注目到母亲时,她的双鬓过早地斑白了,连额头都斑白了。于是,母亲频频染发。白发似乎长得快,似乎与染发

比速度,一眨眼,被染的白发又露出耀眼的白。母亲并不老,可恼恨的白发,就是不肯给母亲丝丝年轻的光亮。还好,母亲心态极好,她的好心态使我们感到幸福安稳。

染发,在母亲的日子里反复着,她反复着姥姥给予她的爱,在我们的生活里,熠熠生辉。可是,在失眠的漫漫长夜,母亲的白发,却是我难言的痛。

白发黑发都是我的发

岁月真不饶人,有一天对着镜子审视,那沧桑的神情,把自个儿吓了一跳。

向后退一步,再向前迈步,确定那些沧桑专属自己,别无他人之嫌,内心无比惊讶。

再次转动脸庞,仔细端详,一张脸沟壑万千,不忍目睹,岁月的痕迹历历在目。惊讶瞬时变成了惊愕,再举目满头没有光泽的发丝间,几根从鬓角延伸出的白发,如花朵间残存的叶片,张扬着一份倔强,令我触目惊心。

心霎时凉到了脚后跟,慌乱中用手撩拨几下,残存的侥幸心理,被头顶上的几根白发所击,并溃不成军。不甘心白发过早爬上我的头顶,又反复撩拨,甚至捋出几根后,对着镜子发呆。

还不到不惑之年,白发却让我明了岁月的苍白,还有一些过往的实在。

指间反复将那几根白发,胳膊酸痛了,把头弄了个鸡窝状才停手。

而后,复又审视。镜子前站立的不是一个自我感觉尚好的女人,倒像是蓬头垢面的乞讨者,内心惊骇不已。增添几根白发无所谓,可别连残存的自信都衍生出白发。

几根白发,居然让我白白浪费一些时间,还徒留一些烦恼,实在不该。

怅然几许,再度审视,甚想拔掉那些白发,可转念一想,也释然了,轻轻放下那几根捋来捋去的白发,让其与黑发一起生长!

155

　　黑发白发都是我的发,为何要拔掉呢?衰老是生命生长过程中不可抗拒的重要环节,拔掉白发来掩饰自己的衰老,掩饰一份自然和潜在的焦灼,似乎太对不起自己了。

　　尽管白发徒增的惊讶占据了内心好久,而阳光明媚的日子,朋友发的一些信息,还有一些温暖的话语,都冲淡了我的惊讶,以及淡淡的失落。

　　于是,母亲得知我有白发,便阻止我拔掉,说拔掉一根长出三根,不要拔了,越拔越多,觉得难看,就用指甲刀剪掉。

　　起初,我不想拔也不想剪,但眼睁睁地看着白发以迅雷不及掩耳之势疯长,也就有了剪掉之心。就那样,站在穿衣镜前,自己举着指甲刀剪白发,自然有点难度。外子看到,帮我剪。

　　于是,我的掌心,白发开始一根、两根、三根、四根的排列开来。第五根还没有完全变白,发梢处有一小部分还是黑的。

　　我摊开的手掌里,白发很颓废一般,望着我的眼神似乎多了哀怨,而我的眼神,也浸满了许多慨叹。

　　白发的些许郁闷还没有消退,有次给外子洗头,发觉他的白发比我的多,一根根,在头顶与黑发争抢地盘,除了不起眼的后脑勺,头顶蹲踞了不少。

　　母亲说人终究会老,白发出现也是个自然规律,我们怎么能违背自然规律呢?

　　岁月留痕,我的母亲、我的外子,乃至那些匍匐在土地上的亲人们,还有我,终有一天,都会老去,都会在时光里满头白发,会在黄昏时分蹒跚而行,沐浴着夕阳淡淡的光亮,神情或许沉静而又安详。

　　难道不是吗?谁不是这样走过青葱岁月?谁的发丝不是由最初的一根白发,将青丝晕染成银丝的?

　　白发黑发,都是我的发。每一根黑发,都写满光阴的故事。每一根白发,都诠释了生活的哲理。

　　然而,我照旧遵循着自己的生活方式,在小城里反复着自己的心情,重复着一切。

过 年

李 萍

1

小时候,从吃过腊八粥后,大人们便糊里糊涂忙天忙地,打扫卫生、办年货、给孩子们买新衣服,一不留神,就到除夕了。对于孩子们来说,扳着指头掐算,希望有新衣服穿,希望有好吃的干果,还希望有鞭炮燃放。

我原本是极为喜欢过年的,一直喜欢,但近年来,那些喜欢被一些烦事侵扰。擦不明亮的玻璃、洗不干净的灶台……心想着要把家拾掇得干干净净,可有时候事与愿违,大年三十还感觉家里邋里邋遢的,丝毫没有干净样。起初我讨厌自己的邋遢慵懒,随着年龄渐长,倒也麻木了。不管怎么着,年非过不可,好坏都得过,总是落不下我,也就对自己的懒惰放纵起来。

年年如此,年年这般,像季节的轮回,过年的心情也在流转。

儿子喜欢过年,跟我小时候一模一样。我是盼着穿新衣服、吃好吃的,除了放鞭炮,还可以荡秋千。儿子不然,在家过的春节里,他整天与鞭炮打交道,甚至把外衣烧了许多洞也不减对鞭炮的热爱。

记得二十几年前的大年三十,表嫂拾掇家里,表哥推着架子车去拉土。我和表侄穿戴一新,兴冲冲地跟在架子车后,像去赶集似的。我们俩喜滋滋地看着表哥装满土,在下坡路段,学着大人的样子,偷偷地脚踩在挂圈上(架子车尾部的橡皮圈,下坡时可以起到减速的作用),自以为帮了表哥大忙。

表哥没有发觉到我们的行为,或者是发觉也假装不知道,由着我们俩的性子站着。或许是那天活该表侄挨打,他把左脚塞进挂圈太深,

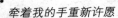

到平地时抽不出脚,一使劲,把新鞋面给刮破了。他一着急,深怕表嫂打他,抽泣开了。表哥把土拉到门口,忙着倒进羊圈后走了。我们俩悄悄地溜进堂屋,想着换鞋,哪里料到表嫂眼睛贼亮,不知从灶房的哪个角落间瞅到我们鬼鬼祟祟的样子,她冲出灶房,眼睛大放异彩,看到破了的新鞋面,立即揪住表侄的耳朵质问怎么回事。我吞吞吐吐地把事情的经过抖出来,表嫂不由分说,抓起笤帚就打表侄。表侄鬼哭狼嚎的叫声在院子里响起来。我想拦住表嫂,但愤怒的表嫂哪里会被我拦得住?最终,在厮打中,我也哭开了。表嫂看到我把表侄拉到角落里,护着她儿子的我一副傻样,居然扑哧一笑,问我为什么哭。我哭得愈加厉害,抽噎着无法回答她的问话。末了,我竟然歪着脖颈质问表嫂:"还过不过年?"表嫂愣住了,她没有想到我会问她。现在回想起来,我理解表嫂。我和表侄两个人抽抽搭搭地等姥姥说几句重话给表嫂听,但等到要做晚饭了,姥姥还是没有发话。我是有点生气,姥姥居然在大年三十不理会表嫂对我们的大呼小叫,表侄也咬牙切齿地说等表嫂老了,要把她拉到黄河边,倒进黄河里。

那年我大概 12 岁,表侄 6 岁,那年的大年三十我们俩都觉得没劲,早早就睡觉了。

听说表哥和表嫂倒是嗑着瓜子说着话,守岁到凌晨五点,开始放炮、上香。五点半到六点左右,天还麻乎乎没有亮,表哥的堂兄弟就来给姥姥拜年。于是,我又和他们一起糊里糊涂地吃点菜,啃点鸡骨头后倒头大睡。

之后的几年,我有时在姥姥家游荡过年,有时跟随父亲去老家,也在小城的年味里,刷刷地让时光流逝。

2

父亲在世时,带我们回老家过年的情景,叔叔婶婶至今还难以忘怀,时常讲述给他们的孙子辈。

父亲是极为喜欢热闹的人,大年初一晚上,和叔叔们喝酒之后,吆喝起一支小小秧歌队,从老家开始,在村子里漾开喜悦的歌舞。村子很

小，十来户人家，清一色的李姓人氏，老老少少都被父亲组织的秧歌队感染，也参与其中，舞起来。

父亲总是装扮成妖婆，头缠婶婶的花头巾，腰箍红围巾，手拈小手绢，有时用锅墨打腮红，还身披门帘或是用纱巾作裙子，有时扮成腊花姐。妖婆和腊花姐是大西北秧歌里男扮女装的角色，不管是妖婆还是腊花姐，父亲扮得很像。父亲本来就是个清瘦的人，身材也不粗壮，加之故意扭来扭去，很像一个腊花姐，还细声细嗓地唱着"杨柳嘛叶子青呀啊"的唱词，惹得大家开怀大笑。

三叔自然扮中郎，手执一根枝条作灯笼，与父亲走在一起，算是一对。五叔的姿势和仪态，也极具特色。他手里什么也没有拿，但感觉左手就是举着太傅伞，右手持有铜铃，迈开左腿，躬身伸长左臂转个小圈后，右臂上扬晃几下。

四叔也带着堂弟扮角色（四叔自小被过继给父亲的舅舅，改了姓氏，那年回了一趟老家，所以也参与了他们兄弟们的"秧歌队"）。他反穿了大叔的短褂，头缠堂妹的红领巾，手里拿着鸡毛掸子，扮演"秧歌柱子"（指挥秧歌的人）。父亲扮腊花姐时，堂叔扮妖婆。他把枕巾用红领巾一扎，当做布娃娃举在手里，怪声怪气地踮着脚，在他们的"秧歌队"里穿来穿去，让婶婶们或村子里的媳妇娃娃们夸他的"孩子"。

还有小叔，他不是扮作船公就是船姑娘，或者是双臂擎着沙发苫巾装成狮子。男孩子们也很兴奋，把掸土的牛尾刷子作逗引狮子的绣球，在小叔眼前晃来晃去。小叔只有配合他们，弯腰躬身。

那支李氏家族的小小"秧歌队"备受村人的喜爱，由此东家进西家出，喝酒耍舞，闹腾到凌晨，累了乏了，才回家歇息。那些"装备"因为喝酒兴致高时，都丢落得所剩无几。次日，村人差使孩子或是大人们亲自送到老家，一边对"秧歌队"夸赞不已，一边手举送来的衣物表明对父亲的尊重或是对"秧歌队"的垂爱。

此后的春节，"秧歌队"的表演者们——我的父辈们的聚会，尤其是"秧歌队"的成员，总是没有凑齐过，叔叔婶婶们聊天时，念念不忘那次"秧歌队"的精彩演出，言语里渗透着对往昔的怀念。

3

　　我喜欢外子老家那种闲散的生活,视线里那些空旷的景致有着难言的美。光秃秃的红山白土的色彩对比愈加鲜艳,那些干巴巴的树们,依靠枝杈间的喜鹊窝,温暖着干冷的日子。一些喜鹊与乌鸦,一起在清冷的风里赞美着温暖的阳光;地里敞亮无比,野鸡拖着漂亮的长尾,和一些异性说三道四之后追逐嬉戏;天空伸手可及,又遥不可及,一轮红彤彤又缺乏热度的太阳变着戏法,一会儿在林梢,一会儿在山巅。夜里倒是安静,除了不安分的羊儿咩咩叫上几声,间或还能听到毛驴嗯啊嗯啊地喊叫,当然还有汪汪的犬吠。偶尔,还能听到一句或是两句跑了调的流行歌曲,那是酒醉回家的人。

　　去年春节,在外子老家的那些荒地里,我们抓住一头毛驴,试着去骑。我们四五个人紧紧拽着毛驴,吓得毛驴嗯啊嗯啊地叫唤了半天。外子的那些堂弟们,和我一起怂恿外子去骑。他刚一上驴背,估计还没有坐稳,就被摔下驴背而跌落在地里大笑,唏嘘之际还一个劲儿地向我们解释他儿时是骑毛驴最好的一个人。嬉笑间,又一头毛驴被抓住了,个头高、动作麻利、思维敏捷的表弟,跃上驴背,在驴驮着他跑向山崖边时,使劲把驴向前一推,自己借助驴的力量向后跳下。几个骑驴人中间,他是唯一没有被摔在地里的人。

　　我也疯了一般地喊着、叫着、笑着、闹着,帮着按住驴背、揪住驴耳朵,让儿子骑上片刻,而后在儿子的大呼小叫中松手。

　　外子打小就骑驴,但岁月使他忘记怎样翻身跃上驴背,笨拙的姿势使我们开怀大笑之余嘲笑他给我们讲述的那些骑驴的故事原来是吹牛。

　　等我们笑够了,也闹够了,站立地头歇息,才注意到驴儿朝我们张望,似在嘲笑我们,又似在抗议我们对它施予的暴力。不管怎样,毛驴似乎也不跑远,原先的惊恐被我们的嬉笑所感染,眨眨眼,嗯啊嗯啊地仰天叫上几声,既表达出它的愤怒,又显示出它摔下外子的得意。一会儿后,驴儿朝我们或坐或站的地方挪上几步,又退后几步,诱惑我们一

般。待他们想着再骑一会儿,摩拳擦掌、信誓旦旦地朝驴儿走去,继而加速快跑,驴儿很自信地不挪步,忽闪着它的大眼睛,等到走近伸长手臂去拽它的尾巴时,它一转身跑了,不仅跑远,还跑跳到下一块地里,远远回望。

因为悠闲,饭后,拜年的亲戚走后,留在家里的人在村子里开始走动。男人们在东家打麻将,在西家打扑克喝酒,女人们抱着臂膀,穿得新崭崭地,站在阳光暖和的地方,看看这个的新衣服,摸摸那个的新裤子,相互炫耀穿着。间或一迭声地夸赞,扯着戴了新戒指的手指,既夸赞男人挣大钱了,又羡慕地说戒指的大小,语气里除了羡慕还带着嫉妒。之后,便是说些没有根据的话,东家长西家短的,夸闺女、骂儿媳……

我们由着性子玩够闹够后,居然鼓动外子和小叔子小姑子们去河滩的沙地拣地耳。除了地耳,还有头发菜,寸长左右,与地耳相互掺杂在一起,让眼力不好或者粗心的人很难发现。事实上,我们也并不是为了真拣地耳而开车近二十分钟去河滩,而是玩儿,比赛扔石头,在唇边竖起喇叭状大喊,又跟随着回声连续喊叫。总之,凡是能想到的儿时玩儿过的游戏,除了让儿子了解实践外,又学他们玩儿的花样。

末了,带着一身土,在落日的余晖里,挟着寒风,匆匆往家赶。

在家的亲朋们,起初看到我们冻得龇牙咧嘴,却还眉飞色舞的样子,撇撇嘴表示不以为然,几分钟后,对河滩感兴趣了,问东问西。

不管是地耳还是头发菜,在大家羡慕的眼神里被婆婆装进塑料袋,打算做地耳包子或是凉拌小菜……

日子一眨眼,又到腊月了,我在一大堆要干的活计里,忆起那些春节的事情,居然无比留恋。打算今年春节去外子老家过春节时,一定要骑一回毛驴,哪怕被摔得鼻青脸肿或满身是土,也要找找新媳妇骑毛驴的感觉,也在毛驴背上好好看看那片生养了外子的谢家湾——一个荒废已久的山坳……

旧影暗伤

李　萍

1

姥姥生前固执地命令小侄女烧掉了她个人的照片,所以她辞世时家里没有一张照片。

记得姥姥安在时,跟我念叨照片的事,让我烧掉那些相框里的照片,我总是找理由打击姥姥的想法,却没有实施。我就是不明白,她老人家为什么不愿意留下那些照片。然而,她老人家的手臂再长,也无法把母亲家和二姨家的照片烧掉。

母亲家有一张姥姥六十多岁时拍的照片,双手放在腿上,端坐在一把旧椅子上,身后堂屋门的两侧,还贴着一张年画。姥姥眼神温和,眉眼慈祥,尤其是双腿,在照片上很长。

那张照片镶嵌在相框中,泛黄的色彩变幻着几十年的沧桑。我偶尔轻轻抚摸,玻璃的光滑冰凉了一瞬的思绪。

还有一张是姥姥九十岁大寿时抢拍的,三十年的光阴在老人家的额头镌刻了风风雨雨,那些围巾下溜出的白发,解读了何谓"老"。由于是抢拍的,姥姥的神情自然,含笑的唇齿间,隐隐带着一丝假装的恼怒,脸蛋上的奶油,装扮得姥姥滑稽可爱。

两张照片,截然相反的心境,端详时,心丝丝作痛。姥姥离开了,留下的回忆里,一些照片聊以慰情。

电脑里有很多照片,琳琅满目,无意间打开一个文件夹,是姥姥丧事上的照片,还有给她洗头发的,不忍目睹姥姥那在世时的神情,那么安详,那么乖巧。

我不忍打开那些照片,因为伤痛还没有痊愈,我还没有彻底将姥姥移出我的生活。不忍点击那些照片,也不忍删除,就那样存放着。还有那些给姥姥洗头发的照片,将姥姥视作自己的女儿,把那些长发分开,梳成孩童的发髻样,感觉甚是可爱。

俗话说,老憨憨小憨憨,当初姥姥就是我的小憨憨,所以给她老人家梳了个童女发髻,姥姥并不生气,嗔怪我。话又说回来,生气也白搭,她奈何不了我。

时光飞舞,四季轮回,前世今生,几十年的风景穿越记忆,一些忧伤皱紧眉头敲击我。

2

亲情像那株酸刺树,根深叶茂,尽管在年复一年的清明节烧了几次,可是来年春风吹拂几下,焦黑的根部又有新芽长出。于是,那些被埋着血脉相连甚至连面都没有见过的祖宗的黄土堆,也使父亲安然地加入到行列后,让我们的目光注视酸刺的后代,如同让我们演绎父辈们的命运一样,生生不息地浇灌着情感的芽苗,直至我们的后代重复我们曾经的梦想,曾经的痛苦,曾经的一切。

那些痛苦,甚至被掩隐在一张张的照片里,在一些时日供我们回味,供我们怀旧,令我们贪恋时光。

此刻,我像一根打出去飞旋在空中的米拉(乡下类似棒球的一种游戏),重复着母亲的人生,生儿育女,相夫教子,像一枝没有归路的箭,让日子在风中呼呼作响之后,一下扎在那株父亲长眠在祖坟地界里的,繁茂的酸刺上。

父亲的照片,我翻找出来。那些黑白照片,那些父亲的青春时光,那些父亲英俊的模样,那些父亲和战友们的合影,都在我的眼前铺展开父亲的过往。

我与父亲的合影极少,翻找多日,只有一张,是大学同学来我家后,怂恿我挤在父母中间拍下的。当时我不好意思,竭力自然,显得很开心。

照片里父亲的头顶早就谢了,在相机的闪光灯下发光。母亲也比

当前瘦弱。而那时的我，脸儿像圆盘，符合我"红苹果"的绰号，在两张消瘦的脸中间，我的大脸很晃眼。

其实，那会儿是父母最艰难的时刻，我和弟弟在兰州，每月的生活费，以及其他的开支，是一笔不小的数目，父亲和母亲，节衣缩食，努力为我们打造着美好生活。

父亲刚过世不久，我去他的单位取旧物，说是旧物，也不过是些旧书和日用品，但一进大院（父亲最后的工作单位福利院），那些孩子跑过来，问我额头爷爷（我父亲谢顶，头发稀疏，被那些孤儿一直喊额头爷爷）去哪里了，很久不见了。

我鼻头酸涩，不知怎样跟他们说。那些孤儿，在和父亲相处的日子里，享受了惊喜和快乐。父亲的口袋里，有他们的盼望。因为，父亲总是从家里拿零食，说要给那些孩子。

可是，我是两手空空去的，我丝毫没有把父亲的习惯带去，我不知道该给那些有残疾的孩子们带去什么，只是跟他们说，额头爷爷去很远很远的地方旅游去了，很久以后才回来。

他们仰着小脸，其中一个孩子，白发红肤，近乎闭眼，他的神情最为奇怪。我知道他就是父亲常说的菜人（一种疾病），一个弃儿。他怯怯地拽住我的衣角，询问我什么叫旅游，额头爷爷为什么去旅游了，为什么很久以后才回来。

我不知道怎样答复，摸摸他的头后，神情木然地走开了。

而后，他们拉着我，在一间屋子里，墙上张贴的一些照片里，我依照他们小手的指向，看到一张合影中，父亲笑得很灿烂……

我的父亲留给孩子们的印象，经年之后，会依旧翻刻于心吗？他们的脑海深处，会留存父亲的身影吗？我坚信，即使没有照片，那些孩子，依旧会记得额头爷爷。

那年，父亲的一些照片被我收集起来刻成了光盘，在机子开启的那刻，年轻的父亲、沧桑的父亲，都一一在我面前闪过。

就是那张合影，唯一与父亲的合影，在我稚嫩的表情里，在父亲有点羞涩的笑容里，我咀嚼得牙根酸涩，苦不堪言。

可是，没有与父亲留下一张满意的合影，一切都远去了！

3

母亲在电视墙柜壁上,卡了一张活佛的照片,无论谁人家落座,抬头就能看到。

这几年,母亲心宽了,人也显得年轻了点,比起那些年照片上的,真格年轻。

我乃丢三落四之人,却把母亲的一些照片也收集了,从姥姥家挂在墙上的相框里取下,夹在一本书里,从那个村庄带回小城,最终走进我的书桌。

大多都是母亲梳着小辫的黑白照片,最大4寸,小的则是2寸,照片的四边被裁剪成波浪线型。

今天拿出来一看,怀旧的感觉。

一切如风,飘过母亲的眼角,那些沧桑,该是拉扯我们的真实见证。

4

前些日子,妹妹整理旧物,居然翻出了我的一些照片,是些老照片。

一沓子发黄的照片,放在掌心沉甸甸的。其中有一些是黑白照片,尤其是儿时的两张照片,传看后,都大笑不已。

照片最后传到我的手里,连我自己都捧腹大笑,如果不说,照片上的那个丑丫头又怎会是我呢?

个头不高,萝卜腿,方口布鞋似乎要被肥脚丫子挤破;一件连衣裙包裹着肥胖的身体,肉嘟嘟的,腆着肚子,歪着脖颈,双手搭在背后,眼睛眯成了一条缝,像在一个大南瓜上划出的五官,没有丝毫的棱角可言;头顶正中还把一撮头发扎成小刷子,视觉上看似不错,但耐不住细看。我暗笑,心里却琢磨:谁有烦心事了,看看这张照片,不笑才怪呢!

大家都乐呵之后,弟媳郑重其事地说,如果不说,无法相信,难以

置信。

　　我也难以置信，歪着脖颈的丫头，已经长大成人，即将步入不惑之年。可是，怎么改变，也无法抹去照片里的一切。生活链接着记忆，记忆链接着过往，还有一段岁月。

　　曾经，不喜欢拍照，或许是年龄渐长的缘由，或许开始自恋，或许是想给自己留点念想，居然喜欢定格自己。那些瞬间，被记录并装载。

　　一些欢笑、一些眼角的忧郁，还有一些滑稽的动作，都潜藏在照片里，隐秘一段时光。

　　弟媳举着一张我大学校园里拍的照片，很惊愕，说："怎么跟现在一点儿也不像啊？"我戏谑道："女大十八变呗！"

　　我的堂弟，突发的意外使他撇下双亲，撇下刚满周岁的儿子，在自己毫不知情的情况下丧命，停留在太平间的他，留给亲人们的只是一具令人不忍目睹的躯体。

　　骨灰被撒入河里，一些有关于堂弟的事，似乎都随之流离我们，我们都不提与其有关的事，可是一见他的孩子，那眉眼和神情，使有些记忆又溜进来。

　　堂弟的照片都被烧掉了，化作一缕烟尘，飘出我们的生活。那些笑容灿烂的全家福的照片，亦被一一收回，没留一张。

　　如果，能有一张多好，他的孩子还在，他应该知道自己的父亲是何模样。

　　一段岁月，像流水的叹惋，悄然潜入影子的背后。

　　于是，我再也不放过拍照的时机，凡是有可能，不管美丑，我都会给自己留下念想，闲暇时翻看，算是对自己的一个交待。

　　当记忆隐退在苍白的背景里，麦子的拔节生长成我生命的疼痛。天空依旧高远，我轻如鸿毛的身子，期望被清风托起。然而，我始终在那些照片中飘摇。

"碗"岁

李　萍

　　小时候,家里只要有大事,姥姥便使唤我去村头的尕喜爷家借碗,不多,大概十个。每回都是由我去借,末了由我去还。

　　起初,我懒得去看借的碗是什么花色,但由于打破了一个,姥姥将家里一个略小点的碗赔给尕喜奶,我只好腆着脸,跟尕喜奶解释。尕喜奶总会歪着脖子,横竖不满意赔的碗,不是嫌小就是嫌花色不好。

　　最后,我快快地又把印有"老三篇"字样的碗拿回家,向坐在门槛上歇息的姥姥如实报告,并咬牙切齿,愤恨不已后明确表示以后再也不干借碗的活,打死都不干。姥姥本来气得要命,因为打破的碗还是碗口有好几个豁口的破碗,粗瓷的,什么花色都没有。还她的碗是新的,姥姥还舍不得呢,哪里料想到尕喜奶不愿意,要一个粗瓷碗。我的话恰好使姥姥有发泄的机会,一听我如此坚决,从门槛上腾地起来,做出要揍我几下的样子。

　　我一看,撒腿跑开。

　　那天,我是把那个印有"老三篇"字样的碗看了个够。淡蓝色的字,淡蓝色的花纹,很简单,碗也细腻,放在掌心不粗糙。姥姥平时不舍得用,家里来客人了,才从装粮食的面柜里取出,洗一遍,小心翼翼地拿到灶房。

　　我那时不懂得什么是《老三篇》,只见碗上印着"老三篇万岁",很好奇。端着饭碗往堂屋走时,嘴里会念叨"老三篇万岁",还会跑到后院,站在那棵楸子树下大喊:"老三篇万岁,万岁,万岁,万万岁!"我拖长尾音的喊叫,惊飞了一只落在楸子树上的鸟儿。

　　其实,我哪里知道什么"老三篇"啊,倒是纳闷,"老三篇"也万岁?

　　姥姥心疼着那只细瓷碗,尕喜奶居然不要,要大粗碗,她是绞尽脑汁,才从面柜里搜罗出了一只碰掉碗口的大粗碗,姥姥提高嗓门就喊

我。我几下从院子里蹦到堂屋,站在姥姥跟前时,姥姥先捋了一下我的马尾辫,而后笑嘻嘻地让我去还碗。我一听,要面对孞喜奶那张油汪汪的脸,低头顺眉,脚尖不停地在地上画圆圈,不出声。

姥姥是谁啊?是我的姥姥,是让那个家走上幸福的主宰者,她若没有办法对付这样小菜一碟的事,那还了得?

就在我继续画圆圈时,姥姥咳嗽一声,顺势坐在炕沿上了。我偷眼看她,手里还举着那个大粗碗,我就知道非我去还碗不可了。

"你是去还是不去?"姥姥的语调严肃,还碗的事没丝毫可商量的余地。我那会儿大概6岁,或者7岁,记不清楚到底几岁了。我只好挤出一个"去"字,磨蹭到炕沿前,接过碗,慢吞吞地走出堂屋。

走出了大门,还能听见姥姥的嘱咐:"拿好了,不要碰了!"

在姥姥不知高八度还是中八度的声音里,我对大粗碗恨得牙痒痒,诅咒大粗碗为什么跑出来,害得我要去看那老太婆的脸色,听她细着声嗓数落我不小心的怪样,我反感得要命。

孞喜奶家不远,就在村口,离我姥姥家大概不足1000米吧。我是磨磨蹭蹭,怎么磨叽怎么来。起初我把碗攥得牢牢的,没走几步,被一只鸟声诱惑,仰头张望时,踩到一坨牛粪,吧嗒一下,大粗碗从手里滚出去,在我摔倒的前方,不偏不倚,遇到一颗小石头,碗口打掉一大块。我吓傻了,趴在地上,居然不知道赶紧起来,只是傻愣愣地看着碗发呆。

我的老天爷啊!我竟然喊出姥姥的口头禅。碗口碰破了。

我反应过来后,一骨碌爬起来,拿起碗,伸手去摸碗口,新崭崭的口子,在我的抚摸中,狠狠地咬了一口我的大拇指,随着一阵疼,碗口被血弄脏了。我不住地擦血,不停地看着碗,慌了神,看看四周无人,拖着哭腔诅咒了一番,忍痛朝孞喜奶家继续走。

我不知道该跟孞喜奶怎么说,不知道孞喜奶见到我拿个破碗还她,她怎样的表情。还有,如果她不要破碗,我把碗拿回家,姥姥一见,不打我才怪呢。

我越想越害怕,越害怕想法越多,不觉间走到孞喜奶家门前,没有胆量进门。吱呀一声,门开了,我心惊肉跳地抬头,随着"哎呀,我的天"

的一声叫唤,尕喜奶吓得我倒退一步,碗再次掉在地上,只是我在吐舌头的瞬间发现,碗好好的,没有破。

尕喜奶随即大骂:"你个城里娃,我的魂给吓丢了!"我又吐了一下舌头,尕喜奶看到大粗碗,问我:"咋哩,还碗? 我不要。"

我一听害怕了,哭丧着声音辩解:"碗口是刚才打破的,姥姥给的时候是新的。怎么就不要呢?"

尕喜奶撇撇嘴,说不要。

我傻眼了,央求了半天,她居然锁门,走开了。

我双手捧着大粗碗,没了主意。半天,才磨蹭着回家。我是思谋好了,姥姥要打我,我就跑,她的三寸金莲,追不上我的。

一进家门,姥姥念叨开了,说还个碗这么长时间,做也做出一个了。我不敢说话,双手依然捧着碗,嗫嚅开了,除了隐瞒踩到牛粪摔了一跤,碗口磕破外,其余的照实说了。姥姥又唠叨,说这个尕喜家的真难缠,不知想做什么。我不吭气,眼尖的姥姥,看到我的大拇指有血迹,就虎着脸,让我说实话。我只好一字不差没有丝毫隐瞒地汇报,并做好了撒腿跑开的姿势。

姥姥半天没有出声,只问割的口子深不深。我强忍眼泪,拖着哭腔,说不深,但疼得厉害。

后来,尕喜奶家办喜事,她自己跑来借碗,一张口,就借"老三篇"的碗,说借十一个就够了。姥姥给她取碗时,我听到姥姥说让她还十个就成,一个算上次赔的。尕喜奶笑嘻嘻的,又借了两把筷子。

尕喜奶一出家门,我就盘算着,路口有坨牛粪就好了,最好有三坨。于是,我悄悄溜出家,跑着尾随在她身后,满怀信心,乐滋滋地想象她踩到牛粪后的样子。

那天,没有一坨牛粪,尕喜奶一个趔趄也没有打,就把碗筷拿回家了。

后来,他们家的喜事办完了,尕喜爷来还碗筷,果真还了十个碗。尕喜爷还在姥姥面前夸碗好,比大粗碗不仅耐看,端在手里也细发(细腻)。

姥姥笑着说:"是细发。"

姥姥家的那些"老三篇"碗，后来全被我们不小心打破了，连一只都没有留下。倒是孞喜奶家办喜事时，表嫂去帮忙，发现还有三个，放在碗柜里。

后来，我才知道"老三篇"不是一个人名，是《为人民服务》《纪念白求恩》《愚公移山》三篇文章。不管怎样，我对"老三篇"的碗，记得比任何碗都要深刻。

有天，与家人回忆旧事，漫天的话题，开心的眼泪里，我突然提起《老三篇》，问母亲是否背过，是否还记得内容。

母亲笑笑，说她当然背过，只是忘记了，那么多年，全部忘记了。

土炕暖暖

李 萍

1

我呱呱落地那刻起,就在土炕上打转。从一个难看的小人,到会笑会说话,再到上蹿下跳,由着自己的性子上炕下炕。

在土炕上,我度过了无忧无虑的快乐童年,和弟弟妹妹在宽大的土炕上翻跟头,玩各种游戏的场景依稀浮现在眼前。

坐在炕上,能看到窗外的核桃树,能听到一只花喜鹊的喊叫,还能看到房顶上的鸽子,互相追逐、嬉戏……

在土炕上,一晃,我的童年便过去了。

常坐炕头,炕沿的那块长条木,因常年的蹭磨,显得油光锃亮。

晚饭后,家人都上炕了,一起看电视、拉家常,男人们除了吸烟,还会喝口小酒,女人们不是织毛衣就是做布鞋。时间在全家人的其乐融融、有滋有味中闪过。十点不到,就要睡觉,因为第二天还要早起干活。把累了一天的身体交给土炕,舒展一下筋骨,贴着温暖的土炕,那些困乏不算什么。

或许由于我就出生在土炕上的缘故,在我懵懂的记忆里,农村人对美好生活的向往中,土炕不可或缺。

我喜欢睡冬天的热炕。被窝的暖和自不必说,小时候早起,三九天衣服冰凉,姥姥在我起床前,把我的棉裤、棉袄,放在被子底下捂热,我穿时温热,骨头缝里都渗透着温馨甜蜜。

记得姥姥填炕时,总是跪在炕洞前,侧身,弯腰,右手握锨,一下一下,将填炕物送入炕洞。而后,往里推一下,又往外拉一下,左右扒拉几下,算是初步完成了填炕的工作。一些填炕物的渣渣,最后被扫到一

171

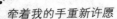

起,双手一举,扔进炕洞,算是彻底结束填炕。起身时,右手借助锨用力,右腿先立,再拉左腿,等到站好了,才拍拍膝盖乃至裤角的土。

姥姥是小脚,个头又高,身体结实,她不跪着填炕根本不行,哪里像婶婶,只要躬身即可完成填炕。

每回,姥姥填炕前,我们将填炕物早早用背篓倒在炕洞前,每个炕洞不多不少,都是一背篓,功课一样。炕也不负众望,总是热乎乎的。

姥姥感慨无比,说:"苦了一天,晚上睡热乎乎的炕,硬邦邦的身子骨软和,第二天干活身子轻巧。"

我不明白,怎样才算身子骨软和,倒是纳闷炕的奇特功效。可是,随着年龄的渐长,当我越来越贪恋热炕时,我终于知晓姥姥那些感慨的话语多么富有诗意。

我尽管喜欢土炕,但不喜欢背着背篓倒填炕物。有次早早将填炕的树叶倒在堂屋炕洞前,吃饭时端着碗,呆头呆脑观望核桃树上的喜鹊时,不仅一脚踢出了好些树叶,还把碗甩出老远,饭撒了一地,碗也碎了,我也趴在树叶上。其实,随着碗落地"啪"地一响,我脑子里一片空白,只想到炕是填不成了,晚上要睡冷炕。

大人们听到声响,从堂屋出来,我害怕打我,从填炕的树叶上一下子爬起来,一蹦三跳,还没有蹦到门口,姥姥大喊:"不吃饭去哪里?"我吓得双脚陷在那里,似乎拔不出来,走也不是,站也不是。随着姥姥再度不温不火的话语,我才从呆立中回头,望见树叶已被表嫂堆到一起,现场也打扫干净了,才怯怯地走到灶房,端碗坐在灶房门槛上,胡乱吃了。

其实,我的紧张是自己造成的,姥姥会因打碎家什而生气,会因为我呆鹅样的举止恼怒,但不会在我近乎呆头呆脑的样子里惩罚我的不小心,只是告诫我,说:"做任何事情要动脑子,要过脑子……"

往事如潮汐,一股脑地涌来。生活中,有多少事不用脑子多好啊,尤其像我这样的人!

今年冬天干冷,寒风的街头里,会突然想在土炕上美美地睡一觉,而想念土炕的背后,是再次生出对姥姥又一轮怀念的藉口,诠释对姥姥固有的情感是如何渗透在我生命的点点滴滴里。

　　多年过去了，仍然难以挡住土炕那充满浓郁乡情的诱惑。所以，一到老家，叔叔婶婶们还没有来得及说上炕，我就脱鞋了。以至于后来，每次回去，我的落脚点就是堂屋里的土炕，我在炕上不睡上半个小时，是绝不会离开的。

　　在老家住几天，回城遇到老家也在农村的好友，面对她夸张地捏着鼻子，凑近我嗅嗅，问我是否从乡下刚回，我笑了笑，在她们瞪眼说我一身的炕烟味时，突然上前拥抱，还笑说让她们也沾沾炕烟味，以免忘记土炕、忘记乡村。

2

　　异常怀念童年的雨。在回忆的温暖里，我渴望睡在乡下的土炕上，一睁眼，会听见瓦楞上，雨滴答滴答地落在地上的石缝间，什么也不想，只伴着那雨声，慵懒地翻转身体，再次安然地入眠。

　　如果来一碗豆面撒饭，放上沙葱、咸菜、油泼辣椒，外加"老干妈"还有肉丝青椒，热乎乎地大吃后，躺在热乎乎的土炕上，听姥姥说说话，或是翻翻书，然后安然地睡着，多么惬意啊！

　　天凉好个秋，午饭做了豆面撒饭，一家三口热乎乎吸溜吸溜地吃，而我一撂下碗，就想念乡下的大土炕，想念姥姥，想睡在姥姥身旁，想睡上三天三夜，让身心及脚都暖和起来，而后义无反顾地行走在生活里……

　　于是，把那些关于撒饭关于心情的文字，发在 QQ 空间的"说说"后，一位朋友对我的撒饭心情发表见解，说他们乡下叫懒婆娘饭，下雨了，婆娘们偷懒，就做简单的撒饭！还说他小时也学做过，水多了加面，面加多太稠了，又加水，而后再加面，又加水，又加面，如此反复，结果成了一大锅面团……

　　这位朋友来自农村，曾经写过这样一段文字：儿时，最喜欢在烧炕口睡觉，闻着浓浓的炕烟味入睡。因为炕最热的地方在烧炕口，最热时烫得屁股痛，我的炕功还是比较好，再烫我都不会挪身一寸。现在回家还是这个习惯，一觉还是睡到十点。更为难忘的是，母亲还会把最热的

一头让给我睡,晚上还记得给我盖被子。不同的是,炕上铺的褥子更厚实了一些……

一些文字,一些回忆!一段温暖,一段真爱!

母亲们就是这样,她们的爱只能感触。

我母亲搬进新楼房后,在她的卧室最初买了一张时新的床,过了两年,随着我儿子和外甥女的轮流入住,以及老家婶婶们来往的频繁,念叨着要把床换成炕。

没有几日,母亲的念叨变成事实,我几日忙碌未去,在母亲的卧室中,迎接我的是大炕。那个大炕是搞室内装潢的堂弟利用房间位置定制,能睡六七人。

我们一家三口,偷懒不回自己家时,我和儿子会抢先上炕,我会和儿子、侄女、外甥女抢位置,靠墙或是中间。每回,我的位置一成不变——铺了羊毛织毯的地方,躺在那里,我听搂着母亲脖子的儿子夸母亲是好妈妈,外甥女提意见说母亲太疼我,小侄女则噘着小嘴嘟囔我那个位置不属于她……我笑而不语,侧身看母亲如何巧妙地让他们高兴起来。那个温暖舒适的位置,给我圈定一般,从来没有变过。

睡在炕上,我心里很踏实,与睡土炕的感觉相差无几。

和母亲同睡炕上,有时感觉很微妙,似乎和睡在姥姥的土炕上一样,母亲也会与我拉家常,絮絮叨叨说些事,而后入睡。

朋友们听说后,不解我母亲在楼房卧室置炕的缘由,她们哪里懂得炕上延续的爱呢?她们哪里知晓床与炕的区别呢?她们没有享受过炕的温情,也不足为奇。

公公在多年前就撤床换炕,由于第一次没有盘好,冬天炕烟外泄,烟熏火燎,十分呛人,于是又盘了一次。我理解公公,由于惦念土炕的温暖,不在乎上班时带着那股特殊的味道,更不在乎同事们的调侃,于他而言,土炕的味道带有特质,那是他作为来自农村的资本,一般人做不到,即便他们也恋旧也怀念土炕。

无论是公公还是母亲,他们对于土炕的解读和诠释,远远超过我。他们的父辈们生老病死在土炕上,生命在土炕上的周而复始,情感在乡村的时隐时现里,他们延续着伟大的父爱母爱。

3

不久前,睡在外子老家的土炕上,半夜醒来,土炕依旧温暖,起身拉开窗帘,找寻夜空中属于我的一颗星星。

窗外,黑漆漆一片,我什么也没有找到,只找到夜的黑。

我居然叹了口气,至于叹什么气,我也不知道。可是睡意全无,思想有点空洞,起夜,或许会睡得更香。于是,摇醒熟睡的小姑子,用哀求的语气,撺掇她也起夜。

淡淡的失落,随微雨打在心坎,在小姑子"哎呀"的惊喜里,我也欣喜不已,可以睡到天明,做个大懒虫。

再度上炕,特别温暖,更觉舒适。外子的二妈知道我们要去,老早就把耳房的炕填得热热的,堂屋炕也一样,但我们想偷懒,不睡堂屋炕,尽管以前每次去时都睡堂屋。这次,我们不按常理出牌,偏偏选择耳房。

把身体整个放置在炕上,披紧被角,贴着土炕的思想,混乱不堪,睡意一扫而空。

不知过了多久,醒来,窗外居然滴答有声,起初是滴答滴答,片刻工夫,噼里啪啦声敲打我的耳膜。

我忘记自己在炕上,伸手去试,甚至像游泳那样,打开手臂,一次一次,最终将手落在小姑子的脸上,在小姑子的一声惊叫里,我赶紧将手臂放回被窝,假装熟睡,她的挨打与我无关。我屏声静气,听小姑子叨咕了几句,发觉她睡熟了,再度将手臂伸出被窝。

雨滴在窗外,落在屋顶,也落在土炕外,雨意滴落在我的意念里。

细想自己的举动,哑然失笑,心也安然了。

夜依旧漆黑,屋顶上噼里啪啦的声音渐渐稠起来,宛如一首歌,响在夜里,也响在失眠人的心里。

记得姥姥在世时,和她睡在土炕上,夜半,姥姥总会醒来,也不披衣服,会撩开窗帘一角,看看窗外,叹口气,我也不知姥姥叹气的原因。现在,我明白姥姥为什么叹气,也理解姥姥为什么会在夜半起身小坐

一会儿，看看窗外。姥姥还会和我说话，睡意向我袭来，我一边附和姥姥的话语，一边在心里埋怨姥姥说："不睡觉，说什么话？白天该说话时不说，瞌睡正香甜，唠唠叨叨！"尽管我心有怨言，但会顺着姥姥的话语，至多超不过两句的哼哈。最后几时睡着也不知道，姥姥何时睡着更不知道了。那会儿，特别贪恋土炕，如今，想听听姥姥的唠叨，到哪里去听呢？

我沉浸在土炕的温热时，屋顶似乎有东西在走动，我想不会是猫。猫在静谧的夜里走动时，不会有声响，而雨夜，猫该蜷缩在堂屋炕上的某个角落打呼。

我的好奇心被串起，摸索着拉亮灯，刺眼的灯光里，闭眼片刻，仰头找寻。

屋子没有打衬，椽子一根一根，与竹签共同撑起了一个安身的空间。那些沾染了生活烟尘气的屋子，给一个个睡过土炕的人，讲述岁月的过往，甚至椽子的年轮，抑或一个个或悲或喜的故事。

我不知晓，当初修建屋子时，那些汗滴，那些困乏的怨气，甚至上梁的欢喜，那些荤素搭配的玩笑和段子，那些汗流浃背的日子，是否都搭进了屋子。怪不得每一个农家屋子里演绎的欢声笑语，每一个大土炕上的酸甜苦辣咸，都那般的相像。

我依稀听见那些笑声，依稀看见那些在屋顶上晃动的身影，用一个个动作讲述屋子的经历。

土炕温热，不烫，极为舒服。此刻，一些记忆又晃荡在脑际。

也许天亮了，我听到二妈打开堂屋门，自言自语，雨还在下！

耳际雨声回响，我再度披紧被角，转转身体，将身心，乃至一些回忆、一些思想，放置得舒适安稳些后，又沉沉地睡去。

因为，我想睡个安稳觉，睡到自然醒，让我的人生，让我的文字沾染土炕的些许温暖，以至于那些简单的文字，也飘逸着土炕的温暖。

灶火风匣

李 萍

　　窗外,雪花纷纷扬扬,堂屋里一片吵闹,表嫂呵斥表侄的声音很大,间或有表哥们的说笑声。我穿过门洞,去灶房看姥姥为我们煮洋芋。

　　姥姥身上披了一个麻袋,她一边往灶膛里填草,一边还拉风匣。

　　"啪嗒,啪嗒,啪嗒",风匣在姥姥的右手间发出有节奏有规律的响声,我站在那里,专注地看姥姥拉风匣的姿势,听着"啪嗒"的响声,站在门洞前,右手也做着来回拉风匣的动作。

　　锅里煮着洋芋,冒出的热气,凝结成雾气,把人笼罩住。

　　外边,雪依然纷纷扬扬,我感到有点冷,打了个喷嚏。我的喷嚏使姥姥扭头看我,我吸溜着,向姥姥挪去,也向风匣挪过去,站在风匣跟前。姥姥嗔怒,呵斥我去堂屋,但手里的风匣依然有节奏地来来回回,"啪嗒,啪嗒",我把手放在姥姥手背上,试图也拉几下。可是,或许姥姥的手过于冰凉,或许是我的手太凉,当我碰触到姥姥的手背时,姥姥吸口气"咦"地一声喊叫,缩了一下手的间隙,我斜着身子,乘机握住风匣手柄,"啪嗒啪,啪嗒啪"地拉了两下。

　　"啪嗒,啪嗒","啪嗒啪,啪嗒啪",声响不一样。我纳闷的同时,姥姥轻拍我的手,让我松手。姥姥说我把风匣拉反了,火不仅不旺,还出倒烟。我哪里会想到那些,只是图"啪嗒,啪嗒"清脆的声响,而我拉出的是"啪嗒啪,啪嗒啪"的声音。

　　雪花依旧飞舞,姥姥坐在灶膛前,火苗一闪一闪,跳跃在她额前的些许白发上。风匣依旧有节奏地响着。

　　那年,我大概 6 岁,姥姥大概 67 岁。那年的记忆,从来没有跳出过我的脑际,一直隐藏在深处,直到我在外子老家山里,坐在灶膛前,手摇吹风机使灶膛里的火苗旺盛燃烧。

那时的农村,家家户户都有风匣,在风匣的"啪嗒,啪嗒,啪嗒"里,生活变得有滋有味。

如今,风匣已经被手摇的吹风机替代了。姥姥家的风匣,遗弃在后院多年了,姥姥在世时压根不知道曾经的风匣,沾满生活的风尘,蜷缩在角落里。公公也把扔在老家角落的风匣拆开,一分为二,做羊的食槽,算是废物利用。

几年前,在乡下的小镇上还能看到风匣,是铁匠铺里打制铁器的时候,学徒卖力拉着风匣,使火舌四窜。

像风匣一样,很多家什已经从生活里淡出了。我试图从吹风机里找到拉风匣的感觉,根本不可能了。

只是,不管城市还是农村,很多家庭都使用电锅、液化灶和电磁炉做饭,虽然速度加快了,但味蕾似乎依然喜欢麦草烧的饭。

风匣远去了,远去在岁月里。

关于风匣,我只记住了一句"老鼠钻风匣,两头受气"。曾经不明白那句话的意思,如今明白得再也不能明白了,甚至很彻底,不再对那歇后语疑惑。

生活里,我们何尝没有做过"老鼠钻风匣,两头受气"的事呢? 里外不是人,吃力不落好,与钻了风匣的老鼠有什么区别?

可是,生活偏偏如此,没有顺水顺风的,也没有一帆风顺的,做事更是如此,不磕着碰着,怎么会成熟呢?

曾经的自行车

李 萍

　　父亲有辆飞鸽牌自行车,他对待自行车的态度似乎不亚于对待我们。一有空闲,便擦拭得油光乌亮,一骑上自行车总是像阵风,尽管那时父亲已是不惑之年的人,但他给我们的感觉像年轻人。

　　因为父亲极为喜欢他的自行车,所以对座套很讲究,买了一副黑色的,觉得不好,又买了墨绿色的,还是不喜欢。最后,还是姥姥给父亲的自行车做了一副,父亲喜欢得不得了。

　　已经不记得是哪年夏天的一个星期天,我和父亲又要去粮店。

　　粮店离家不远,只有200多米的路。每次去粮店买米、打油的活儿,几乎都是我和父亲的。直到粮折子作废,去粮店的差事才画上句号。

　　父亲很高兴地推了他的自行车出了大院,我是不怎么会骑自行车,可突然央求父亲说:"路不远,让我骑一小会儿吧。"父亲经不住我的软磨硬泡,答应了我。于是,父亲提了买米买面的家什,在我的怂恿和一再请求下,先我一步而行。我紧张得要命,手心都沁出汗了,但还是按捺住紧张,等待父亲走远后,才像父亲骑车那般,一使劲,跃上自行车,很不安稳地在自行车上扭来扭去。我不扭不行,因为我的五短身材,脚总够不着踩踏板,别说扭得有多难看,我骑得费劲,一点儿也不像父亲那般春风得意。

　　一切照旧,面也买了,清油也打了。我们在粮店的院子里,和很多人一样,将面粉袋子横放在自行车后座上,油桶挂在车把上,而后,由父亲推着自行车,我跟在后面,扶着面袋子。其实不用扶,但不扶似乎不甘心,怕出个意外。所谓的意外也只不过怕面袋子落地。

　　面袋子从来没有掉在地上,也就从来没有出过意外,但我的双手仍紧紧按着面粉袋子,如同父亲双手紧紧握着自行车车把。

　　归家,父亲从自行车上提下面袋子,收拾好一切后,开始擦洗他的

179

坐骑。我则玩耍。

父亲"咦"地发出疑问，我不知缘由，听父亲念叨着座套没了。我吸口冷气，难道是我弄丢的？

父亲停止擦车，口中念念有词地出门了。我跟在身后，窥视父亲。父亲左看右瞧，似在找寻。望着父亲的背影，我的心缩了一下，希望座套在家的某个角落，希望没有丢掉。

在我的忐忑不安里，父亲半小时后返回了，我偷看到了父亲怅然的神情，也无心玩耍。

父亲继续擦他的自行车，但速度明显慢了，约莫半小时后，扭头看我，我立即掉转头。我听到了父亲埋怨说："做事毛毛躁躁，把座套弄丢了，欠揍。"

我知道父亲在骂我，于是吓得一声不吭，直往外溜。出门顺着父亲的足迹找寻。哪有座套？我猜，大概是我跃上自行车，腿短够不着踏板，屁股扭来扭去，将座套蹭离了车座。或许是在下车的瞬间，用力过猛，打落了座套。找寻无果，我灰溜溜地回家，等候父亲的处罚。

父亲也没有打我，但神情分外凝重，好像丢的不是座套，而是更重要的东西。

从那天开始，父亲一出家门，就盯着人家的自行车，那眼神很犀利，似乎要在小城里找到他的座套。一周后，父亲哼着曲儿进了家门，我一眼瞅到了父亲的淡绿色座套。父亲找回了他的座套，父亲可真伟大，他像侦探一样的举止终于停歇了。

父亲告诉母亲，座套是他买回来的，从一位年龄比他大的人手中买的。二十块钱买的，八斤肉的价钱。父亲大喜，又絮絮叨叨，给母亲讲述座套失而复得的过程。

父亲的自行车，被妹妹偷偷骑过几回，都是妹妹骑了载着我乐呵。我坐在妹妹身后，风吹拂着，很是惬意，也就忘记了座套一事，但妹妹上下自行车之际，我会盯着妹妹的屁股，唯恐像我一样扭来扭去把座套弄丢。

爱屋及乌，父亲爱他的自行车，由此钟爱那副座套。尽管父亲曾经买过几个座套，但他依旧欣赏姥姥做的那个，他说买的再好都不及姥姥做的好。

原来,父亲如此执著,又如此专一。

直到父亲突然病倒,乃至父亲离世,那辆自行车上的绿座套还套在车座上,只是很旧。后来,自行车给了五叔,叔叔嫌座套难看,于是扔掉了。

因为我的车技很差,常常不是撞人就是被人撞,有时还会撞到树,父亲不让我骑他的自行车,就是让我骑我也不敢。

上班了,我才跌跌撞撞地骑自行车,因此常常挂彩,车也难逃劫难。

有次,姥姥要去二姨家,二姨家不远,妹妹恰好去上班,所以顺道把姥姥送过去。

姥姥虽不是人高马大,但也不是娇小玲珑的人。我把姥姥扶上自行车后座,妹妹推车,我随便搀着,走不多远。我突然心血来潮,想推车。

我真不知道天高地厚,不知道自己的斤两,在连哄带骗之下,姥姥轻信了我,她老人家刚落座,甚至还没有坐稳,我迫不及待地推着自行车挪步。自行车还没有挪出几步,一眨眼,自行车在我手里耍起杂技,前轮上仰,姥姥骨碌一下子跌在地上。我愣在那里片刻,继而笑得前俯后仰,姥姥和妹妹也跟着我笑。原来,我没有掌握住自行车载人的技巧。

事后一想,冷汗不止,倘若姥姥被摔出个问题,那还了得?姥姥绝对被摔疼了,只是她老人家没有明言而已。事后,在我庆幸之余,她只是跟我偷偷要了几贴伤湿止痛膏,对父亲和母亲没提被摔一事。

磕磕碰碰中,我的车技依旧很差,到今日,已经十年没有骑过自行车了,也很多年没有在后座上感知那一缕风的吹拂。

有次和崔霞在饭后提及往事,不知不觉间竟然转到了自行车上。她说她小时候被她母亲骑自行车载在后座,每次都是她稳稳地跳上去。有次,她坐在后座上,头跟往日一样还没有低下,她母亲就伸长右腿,一下子把她从后座上打下来。她坐在地上,望着她母亲的屁股扭来扭去,哭得更加厉害了。在家属院的一位阿姨的大喊中,她母亲才明白怎么回事,停止扭动,停放好自行车,朝她跑去。事后说起,捧腹之余,崔霞的母亲还纳闷,说难怪那天骑车子那么轻松……

渐渐长大,渐渐感悟,也终于明白:装载的父爱,总会卸下。